中國哲學卷

通識教材：國文叢書 211

中國散文卷 2111
中國詩詞卷 2112
中國小說卷 2113
中國戲曲卷 2114
中國哲學卷 2115
中國文學批評卷 2116
應用中文卷 2117
中國古典文學卷 2118
中國現代文學卷 2119
臺灣文學卷 21110
大陸文學卷 21111
港澳文學卷 21112
中國文學綜合卷 21113

蔡輝振 編撰

Family Sky 天空數位圖書出版

目錄

編者序

大學通識國文課程，已從綜合教材教學改為依老師專長開課，依學生興趣選課的**「大學國文興趣分組選課」**方式。但市場並無專門為依興趣分組選課的國文教材流通，殊為可惜。

本叢書之問世，即基於上述之理念，特與國立雲林科技大學漢學研究所、數位典藏中心產學合作，由本人忝為主持人，並由李奕璇、李文心、李珊瑾、陳鈺如、陳慧娟、陳若葳、張怡婷、葉宛筠等研究生協助蒐集資料，歷經六年所編撰的成果。當然，人生的第一次難免有所不足，本團隊如有缺失，還望先進指正，研究生蒐集資料如有不慎侵權時請告知，本團隊將立即改正，特此聲明！

本叢書依老師的專長，學生的興趣來編撰教材。計有：中國散文卷、中國詩詞卷、中國小說卷、中國戲曲卷、中國哲學卷、中國文學批評卷、應用中文卷、中國古典文學卷、中國現代文學卷、臺灣文學卷、大陸文學卷、港澳文學卷，以及中國文學綜合卷等十三卷叢書，讓授課教師或學生，依其專長、興趣的需要，選擇最適合本身的教材，不假外求。其體例大致以勉勵篇、史蹟篇、賞析篇，以及練習篇來編撰。其中，勉勵篇旨在讓學生知道國文對其一生的重要性，勉勵其用心，進而引發興趣，學習成效自然可成；史蹟篇在於讓學生知道中國各類學術的起源，與其發展的歷史軌跡，並依各類學術發展的主題，以朝代來分期，自先秦以降，一路論述至今，讓學生一窺中國學術之浩瀚，而後自詡於生在大哉的文化中國；賞析篇在於呼應史蹟篇之分期，讓學生一睹每一時期的作品，使其對於中國先賢的智慧能真確體認與掌握，並確實反省自身的生命意義與人生價值，以涵養學生的品格與興趣，進而創造美麗幸福的人生；練習篇則在檢視學生習修本課程的成果。唯應用中文卷體例係依教育部新規定所編著而成之新教材，側重於實務應用，盡可能網羅完整的相關資料，是目前應用中文教材中內容最新也最完整之一，可讓授課教師自由選擇。

為配合教育部之政策，讓學生快樂的學習，本公司不惜花費巨資，建置**「天空**數位學習平臺」。該平臺將本叢書全部數位化，並建置教師與學生雙向互動式數位教學模式，以及練習系統、考試系統、題庫資料庫等。對教師而言：將可免除備課與出題考試、閱卷批改的煩惱，課程內容又可標準化，以及廣深化，資料也可隨時統一更新，非常方便省時。對學生而言：趣味性的數位教學，將可引發學習的動機；教材內容的豐富性，將可增進知識的廣博，尤其是課後的輔導，教師與學生之間，隨時可在互動式數位教學平臺上雙向溝通，也可以不受時空限制反覆的學習，尤其是紙版與數位版的教材可相互為用，非常方便。自此而後，我們將可置身在一個人性化、智慧化、便捷化，以及講究視聽覺享受的操作環境，唾手可得所要的資訊。

特別交代，本書原編撰至今日臺灣、大陸、香港、澳門等海峽四地的作品。奈何！因該時期的作品皆有著作權問題，基於取得受權不易，或找不到作者，或授權費過高等因素，只能割愛捨去這單元，僅能在中國文學「發展」這個單元，說明海峽四地的概況，其資料來源多參考《維基百科》等。不能完整呈現中國文學的教材，實是筆者的遺憾，本想在一個文化中國的框架上，讓海峽四地的學生，皆能欣賞到現代作品，以擴展文學視野。只能期待有那麼的一天……。

國立雲林科技大學漢學所教授兼數位典藏中心主任
大學國文分組興趣選課教材叢書編著委員會總編著

蔡輝振　謹識於臺中望日臺

2025. 06. 19

壹 勉勵篇

一國文對吾人一生的影響

二文學與人生

本單元之用意，在於讓學生知道國文對其一生的重要性，勉勵其用心學習，進而引發興趣，國文的教育目的則可成矣！故以下將分國文對吾人一生的影響，以及文學與人生來勉勵諸君。

一、國文對吾人一生的影響

國文對大學生而言，除中文系同學外，一般皆認為不是那麼的重要，在他們心目中，專業科目是**「生命之必須」**，將來就業的飯碗；而國文僅是一門**「營養學分」**，營養多一點、少一點，並不影響他們的生存，加上其本身較枯燥無味，學生自然意興闌珊，興趣缺缺，這是目前各大專院校同學大致上的普遍現象。

學生會主動努力去唸書的科目，主要是建立在兩個基礎上：其一是他認為對其一生有重大的影響，如專業科目，縱是枯燥無味，他們也會強迫自己去讀；其二是本身的興趣（如漫畫、小說類書籍）或他們所喜歡的老師，你就是想禁止他們去讀，恐怕也難。至於他們認為不重要或沒興趣的科目，難免心存應付的態度為之。

試問，什麼科目是我們日常生活中，甚至一生當中，最息息相關的呢？專業科目僅在職業上發生作用，平常用的機會並不多。唯有國文如影隨形的相伴，講話也好，寫文章也罷，舉手投足之間無不展現出一個人的氣質水準。我相信，每一位男士或女士，誰都希望能找個談吐文雅，氣質翩翩的伴侶，誰也都不願意跟低俗粗暴的人做朋友。正如俗語所說：**「龍交龍，鳳交鳳，隱痀的交侗戇。」**什麼樣的人會跟什麼樣的人在一起，物以類聚是很自然的事。所以，一個國文程度好的人，在他的人際關係中，自然會受到較多的青睞，結交異性朋友的機會也會較多，如此便使他的人生旅途更為平順。

再者，一個大學畢業生走出校門，能否順利就業，其關鍵往往建立在國文的基礎上。因任何公司行號、金融機構、學校或政府機關的用人，很普遍是透過筆試與口試來篩選人才，尤其是高普考及各種特考等，而國文（論文及公文）即共同的必考科目，有的甚至規定國文不及格者不能晉級參加口試，或直接不予錄取，如司法特考。所以，任你專業知識再豐富，第一關的國文筆試沒能通過也是枉然；進入第二關的口試，也必須藉由國文做為橋樑，適當的遣辭用字，引經據典，方能淋漓盡致地將滿腹專業知識精準地展現出來，國文不好，自難以表達專業知識。

中國清代以前的科舉考試，僅考國文一科而已，因從考生的文章中，便可知學生是否學識淵博，見解是否深入，思想是否正確，智慧是否高超，性格是否正常……等，便可判斷可不可以錄取當官。一個人在就業的筆試或口試中，必須將你的思想、經驗、感情及專業表達出來，而不論是手寫或口說，一定要透過文字來傳遞。如果你的國文造詣深，文字運用能力強，便能占盡優勢，優先錄取，進而改變你的一生。

由此得知，一個人走出校門，踏入社會，能否順利就業，進而開創美麗幸福的人生，其關鍵是在國文的基礎上，雖非必然性，卻有較多數的機會，可見國文對吾人一生影響的重大與深遠。李白是舉世公認才華橫溢的人，然他卻一生潦倒，機會雖曾曇花一現，但終究不得志，只因沒有舞臺的緣故。一個人的才華，需靠舞臺才能展現，而舞臺的獲得，對現今而言，往往是建立在國文的基礎上，願藉此勉勵各位。

二、文學與人生[1]

主辦單位、以及在座的諸君們：大家好！

今天我能回到久違的故鄉～彰化，與各位鄉親碰面，本人感到非常的高興。彰化！這個令我又恨又愛的地方，多少童年往事，多少辛酸血淚，曾經因妳而發生。也有多少憧憬、多少夢想，曾經為妳而編織。如今呢？雖事隔多年，不管是好是壞，也僅留下一片片，片斷的殘夢，然而我卻始終不能忘懷。於是我將這些殘夢，寄託於筆端，寫下我的感觸，我的哀愁，我的處女作品《雛鴿逃命落溝渠》，便因而得以完成。這時，我突然發覺，長久以來一直積壓在我內心的憤懣、傷感，由此一掃而光，在那一剎之間，我的精神變得非常舒暢、快樂。於是我在書本的自序上寫下這麼一段話：

我感謝上帝，賜給我一個不同的環境，也給我一個奮鬥的機會，我將要堅決與命運搏鬥一場。人生猶如一道激流，沒有暗礁是掀不起美麗的浪花，我始終相信有朝一日，我會踏著滿地的落葉歸回。

1.蔡輝振：〈文學之樂樂無窮〉，《彰化縣文化講座專輯》第十三輯(彰化：彰化縣立文化中心)，1998，頁 274～285；今更名為〈文學與人生〉。

現在，我對於我生長的故鄉，只有感恩沒有怨恨，我甚至慶幸自己能有這樣的一段童年。各位想知道，是什麼原因讓我從怨恨而轉向感恩、熱愛我的故鄉嗎？這便是今天我以**「文學與人生」**為演講題目的由來。所以今天我不打算用那較為深澀的學術性來演講這個題目，我只想以我個人的親身體驗，來說明從事文學欣賞或創作，可帶給我們快樂無窮的人生，如果我講得好，那是應該；如果我講得不好，那只好請各位見諒囉！以上是我的開場白。

接著，在我們要進入主題之前，我們有必要先了解一下什麼是**「文學」**；什麼是**「人生」**。基本上，文學這個名詞，曾有很多專家學者為它下過定義，然不管是劉勰在《文心雕龍》上所說的**「聖賢書辭，總稱文章。」**或是章太炎在《國故論衡》上所說的**「文學者，以其有文字著於竹帛，故謂之文；論其法式謂之文學。」**抑是美國文學家亨德（T. W.Hunt）所說的：**「通過想像、感情以及趣味、具有思想性的文字表現即是文學。」**等等，到現在也似乎都沒有定論。但不管怎麼說，人類將其對人生的感觸，運用各種形式如：小說、散文、詩歌等方式表達出來的作品，總在文學的範疇之內這應無疑義。了解這個概念後，對於今天我所要講的題目也就夠了，其他讓專家學者去解決，我們無需傷這個腦筋；而什麼是**「人生」**呢？記得有一個故事說：

有幾個學生問他們的老師蘇格拉底(Socrates，470～399B.C.)說：「什麼是人生？」蘇格拉底帶他們去蘋果園，要大家從果園的這端走到另一端，每人挑選一個自己認為最大的蘋果，並規定不許走回頭路，不許選擇兩次。學生便穿過果園認真挑選自己認為最大的蘋果。等大家到了果園的另一端，蘇格拉底已

在那裡等候他們。他笑著問學生說：「你們挑到自己最滿意的蘋果嗎？」大家你看我我看你，都沒有回答。蘇格拉底見狀又問：「怎麼啦！你們對自己的選擇不滿意嗎？」有一個學生請求說：「老師！讓我們再挑選一次吧！因我剛走進果園時，就發現一個很大的蘋果，但我還想找一個更大更好的，當我走到果園盡頭時，才發現第一次看到的就是最大最好的蘋果。」另一個接著說：「我和他恰好相反，我走進果園不久，就摘下一個我認為最大的蘋果，可是後來我又發現了更大的，所以我有點後悔。」「老師，讓我們再選擇一次吧！」其他學生也不約而同地請求。蘇格拉底笑了笑，語重心長的說：「同學們！這就是人生，人生就是一次無法重複的選擇。」

所以，當我們面對無法回頭的人生，我們只能做四件事：第一，鄭重的選擇並努力爭取，不要留下遺憾；第二，有了遺憾就理智面對，並盡力爭取改變；第三，不能改變就勇敢接受，不要後悔繼續往前走；第四，調整心態，因塞翁失馬焉知非福。陳前總統水扁先生，因臺北市長的選舉失利而有機會選上總統，因選上總統而有海角七億的貪瀆，因貪瀆而有牢獄之災，這就是人生。

好！我們現在就正式進入主題，談談為什麼從事文學欣賞或創作，會帶給我們無窮的快樂呢？各位應常聽人家說：**「人生不如意事十有八九」**，佛家也說：**「人生是苦海」**。可見我們的生命並不怎麼樣的完美，自然界有月圓月缺，春夏秋冬，而人類有生老病死，悲歡離合，也正因為人生的不完美，才讓我們活著有意義、有價值。各位試想，如果沒有月缺，我們怎麼會知道月圓的美麗，如果沒有冬天寒風的刺骨，我們也無從去體會春天陽光的可愛。我們的人生又何嘗不是如此，沒有離別的悲傷，那來相聚的歡樂？這世界如果真的是那麼完美無缺，我還真不知道我們活著要幹嘛！每天吃、喝、拉，然後等死，這樣的人生有什麼意思！所以名作家魯迅就說：

蓋凡有人類，能具二性：一曰受，二曰作。受者譬如曙日出海，瑤草作華，若非白痴，莫不領會感動；既有領會感動，則一二才士，能使再現，以成新品，是謂之作。

這意思是說，我們人類的創作，來自於對天地萬物的感受，沒有感受也就不會產生創作，所以各位要記住，自然科學甚至是哲學，是用領悟的，文學呢？是用感受的，而人生若是太完美，反而讓人感到空虛，失掉人類存在的價值。我們常聽到歐美先進國家有人自殺，卻少有聽過非洲落後國家的人自殺，只有餓死而已，就是這個道理。了解這一層意義後，我們就可更上一層樓的來談文學欣賞與創作，嘗試從苦澀的咀嚼中，咀出甘味來。各位要知道月圓固然是美，月缺依舊也是美，只不過這是兩種不同的美而已，前者讓人的感覺是一種圓滿的美，而後者讓人的感覺是一種帶有淒淒殘缺的美，卻也最能觸動我們人類的心靈。現在讓我們來欣賞一下南唐後主李煜的《相見歡》：

無言獨上西樓，月如鉤。寂寞梧桐深院鎖清秋。

剪不斷，理還亂，是離愁。別是一般滋味在心頭。

請各位閉一下眼睛，發揮你們的想像力，去試想一下這首詞的情境：**「在一座很大的庭院裏，裏面有幾棟樓房，還有幾棵梧桐樹，然後在一個秋風瑟瑟夜深人靜的晚上，有一個孤獨的人帶著落寞神情，**

登上西樓的陽臺上，若有所思的望著高掛在天空的殘月。」這種情境讓人的感覺自然是一種淒涼的美，但卻也是最能觸動我們人類心靈的跳躍，引發出情感的一種情境。懂得如何去欣賞殘缺的美後，我們自然就可化悲憤為力量，化哀愁為快樂。各位都知道，在我們一生當中，必須常要去面對一些挫折、痛苦，如果你是以哭泣流淚的方式去面對，對事情的解決並沒有任何幫助，畢竟淚填不滿人生的遺恨。如果你是以憤怒、暴力的方式去面對，那也只是徒傷自己的身體而已，甚至因暴力而發生令人終生遺憾的事，對事情的解決也沒有任何幫助。這時，如果你能化悲憤為力量，將挫折、委屈寄託於筆端寫下你的憤懣、你的哀愁，將你的感觸化為美麗的詩篇，當你傾訴於紙張後，你將會發覺心中是多麼的舒暢，多麼的快樂，說不定還能讓你成名，甚至抽不少版稅而致富呢？縱然不是美麗的詩篇，也足以讓我們終生回味，各位試想當我們白髮蒼蒼時，成群兒孫聚集一起，傾聽你話說當年南征北討的英雄事蹟，那是多麼快樂的一件事啊！

再者，各位要知道我們人類的情緒有如一座水庫內的水，經常發脾氣的人，就像水庫經常的放開閘門，讓水庫的水適時放出，如此就不會造成水庫的崩潰，所以喜歡發脾氣的人，通常是發一發脾氣一下子就好了。而不發脾氣的人，就像水庫的水不放出一樣，一直是一點一滴的累積，等到水庫容納不了而使閘門崩潰時，就會一發不可收拾，那種破壞力自然比愛發脾氣的人大得太多了。然而就像俗話所說的：**「一種米養百樣的人」**，我們實在很難去控制它，其實也不必去控制，只要將下游的引導溝渠建立好，哪怕再多的水也能引導它流入大海。而引導人類情緒的溝渠是什麼呢？那便是從事文學的創作，我們盡可將我們的喜怒哀樂，毫不憚懼的發洩在紙張上，越是波濤洶湧，越是壯觀，發洩完後所帶給我們的，將是一種成就，一種快樂，不信你們可試試看，我是過來人，深知個中的奧妙。

記得我十八歲時，便因家庭因素而趁著月黑風高，從我家後門偷跑出來，各位想想看，一個十八歲的鄉下土包子，身上僅帶著伍佰元及幾件衣服，跑到一個舉目無親的繁華都市臺北去奮鬥，這其中之挫折與辛酸可想而知，真是寒天飲冰水，點滴在心頭。我曾經撿過同事丟棄在垃圾筒的罐頭起來吃，也曾在三更半夜偷吃房東的飯菜而被逮個正著，但為了活下去，那是無可奈何的事。各位知道嗎？我讀書時的學費是怎麼來的，那是在同學們正興高采烈的歡度假日時，我戴著斗笠在烈日陽光下，將磚塊一塊塊的挑上四樓賺來的。雖然，我面臨的是如此困境，但我內心卻充滿著鬥志，因每當我顧影自憐於坎坷的遭遇時，我便會讀一讀鄭豐喜《汪洋中的一條船》我就會覺得我比鄭先生幸福得太多了，畢竟我有健全的四肢，足以與環境搏鬥。每當我受盡別人的欺凌恥辱時，我會去唸一唸宋代蘇東坡所說的：

> **古之所謂豪傑之士，必有過人之節，人情有所不能忍者，匹夫見辱，拔劍而起，挺身而鬥，此不足為勇也。天下有大勇者，卒然臨之而不驚，無故加之而不怒，此其所挾持者甚大，而其志甚遠也。**

這時我心中的悲憤也會頓然消失而能一笑置之。每當我遭遇挫敗時，我便想起蔣故總統經國先生在《風雨中的寧靜》書中所說的：**「為了高尚的目標，甘願歷苦捨生，忍受一切憂傷創痛，來建設永恒的快樂。」**如此我便能坦然接受我坎坷的命運。最後我把這段奮鬥的經過，寄託於筆端，寫下我的哀愁，我的辛酸，去參加香港中國文化學會所主辦的全球華人徵文比賽，得了第三名，黃鶯初啼竟然能榜上有名，這心中之喜悅可想而知。從此以後我便喜歡將心裏的感受，不管是喜是悲，讓它跳躍於紙上，慢慢譜成屬於自己的生命之歌。各位知道嗎？那種感覺真是好，沒想到不堪回首的往事，如今竟變成我創作的泉源，我真慶幸上帝給我一個這樣的環境，如果下輩子上帝給我選擇的權利，我想我還是會喜歡今世的我，雖然我過得很辛苦，但我已懂得如何從苦澀的咀嚼中，咀出甘味來，這也就是我在前面會說，故鄉是一個令我又恨又愛的地方的緣故。

以上，各位如果能做到的話，那將是打開快樂泉源的閘門，不管是喜是悲，是好是壞，都能讓你的一生，快樂無窮。善用文學它所提供給我們的幻想空間，讓我們的思想可毫無禁忌奔馳於遼闊無際的天空上，任何不可得的事物，在文學中皆可獲得慰藉、滿足。不管你要的是白馬王子、白雪公主，或是王永慶般的財富，皆不成問題，這也就是古人所說的：**「書中自有顏如玉，書中自有黃金屋」**的樂趣。你甚至可嚐一嚐扮演上帝的滋味，操縱你筆下人物的生死，交代月下老人，亂點他們的鴛鴦譜。也可將你最痛恨的人物，成為你筆下的犧牲品，出出你的悶氣而無傷大雅，這又何其樂哉！

至於從事文學的欣賞與創作，可產生哪些功用呢？它的功用很多，不過主要的有下列三點：

第一點、文學可改造社會、淨化人心：

國父孫中山先生曾說：**「政治之隆污，繫乎人心之振靡。」**而我們的人心要如何去提振而去靡，這是非常重要的課題。自古以來，我們的教育方法，無非要我們如何知禮義、懂廉恥，如何克制我們的慾望。問題是這種教育在中國已具有三、五千年的歷史，今天我們的社會變好了沒有？沒有，歹徒公然在縣長公館槍殺桃園縣長劉邦友，彭婉如的命案至今還未破獲，以及藝人白冰冰女兒白曉燕被擄人勒贖案等等，層出不窮的暴力事件，我們彷彿活在野蠻的社會中。以前總是有人把這些罪過推給所謂的**「饑寒起盜心」**，人們為了活下去那是可理解的。而今呢？臺灣這麼富裕，外匯存底位居世界前茅，但我們的社會為什麼還是這麼亂？可見我們的教育方法並不正確。各位回憶一下先秦時代大禹父子治水的故事，大禹父親**「鯀」**，他治水方法是用**「堵」**的方式，雖歷經九年的漫長歲月，洪水依舊沒有消退。而禹治水方法是用**「導」**的方式，將洪水引入大海，終於平息了洪水氾濫。各位想想看，我們的教育要我們克制慾望，這個也禁止，那個也不行，什麼非禮勿聽，非禮勿視，但一個高挑的美女，穿著迷你裙從我們眼前輕盈的飄過，教我們如何不多看她幾眼呢？這種教育與鯀的治水方法有何不同。所以人類的情感慾望是不能用堵的，要引導它得到正常的發洩，要讓他們懂得如何以藝術眼光來欣賞這位女孩的美，進而讚嘆上帝的傑作。誠如名詩人朱湘所說的：

> **人類的情感好像一股山泉，要有一條正當的出路給它，那時候它便會流為一道灌溉田畝的江河，有益於生命，或是匯為一座氣象萬千的湖澤，點綴著風景；否則奔放潰決，它便成了洪水為災，或是積滯腐朽，它便成了蚊蚋、瘴癘、汙穢、醜惡的貯**

藏所。

而這條出路便是從事文學的欣賞與創作。我舉一個例子來說明，每個人雖然都有情緒，但發洩的方法卻各自不相同，農人發洩情緒，大概就是三字經滿天飛，嚴重者充其量也只是打打架而已。地痞流氓發洩情緒，不是白刀進去紅刀出來，就是到警察局開它幾槍示示威。而文藝家發洩情緒，大都表現在作品上，即使在罵人也是冷嘲熱諷，罵得非常斯文。簡單的說，我們的社會若從事文學欣賞與創作的人愈多，社會就愈祥和，就愈能造就一股風氣，進而帶動社會向前邁進，建立一個良性互動的社會環境，從而達到改造社會淨化人心的目的，這也就是俗語所說的：**「喜歡文學的小孩，不會變壞」**的原因。

第二點、文學可擴大我們的體驗，增長我們的見聞，提昇我們的生存能力：

前中央研究院院長吳大猷曾說：**「識越深，觸角就愈廣。」**各位要知道，一個人對於外界的體驗是非常有限的，不要說那種像驢子轉磨般的農民，他們終生只是黏附在那幾畝有限的土地上，日出而作，日入而息。就是拿那些閱歷最廣的人來說，他們所經歷的社會各相，比起社會的全相而言，也僅是九牛一毛而已，這說明我們人類要以有限的生命去經歷那無限事物的不可能性。當然，也沒有這個必要凡事皆需親身經歷，我們可從文學上吸取前人的各種經驗，以作為我們的知識，進而引為處事的借鏡，使我們成為先知先覺的第一種人，能拿別人的經驗來做為自己的經驗而不須付出代價。千萬不要去做那後知後覺的第二種人，凡事皆要付出代價才能獲得教訓，各位要記住這種代價有時是非常慘痛的，會造成你終生遺憾。當然，更不能去當不知不覺的第三種人，經驗後仍不知引為借鏡，一直在做錯誤的嚐試，那種代價之高就可想而知。所以我們如果能當第一種人，培養出對文學的愛好，便能從文學中吸取前人那對人生豐富體驗的總和，擴大了我們的觸角，增長了我們的知識，相對的也提昇了我們生存的能力，足以去應付各種環境的挑戰。

第三點、文學可變化我們的氣質，充實我們的人生：

在大體上而言，每個人都有每個人的氣質，每一類的人也都有每一類的氣質。基本上，軍人有軍人的氣質，文人有文人的氣質，地皮流氓或殺豬的也都有他們的樣子，這個樣子就是我所說的氣質，我們一看即大致可分辨出來。各位不妨看一看你四周的朋友，大概也知道哪些是學生，哪些是教師，或從事其他工作的人。當然，如果我們還要細分的話，還可從每一類中再加以區分，如教師這一類，體育老師就有體育老師的樣子，文科老師就有文科老師的樣子。如果你的觀察能力很強的話，你甚至連哪位老師較有文學修養，哪位老師的脾氣不好等，也都可大致上分辨出來。各位若不相信，我們現在請主辦人瞿毅老師站起來，面向大家，各位總不會把他看成是殺豬的吧！所以說，一個人氣質的表現，來自於其所經歷環境的總和，也就是說一個人的氣質深受其置身環境的影響。因此，如果我們能培養出對文學的愛好，自然可變化我們的氣質。

再者，文學還可提供一個消愁遣悶的好去處，進而規劃我們的生涯，充實我們的人生。德國哲學家叔本華曾說：**「苦是人類的本份。」**意思即說明了在我們的一生當中，會有許許多多的愁苦，而這種愁苦煩悶如都蘊結在我們的心中，它最是傷害身體。這時，如果你能讀一讀法國作家雨果的《悲慘世界》(LsMiserables），或是鄭豐喜《汪洋中的一條船》，你將會從埋怨上帝轉而變成慶幸自己。當然，如果你悶得發慌時，你也不妨看一看魯迅的小說《阿Q正傳》或《離婚》等，你將會從你的嘴角邊露出會心的微笑，在百般無聊中得到慰藉，尤其是在退休後那種空虛的日子裏。各位只要留心一下你四周的親朋好友，你就會發現很多人一旦退休下來，便會頓時失去依憑，整日無所事事，煩悶得很，不是生病就是性情大變。如果他們能夠培養出對文學的愛好，就像瞿老師一樣，雖已退休了，但仍熱衷於文學，辦雜誌及各種文藝活動，使他忙得不亦樂乎，生命也更為充實精彩。

據上，我們都知道從事文學的欣賞與創作，不僅能帶給我們個人無窮的快樂，充實我們的人生外，更能建立一個良性互動的祥和社會，真可謂有百利而無一害的事情。如果各位現在就開始培養對文學的興趣，就有如打開了快樂泉源的閘門，你的一生將會過得快樂無限，這就是文學的人生。

好！今天就講到此結束，請各位賢達多多賜教，謝謝！再見！

貳　史跡篇

本單元之用意，在於讓學生知道中國哲學的起源，與其發展的歷史軌跡，並依各朝代學術發展的主題來分期，由先秦以降，一路論述至今，讓學生一窺中國哲學之浩瀚，而後自詡於生在大哉的文化中國。故以下將以中國哲學之概念與演進、中國哲學之類別與分期，以及中國哲學之起源與發展來作說明。

第一章、中國哲學之概念與演進

中國哲學為華夏文明各學派的哲學思想，起源於春秋戰國時期的「諸子百家」，是重要的知識和文化發展。主要有：儒家、道家、墨家、法家等哲學流派。西方哲學於近代傳入，對中國也影響甚鉅，中國共產黨執政後，馬克思主義哲學更取代儒家，成為中華人民共和國官方政治理想；儒家失勢後演變成新儒家，繼續承傳華夏思想。下面將以中國哲學之概念與演進來做說明：

第一節、中國哲學之概念：

哲學一詞，源於希臘文 philosophia，意為「熱愛智慧」，其中 philos 是「愛」之意，sophia 則是「智慧」，所以「哲學」本意為「熱愛智慧」。後隨著學術的發展，個人不同的體悟，而有不同的詮釋。英國哲學家羅素(Bertrand Russell，1872～1970A.D.)詮釋為：

> **哲學，就我對這個詞的理解來說，乃是某種介乎神學與科學之間的東西。它和神學一樣，包含著人類對於那些迄今仍為確切的知識所不能肯定的事物的思考；但是它又象，科學一樣是訴之於人類的理性而不是訴之於權威的，不管是傳統的權威還是**

> **啟示的權威。一切確切的知識，我是這樣主張的，都屬於科學；一切涉及超乎確切知識之外的教條都屬於神學。但是介乎神學與科學之間還有一片受到雙方攻擊的無人之域；這片無人之域就是哲學。**[1]

法國哲學家雅克馬里丹(Jacques Maritain，1882～1973A.D.)詮釋為：

> **人類以自己理性的自然光輝，來探究萬物之最後根源，或最高原理之學。**[2]

胡適則定義為：

> **凡研究人生且要的問題，從根本上著想，要尋求一個且要的解決，這樣的學問叫做哲學。**[3]

而馮友蘭對哲學的定義是：

> **就是對於人生的有系統的反思的思想。**[4]

傅佩榮則說：

> **哲學是以人的理性，研究宇宙與人生的根本真相，然後將這種研究所得，用於指引現實生活、評估文化生態的一門學問。**[5]

可見，哲學一詞的定義，至今尚未有一致的共識。雖是如此，然哲學之範疇，主要包含：方法論(Methodology)、形上學(Metaphisics)、知

1.見英•羅素著，馬元德譯：《西方哲學史》，(新北市：左岸文化)，2005 年，緒論。
2.見 Jacques Maritain：ntroductionto Philosophy,Christian Classics,Inc.,Westminster,MD,1st,P.108.。
3.見胡適：《中國哲學史大綱》，(上海：商務印書館)，1919 年版。
4.見馮友蘭著，塗又光譯：《中國哲學簡史》，(北京：北京大學出版)，1985 年版。
5.見傅佩榮：《我看哲學：心靈世界的開拓》，(新北市：業強出版社)，1985 年版。

識論(Epistemology)，以及倫理學(Ethics)等學門。其中之方法論所關心的是～哲學該用什麼方法來探究，如以邏輯(Logic)來論證，或演繹法(Deduction)，或歸納法(Induction)等研究方法；形上學則有：本體論(Ontology)、宇宙論(Comsmology)，以及自然神學(Natural Theology)等學科，無非在探討宇宙萬物的本質及其根源，甚而推論有一永恆的、絕對的根源，那就是「神」等課題；而知識論所關心的是～人類知識的來源，如何獲得，以及反省知識獲得的能力，以尋求知識的有效性；而倫理學(或可歸為價值論(Theoryof Value)，則以研究人類行為為對象，其目的係引導吾人走向至善而有美麗幸福的人生。故從哲學範疇來看，筆者認為其定義應可為：**「窮究宇宙萬物之本質與根源，用以指導我們的人生，走向真、善、美境界的一門學問。」**

中國自立國以來，思想活動即主導朝代的更迭與引導君臣百姓的生活。惟中國本無哲學一詞，在先秦時代是以**「家」**來作為思想派別的標誌，直至十八世紀末，日本學者西周將希臘文 philosophia 譯成漢字的**「哲學」**，晚清黃遵憲、康有為等將此哲學轉介到中國。自此，哲學一詞逐漸被用來稱中國的思想，中國也爰引西方哲學的架構，開啟中國哲學的理論基礎。

「哲」之含義為**「明智、明理、明道」**，其中之**「明」**為動詞，明智、明理、明道是動詞**「明」**的使動用法，所以明智、明理或明道是使被遮蔽的智、理和道顯明出來的意思，與希臘文 philosophia 之愛智慧、追求智慧、追求本真等的語義相近。**「學」**則有系統化、理論化的含義。故**「哲」**與**「學」**這兩個詞合為一使用時，則具有使被遮蔽的理和道以系統化、理論化的形式顯明出來的含意，這是西方的**「philosophiam」**與中國的**「哲學」**二字接觸連結後，為中國思想添加上的使命。

第二節、中國哲學之演進：

西學東漸，哲學的概念進入中國後，便發生中國有無哲學的爭論。德國哲學家康德（Immanuel Kant，1724～1804A.D.）曾說，孔子雖然是**「中國的蘇格拉底」**，但他並非哲學家，在整個東方根本沒有哲學。同為德國哲學家之黑格爾（Georg Wilhelm Friedrich Hegel，1770～1831A.D.）也重述他們的觀點，認為哲學的起點是思想的自由，只有當人類超脫自然階段而達到思想自由時才能產生哲學，但是能稱之為哲學的只有希臘哲學和日爾曼哲學。直到今天，法國哲學家德里達（Jacques Derrida，1930～2004A.D.），到中國訪問時仍然說，中國沒有哲學只有思想，不過他補充說這絲毫沒有文化霸權主義的意味，哲學與思想間也沒有高低之分。

中國的學者自然主張中國有哲學，並把哲學定義為：**「一切關於宇宙和人生的基本思考皆可屬於哲學。」**中國屈原之《天問》：**「遂古之初，誰傳道之？上下未形，何由考之？」**這一篇一百五十八問的長詩，皆是對宇宙之奧秘感到神奇，以及對神話傳說的驚訝與質疑；《易經》之：**「易有太極，是生兩儀，兩儀生四象，四象生八卦」**；《道德經》之：**「道生一。一生二、二生三。三生萬物。萬物負陰而抱陽。沖所以爲和。」**此等皆為形上學之本體論或宇宙觀。而儒學、道學，以及理學等是屬知識論及倫理學的範疇。可見，中國本土確實有哲學，只是涵蓋的層面無法廣及西方哲學中必備的形上學、知識論，以及倫理學等。

當然，西方也有相當部份的學者是肯定中國有哲學。如義大利漢學家利瑪竇（義大利文：Matteo Ricci，1552～1610A.D.）等早期的學者就曾使用過**「中國哲學家」**、**「孔子的哲學」**來談論中國的思想家，距哲學的概念引進中國時，至少提早三百年。由此推測，中國哲學一詞有可能是西方漢學家帶來的舶來品，並非前述西周、康有為等的原因。然利瑪竇等學者所認為的中國哲學是一種**「道德哲學」**而不是西方的**「思辨哲學」**，兩者性質不同。而德國哲學家萊布尼茲（Gottfried Wilhelm Leibniz，1646～1716A.D.）、法國哲學家伏爾泰（Francois Mariede Voltaire，1694～1778A.D.）等西方學者則以西方哲學的理念、範式來理解與詮釋中國哲學。他們對於某些西方學者否認中國哲學的存在時憤怒地指出：**「在中國，在某種意義上，有一個極其令人贊佩的道德，再加上有一個哲學學說，或者有一個自然神論，因其古老而受到尊敬。這種哲學學說或自然神論是從約三千年以來建立起來的，並且富有權威，遠在希臘人的哲學很久很久以前。」**[6]。

可見，以上兩種相對不同的見解，來自於對哲學一詞的定義之不同，就如**「上帝」**一詞，基督教所指乃是具有意志力的**「萬能上帝」**（God）；而希臘哲學家亞里斯多德（Aristoteles，384～322B.C.）所指的**「上帝」**（Theory）則是形上學之**「最高原理」**，兩者定義不同，無從論起。春秋戰國時期的**「孟、告、荀」**人性之爭，也是典型例子。孟子主張**「性善」**，他認為在人的先天心性內，就已具備仁義禮智之善端。故以**「惻隱之心，仁也。羞惡之心，義也。恭敬之心，禮也。是非之心，智也。仁義禮智，非由外鑠我也，我固有之也。」**[7]，來證明性善說：而主張**「性無善惡」**的告子反對孟子性善說，他認為在人的先天本性並無善惡之分，猶如一張白紙，好壞決定於後天環境的影響，肚子餓就想吃，生理有需求就想滿足，此乃吾人的求生本能，豈有善惡之分，

6.見萊布尼茲：〈致德雷蒙先生的信：論中國哲學〉，載於何兆武、柳卸林主編：《中國印象：世界名人論中國文化(上下冊)》，(廣西：廣西師範大學出版)，2001 年，上冊，頁 133。
7.見《孟子》告子篇。

是善是惡端看取得是否合乎道德標準。故曰：**「性，猶湍水也，決諸東方則東流，決諸西方則西流。人性之無分於善不善也，猶水之無分於東西也。」**、**「生之謂性。」**、**「食色，性也。」**[8]；荀子則主張**「性惡」**，他認為在人的先天性情內，就具有目好色、耳好聲、口好味、心好利等惡源，這些惡源如順人之情，則爭奪、淫亂等就會發生。故以**「若夫目好色，耳好聲，口好味，心好利，骨體膚理好愉佚，是皆生於人之情性者也。感而自然，不待事而後生之者也。」**、**「今人之性，生而有好利焉；順是，故爭奪生而辭讓亡焉。……用此觀之，然則人之性惡明矣。」**[9]，來證明性惡說。質言之，孟子是以**「心」**言性，告子是以**「生」**謂性，而荀子則以**「情」**論性，三者對**「性」**的定義不同，實無從爭起。誠如宋‧朱子曰：**「論性，要須先識得性是個什麼樣物事。」**、**「諸儒論性不同，非是於善惡上不明，乃性字安頓不著。」**[10]。

隨著時間的巨輪發展至今，中國與西方的互動愈形頻繁，雙方對於哲學一詞的定義也逐漸趨向一致。而中國思想與中國哲學已是互通的名詞，且有中國哲學取代中國思想的趨勢。

8.同前註。
9.見《荀子》性惡篇。
10.見《朱子語類》性理篇。

第二章、中國哲學之類別與分期

一套理論的形成，須在歷史演變的過程中，不斷的被檢驗與充實，使其具有獨立且完整的系統。該系統又能容有後續者之創造性意見的加入，終至成為一學派。

儒家和道家是中國思想的兩個主流，印度佛經於東漢傳入中國，幾經融合演變，最後亦成為中國思想的另一個主流，之所以成為主流，乃是經由長期演變，不斷的被檢驗與充實而來。春秋戰國時期，約西元前五世紀到三世紀，儒、道兩家思想亦不過是百家爭鳴中的兩家，由於當時的學派眾多，我們便稱它為「諸子百家學說」。以下將就中國哲學之類別與分期作說明：

第一節、中國哲學之類別：

西方將哲學分類為：方法論、形上學、知識論，以及倫理學等學門，此乃撰寫哲學史或哲學概論之分法。本書之編撰，是以賞析各學派，或各時期作品為目的。故以下對中國哲學的劃分，將以學派或時期為準。

一、司馬談和六家：

在歷史上，第一個嘗試將「諸子百家學說」分類的人是司馬談，他是作《史記》司馬遷的父親。司馬談在〈論六家要指〉中，將「諸子百家學說」劃分為六個主要的學派：

第一是陰陽家：該家因主張宇宙是由「陰」、「陽」所生而得名。

第二是儒家：西方稱為「孔孟學派」，以授業解惑為主。

第三是墨家：該家有嚴密的組織與嚴格紀律，門徒自稱為「墨者」。

第四是名家：該家興趣於「名、實」之辨。

第五是法家：該家源於一群政治家，主張好的政府必須建立在成文法典的基礎上，而不是建立在道德的慣例上。

第六是道德家：該家因老子著《道德經》而得名，後來簡稱「道家」。

二、劉歆和九流十家：

在歷史上，第二個嘗試將「諸子百家學說」分類的人是劉歆，與父親劉向一起校對整理皇家圖書，其結果名為《七略》，後來成為班固撰《漢書・藝文志》的基礎。劉歆將「諸子百家學說」分為十個主要派別，即九流十家：

第一是儒家：劉歆並說：「儒家者流，蓋出於司徒之官。……遊文於六經之中，留意於仁義之際，祖述堯舜，憲章文武，宗師仲尼，以重其言，於道最為高。孔子曰：「如有所譽，其有所試。」唐虞之隆，殷周之盛，仲尼之業，已試之效者也。」

第二是道家：劉歆並說：「道家者流，蓋出於史官。歷記成敗、存亡、禍福、古今之道，然後知秉要執本，清虛以自守，卑弱以自持，……此其所長也。」

第三是陰陽家：劉歆並說：「陰陽家者流，蓋出於羲和之官。敬順昊天，歷象日月星辰，敬授民時，此其所長也。」

第四是法家：劉歆並說：「法家者流，蓋出於理官。信賞必罰，以輔禮制。……此其所長也」。

第五是名家：劉歆並說：「名家者流，蓋出於禮官。古者名位不同，禮亦異數。孔子曰：「必也正名乎！名不正則言不順，言不順則事不成。」此其所長也。」

第六是墨家：劉歆並說：「墨家者流，蓋出於清廟之守。茅屋採椽，是以貴儉；養三老五更，是以兼愛；選士大射，是以上賢；宗祀嚴父，是以右鬼；順四時而行，是以非命；以孝視天下，是以尚同，此其所長也。」

第七是縱橫家：劉歆並說：「縱橫家者流，蓋出於行人之官。孔子曰：「誦《詩》三百，使於四方，不能顓對，雖多亦奚以為？又曰：「使乎！使乎！」言其當權事制宜，受命而不受辭。此其所長也。」

第八是雜家：劉歆並說：「雜家者流，蓋出於議官。兼儒墨，合名法，知國體之有此，見王治之無不貫，此其所長也。」

第九是農家：劉歆並說：「農家者流，蓋出於農稷之官。播百谷，勸耕桑，以足衣食。……此其所長也。」

第十是小說家：劉歆並說：「小說家者流，蓋出於稗官。街談巷語，道聽途說者之所造也。……如或一言可採，此亦芻蕘狂夫之議也。」

劉歆並在結語說：「諸子十家，其可觀者九家而已。」

第二節、中國哲學之分期：

所謂的學術，係指以理論做為基礎，有系統的且專門的學問。任何一種學術的興起，都有一定的歷史條件下產生，並隨著時間的推移而萌芽、發展而至鼎盛、衰微，終至消失的演變。當然，有萌芽後即衰微、消失，也有依舊常青者。研究學術發展的歷史，便是學術史。

一個民族的思想內容，會隨著時間的推移而產生變化，也會因社會條件與歷史條件的轉變，而產生相應的不同需求，使該思想內容有新的發展方向，從而形成不同的思想學派，與不同時期有不同的思想內容之獨特現象。中國哲學近三千年來的發展過程中，出現幾個重要的轉折，形成幾個主要的時代思潮，為能掌握在特定的時代中或特定學派的理論義理，須進行分期方能明確說明。故本單元之分期，將以時間軸為準，以朝代之主流思想來劃分：

一、先秦時期之諸子學：

從春秋、戰國，以至秦朝為止，約西元前八世紀～西元前三世紀。

二、兩漢時期之經學：

指東漢與西漢，約西元前三世紀～西元三世紀。

三、魏晉時期之玄學：

從魏代、晉代，以至六朝為止，約西元三世紀～西元六世紀。

四、隋唐時期之佛學：

指隋代與唐代，約西元六世紀～西元十世紀。

五、宋明時期之理學：

從宋代、元代，以至明朝為止，約西元十世紀～西元十七世紀。

六、清代時期之樸學：

指清朝，約西元十七世紀～西元二十世紀。

七、民國時期之新儒學：

從民國，以至現在為止，約西元二十世紀～迄今。

第三章、中國哲學之起源與發展

中國哲學起於殷商，鼎盛於戰國，後經歷代的發展，而有今日的成果。其中之春秋時期，為東周初年到韓、趙、魏三家分晉（前770～前四七六年）這兩百九十五年間；而戰國時期，則從周元王元年至秦始皇統一中國（前475年～前221年）為止共兩百五十四年間，統稱「先秦時期」。基於「繁華當知來時路」，故以下將分中國哲學之起源與發展來做說明。

第一節、中國哲學之起源：

中國哲學的起源可追溯至殷商，殷商為中國有文字記載之始，其甲骨卜辭記載殷商敬天地鬼神的思想。後周朝取代殷商而興，西周經周公制禮作樂，奠定封建宗法制度，也轉以人德為貴的思想取代崇祀鬼神的觀念。東周，天下共主周天子勢力受到諸侯國的威脅，在春秋時期雖有齊桓公以尊王攘夷為號召，但隨著五霸的迭起，遂有戰國七雄的逐鹿中原。各諸侯國為求生存，或為求擴張版圖，進而統一天下，於是禮賢納士，謀取強兵富國之術，造就諸子百家學說的鼎盛，儒、道、墨、法、名、陰陽等學派紛紛成立，出現中國第一個學術黃金時代，也為中國哲學奠定了基礎。從殷商至春秋戰國，天人關係成為思想領域中的首要問題。可見，中國哲學之初是從天人關係討論開始，圍繞天人關係問題的討論而形成。

第二節、中國哲學之發展：

《周易》是中國哲學之祖，成書於西周時期，此為中國哲學之起源。後因禮樂崩壞，中央統治衰微，諸侯勢力強大，社會正歷經重大的變革，貴族開始沒落，平民逐漸崛起，流落在民間的貴族，只能以傳授知識為生。因此，學識從原本的貴族階層開始普及於民間。「士」階層形成之後，私人講學的風氣興起，養士也盛行，各諸侯國為強兵富國，爭相羅織人才。於是諸子紛紛提出自己的主張，其思想言論，或自己著書立說，或由門人記錄而為文章，形成諸子百家爭鳴的局面，以至今日的豐碩成果。茲說明如下：

一、先秦時期之諸子學：

漢・班固為該等諸子百家分為「九流十家」，即儒家、道家、陰陽家、法家、名家、墨家、縱橫家、雜家、農家，以及小說家等[1]。

其中之儒家崇尚《周禮》，認為人人安分守己，互相關懷，達至一個大同世界，就是「仁」，故仁是儒家的核心思想，所主張之「仁、義、禮、智、信」，被歷代君主及吾人所尊崇，成為中國傳統思想核心及道德的主流，其代表人物為孔子、孟子等。

道家之中心思想為「道」，是天地萬物的根源，強調凡事無須強求，順應自然，方能達至道的最高境界，其代表人物為老子、莊子等。

陰陽家之中心思想為「陰陽」，認為陰陽交感而生宇宙萬物，是對立的統一，天地、日月、晝夜、水火、男女等運動變化中一分二的結果，

1.見漢・班固：《漢書・藝文志諸子略序》。

由此產生**「陰」**與**「陽」**的兩個相對概念，代表人物為公孫發、鄒衍等。

法家之中心思想為「法治」，主張信賞嚴罰，認為人之行為，多從私己利己為出發，故要以賞罰來控制人之行為，而法要不分貴賤，一律遵守，行法就要有刑有賞，只有嚴刑峻法，人民自不敢不忠，不敢為非做歹，並獎勵生產，使國家達到「無事則國富，有事則兵強」的目標，其代表人物為商鞅、韓非等。

名家之中心思想為「名實」，主張以文字代表其人、事、物、業的思想表達，形態儀錶、虛實形式、狀況規律和表裡得失的一種名實關係，其代表人物為名望、鄧析子、惠子、公孫龍等。

墨家之中心思想為「兼愛」，主張兼愛、非攻、尚賢、尚同、天志、明鬼、非命、非樂、節用，以及節葬等；兼愛：為無差別的博愛，去親疏與社會階級的分別；非攻：為反對侵略與戰爭；尚賢：為不分貴賤，唯才是舉；尚同：為上下一心為民服務，為社會興利除弊；天志：為掌握自然規律；明鬼：為尊重前人智慧與經驗；非命：為通過努力奮鬥，掌握自己的命運；非樂：為擺脫劃分等級的禮樂束縛，廢除繁瑣奢靡的編鐘製造和演奏；節用：為節約以擴大生產，反對奢侈享樂生活；節葬：為不把社會財富浪費在死人身上，其代表人物為墨子、胡非子等。

縱橫家之中心思想為「合縱連橫」，所謂的縱，係為合縱，意即合眾弱以攻一強，是指戰國時期之齊、楚、燕、韓、趙、魏等六國聯合抗秦的外交策略；而橫係為連橫，意即一強連一弱以破獲眾弱，是指當時的之六國分別與秦國結盟的外交策略；他們講究實務，一切從客觀出發，以成功為目標，其代表人物為鬼谷子、合縱派為蘇秦，連橫派為張儀等。

雜家之主張為「取各家所長，避各家所短」，不具有原創思想，班固在《漢書‧藝文志》中說：「雜家者流，蓋出於議官，兼儒、墨，合名、法，知國體之有此，見王治之無不貫，此其所長也。」其代表人物為呂不韋、劉安等。

農家之主張為「賢者與民並耕而食，饔飧而治」，意即賢明的君主應該與百姓一同耕種來獲取自己的糧食，自己做早晚餐並處理國事；「倉廩府庫，是厲民而以自養也」，意即反對君主設倉庫儲存米穀，認為府庫積聚財貨，就是傷害人民來供養自己，並否定君主擁有倉庫、府庫的權力，並依據產品的長短、大小等數量、質量規定價格，不贊成商人居中剝削，反對抬高物價的欺詐行為，其代表人物為許行、陳相等。

最後一家之小說家係為創作類，非哲學類，故在此不贅陳。

秦始皇滅六國，建立中國歷史上第一個統一的專制帝國「秦」，並以法家思想為主導，焚書坑儒壓制諸子百家思想的發展，而獨厚陰陽五行思想的流傳。

二、兩漢時期之經學：

漢高祖滅秦建立「漢」，採用黃老治術，期望能如黃帝時期的政治清明，以及道家老子思想中的清淨儉約，以致西漢時期的道家思想鼎盛一時，諸子學也隨之復興。漢武帝廢除分封郡國制，並行中央集權於一身，採納董仲舒建議而獨尊儒術，以經學治理天下，遂使儒家思想成為中華文化之正統。兩漢儒學以經學為本，西漢有董仲舒所倡導的今文經學，重視經義的闡發與實踐；東漢有劉歆所倡導的古文經學，重視經文的本義與史實。前者以董仲舒的天人感應思想為本，謂「天者萬物之主，萬物非天不生」,「天地者,萬物之本,先祖之所從出也。」,「天者,百神之君,王者之所最尊也。」天乃是最高的主宰,蘊養著天地萬物;君主乃承天志而生,人民須無條件服從;由此發展出讖緯之學,以東漢班固所撰之《白虎通義》為代表。後者以劉歆所主張之六經是上古文化典章制度與聖君賢相政治格言的記錄,孔子僅是古典文獻的整理保存者,是一位「述而不作、信而好古」的先師;注重對經文本義的理解和典章制度的闡明;後發展至西漢之揚雄與東漢之王充、王符等人,則大力批判讖緯之學,遂有以自然為本的思想興起,以揚雄《太玄》及王充《論衡》、王符《潛夫論》等學說為代表。

今古文經學之爭,在兩漢時期曾有三次大辯論,一為西漢哀帝時劉歆與今文博士之爭,主要在於古文經學之來源;二為東漢光武帝時陳元與範昇之爭,則在古文經學之內容;三為東漢章帝時賈逵與李育之爭,是從綱常名教角度較量今古文异同與優劣。今古文經學之爭,經第三次白虎觀辯論後,雙方逐漸趨向於統一,最後由東漢末年的鄭玄融合雙方於一爐,形成統一經學的局面。

盛行於西漢初期的黃老之學,在漢武帝獨尊儒術後,便潛入民間,由經世之學轉變為養生之道,後與神仙方術相結合,而形成道教之始。另印度佛教也隨著西域通路的開闢,於東漢末年傳入中國,並依附在道家尋求發展。而盛行於秦漢之際的陰陽五行思想,後來也影響到儒、道兩家之學與思維模式,以致兩漢的哲學、科學或宗教,都帶有濃厚的陰陽五行思想,從而奠定中國哲學的基本思維與詮釋系統。

東漢末年,士大夫受到儒學道德教化的影響,常以道德倫理來評論時政,於是形成所謂的「清議」[2]。然此舉卻與當權派形成對立,於是發

2.清議,是指古代鄉里、學校對管理者的批評而發展形成的社會輿論;黨錮之禍後,

生「黨錮之禍」[3]。此後，士大夫迫於現實的恐懼，便由清議轉向「清談」[4]，從而開啟魏晉時期「玄學」[5]的興起。

三、魏晉時期之玄學：

漢末儒家經學雖仍為官方學術之主流，然中央式微天下大亂，獨尊儒術便逐漸衰退，繼之而起的玄學風氣則隨清談逐漸流行，黃老之學也再度的復興，士大夫多以老莊思想來解釋儒家經典，意圖援道入儒，並以《老子》、《莊子》及《周易》之三玄為主要研究經典，促使儒、道兩家思想的融合。玄學深受老莊思想的影響而重視本體論、宇宙論之萬物根源、宇宙生成等議題，王弼《老子注》與郭象《莊子注》等為魏晉玄學重要論著。而詮釋儒家典籍，如何晏《論語集解》、王弼《周易注》、《論語釋疑》、《周易略例》等多以道家思想，援引解釋儒家觀念，以會通「孔、老」之學。

魏晉時期之玄學發展可分為四個階段：

清議力量遭到沉重的打擊，轉為空論名理的清談。

3.黨錮之禍，是指中國古代東漢桓帝、靈帝時，士大夫、貴族等對宦官亂政的現象不滿，與宦官發生黨爭的事件；事件因宦官以「黨人」罪名禁錮士人終身而得名；前後共發生過兩次；黨錮之禍以宦官誅殺士大夫一黨幾盡而結束，當時的言論以及日後的史學家多同情士大夫一黨，並認為黨錮之禍傷漢朝根本，為黃巾之亂和漢朝的最終滅亡埋下伏筆。

4.清談，又稱清言，流行於魏晉時期；漢末黃巾之亂，中央政權瓦解，地方勢力抬頭，儒家經典隨之衰落，亂世之中，老莊思想逐漸抬頭，一般文人不談俗事，不談民生，祖述老莊立論，大振玄風，最常談的是《周易》、《老子》、《莊子》稱為「三玄」。

5.魏晉時期的玄學，與世俗所謂的玄學，其玄虛實有不同；該觀念出自王弼注《老子》時，曾提出「玄者，物之極也。」「玄者，冥也。默然無有也。」此乃探索萬物根源之本體論等層次的觀念。

1.正始玄學：

主要人物為何晏與王弼。以老子學說為主，主張「貴無」的本體論，認為「無」為世界之本體，「有」為具體的存在物，是本體無的現象，本體的無是絕對靜態，而現象的有則是動態，隨著運動而變化萬千，最後歸於「虛靜」。

2.竹林玄學：

主要人物為阮籍、嵇康等竹林七賢。亦以老子的思想為主，主張「越名教而任自然」之超越甚至摒棄儒家的倫理綱常，順從人的自然天性，反抗禮教束縛，有強烈的反儒思想傾向。

3.向郭玄學：

主要人物為向秀與郭象。以莊子的思想為主，向秀為《莊子》一書作注，可惜沒注完就過世，其後為郭象所繼承，終成《莊子注》。主張「崇有」，認為「有」是自生獨化，不需要一個「無」作為自己的本體。名教即自然，儒家與道家之義理相通，從事名教世務（儒家）亦可逍遙遊於外（道家），即所謂「雖在廟堂之上，其心無異於山林之中。」逍遙並不需要遁世。

4.東晉玄學：

主要人物為張湛與道安、支遁、僧肇等。其中，張湛之《列子注》想調和「貴無」與「崇有」兩派思想；而道安、支遁、僧肇等則以老莊玄學來詮釋印度佛經，企圖佛教玄學化之佛、玄合流，有利於印度佛教在中國的推廣。僧肇撰有〈物不遷論〉、〈不真空論〉等學說，融合玄學的貴無派與崇有派，主張「契神於有無之間」的學說，認為貴無與崇有都是各執一偏的理論，應是「合有無為一」。

在東晉時期，印度佛教藉由道家思想對佛教經典的詮解而得以流傳。隨著玄學式微，佛學漸盛，至隋唐時期便開啟佛學的鼎盛。

四、隋唐時期之佛學：

隋唐時期，佛學的研究朝向：一為引介印度佛學，如三論宗與唯識宗；二為發展本土佛學，如天臺宗、華嚴宗，以及禪宗，世稱「中國本土三宗」。

三論宗起源於「中觀學派」[6]，以研究《中論》、《十二門論》、《百論》而著稱，亦尊崇其他如《淨名經》、《法華經》、《華嚴經》、《勝鬘經》，以及《涅槃經》等大乘佛教經典，以嘉祥吉藏大師為代表；該宗旨在闡揚「諸法性空」，故又名「空宗」，或「法性宗」，此宗流行不久，即告衰微。

唯識宗起源於印度佛教「瑜伽」[7]一系的學說，由唐玄奘大師自印度傳入中國，以《解深密經》、《瑜伽師地論》，以及《成唯識論》為經典，進而創立唯識宗；該宗以「唯心所現、唯識所變」，來描述宇宙萬物的心識理論為要旨。

天臺宗發源於浙江天臺山國清寺，以《妙法蓮華經》為經典，注重修行止觀，以真如緣起為基本教理，強調「一切諸法皆由心生」，視「心」即是「真如佛性」，是最早由中國佛教論師智顗所創立的本土性宗派，

6.中觀學派，是大乘佛教的一個派別，由龍樹、提婆奠基，主張一切法空，以修行空性的智慧為主。

7.瑜伽一系，源於古印度文化，是古印度六大哲學派別中的一系，以探尋「梵我一如」的道理與方法。

並於九世紀初傳到日本，鼎盛一時。

華嚴宗源於《華嚴經》[8]，以《華嚴經》為經典，亦是本土發展出來的宗派，該經梵本原藏於于闐國，後經唐武則天專使請來傳入中國，由實叉難陀尊者譯成華文，賢首國師參譯，並為之作疏；後發展出法界緣起、十玄、四法界，以及六相圓融等的學說，主張事事無礙的理論，認為法界乃一大緣起，宇宙萬法融通，互為緣起，重重無盡，所以亦稱「無盡緣起」，此派從盛唐立宗，至武宗滅佛後，逐漸衰微，其代表者為杜順、智儼、法藏、澄觀、宗密，以及龍樹等法師。

禪宗最早起源於「楞伽師[9]」，以《楞伽經》為經典，與印度的如來藏學派有很深的關係，但進入中國之後，遂與中觀般若學及道家思潮相結合，最後形成本土化的大乘佛教宗派；該宗由印度僧人達摩祖師創立，傳至五祖弘忍後，分成南北兩宗，南宗以慧能禪師為首，北宗以神秀禪師為首；慧能主頓悟謂：「菩提本無樹，明鏡亦非臺，本來無一物，何處惹塵埃。」而獲得五祖弘忍之衣缽，強調「不立文字，教外別傳；直指人心，見性成佛」之心淨自悟；而神秀主漸悟謂：「身是菩提樹，心如明鏡臺，時時勤拂拭，勿使惹塵埃。」而未獲得五祖弘忍之認同，強調「坐禪習定、住心看淨」，終能悟道；唐玄宗開元二年，在河南滑臺（今滑縣）的無遮大會上，惠能弟子荷澤神會辯倒神秀門人崇遠、普寂，使得南宗成為中國禪宗之正統，慧能弟子將其言說與事跡匯集為《六祖壇經》，是為禪宗的主要經典。

8.《華嚴經》全名《大方廣佛華嚴經》，是大乘佛教最重要的經典之一，被大乘諸宗奉為宣講圓滿頓教的「經中之王」。是釋迦牟尼佛成道後，在禪定中為文殊菩薩、普賢菩薩等上乘菩薩解釋無盡法界時所宣講，被認為是佛教最完整的世界觀。

9.楞伽師，始於南朝天竺僧求那跋陀羅譯出《楞伽阿跋多羅寶經》四卷，當時以楞伽經為傳授經典的僧侶被稱為楞伽師，後求那跋陀羅的弟子菩提達摩以此四卷《楞伽經》傳授門徒，成為禪宗的開端。

中唐後之佛學極為興盛，儒學逐漸僵化，引發儒家學者的省思，其中之韓愈、李翺與柳宗元等人便倡導古文運動，致力於儒學的復興，主張「文以載道」，以宣揚儒家道統，主張回歸孔孟的道德心性之學，排斥佛、老之說，對宋明理學的興起，產生積極的作用。

五、宋明時期之理學：

宋初，由於歷經五代十國的戰亂，百廢待舉，社會秩序與文化命脈亟待重整，故有孫復與石介等人繼韓愈等之後，力主儒學的復興，進而批判佛、道二教，開啟宋明理學之先河。加上當時實施「興文教，抑武事」的政策，使人民教育更為普及，學堂、書院到處林立，從而興起批判佛、道，復興儒學為宗旨的理學。

佛教以「空」為萬物之源，具體事物的存在，只是它的表象，主張破執去染，進而達臻涅槃；道教以「無」為萬物之源，主張超脫塵俗，逍遙而自得。兩者皆與儒家以「有」為萬物之源，主張修己安人、以德治世的思想不合。宋明儒者為駁斥佛、道兩教的哲學理論，便致力於重建儒家道德理論的形上基礎，以使上（天理）下（人性）相通、內（主體心性）外（生活世界）合一，故有以理、氣、心、性為核心範疇的理學興起。[10]

宋明理學的發展，主要在於如何以儒家「有我」之境的立場上，吸收消化佛、道兩家之「無我」境界。佛、道之學說對儒家的挑戰，並不在於如何對待倫理關係，而在於面對人的生存情境及深度感受方面的問題，以提供給人安心立命的答案。如此便給宋初以來的新儒家帶來一個

10.參見段譽「部落格」〈宋明理學〉，http://tw.myblog.yahoo.com/jw!XmwyWJGaBRk5PO3qtnLiUAap6d6Mag--/article?mid=163，上網：2013.08.08。

兩難，如果不深入到人的生存結構就無法回應佛、道的挑戰，而回應這一挑戰必然要對佛、道有所吸收，以致冒著被攻擊為佛教化的危險。因此，宋明理學雖以儒家為基礎，卻也有佛、道兩家之思想。

北宋諸儒，上承儒家經典本有之義，以開展他們的義理思想，其步步開展的理路，是由中庸易傳之講天道誠體，回歸到論語孟子之講仁與心性，最後才落於大學講格物窮理。宋室南渡，胡五峰消化北宋儒學而開出湖湘學統，朱熹遵守程伊川之理路而另開一系之義理，陸象山則直承孟子而與朱熹抗衡。理學之分系，於焉成立。明代後，王陽明呼應陸象山而開出「致良知」教，劉蕺山則呼應胡五峰而盛言「以心著性」之義；接著劉蕺山為大明之亡絕食而死，六百年之理學亦隨之告終。[11]

宋明理學之主要學派有：

1.道學派：

該派以「道」為核心概念，提出宇宙生成論體系，用圖形來作推演，融合佛、道之學說於儒家。謂：「無極而太極」，「太極一動一靜，產生陰陽萬物。」，「萬物生生而變化無窮焉，惟人也得其秀而最靈。」聖人仿太極建立「人極」。人極即是「誠」，誠為「純粹至善」，是「五常之本，百行之源」，是道德的最高境界，只有通過主靜、無欲，才能達到這一境界。其代表人為周敦頤等。

2.數學派：

該派以「數」為核心概念，以《易經》為基礎，開拓「象數」學的領域，並說：「道生一，一為太極；一生二，二為兩儀；二生四，四為

11.參見吳冠宏「無名小站」〈宋明理學(一)導論〉，http://www.wretch.cc/blog/ndhubkhwu/7339951，上網：2013.08.08。

四象；四生八，八為八卦；八卦生六十四，六十四具而後天地之數備焉。」「天地萬物莫不以「一」為本源，於一而演之以萬，窮天下之數而復歸於一。」代表人為邵雍等。

3.氣學派：

該派以「氣」為核心概念，張橫渠認為：世界是由看得見的萬物與看不見的存在這兩部分所構成，該兩部分係由「氣」所組成。其存在有兩種方式，一種是凝聚，另一種是消散。消散並非消失得沒有此物，僅是人的肉眼看不到而已。「太虛」即是氣的消散狀態，是原始狀態，萬物是氣的凝聚。故曰：「知虛空即氣，則有無、隱顯、神化、性命通一無二。」

羅欽順亦認為：「通天地，亙古今，無非一氣而已」，「氣」是宇宙萬物的根本，「理」是氣運動變化的條理秩序，「初非別有一物，依於氣而立，附於氣以行也」。

4.理學派：

該派以「理」為核心概念，認為理是宇宙萬物的起源，是至善的，賦予人為「本」性，賦予社會為「禮」性，人之本性與社會之禮性，在宇宙萬物互動中，容易迷失所稟賦自「理」的本性，社會也失去禮。

所以人要收斂私慾的擴張，要修養歸返，並發揚上天賦予的本性，存著天理，以達致「仁」的最高境界，此即進入理而「天人合一」，便可「從心所欲而不逾矩」。通過推究事物道理的格物，可以達到認識真理目的的致知。其代表人為程明道、程伊川與朱熹等。

5.心學派：

該派以「心」為核心概念，源自孟子心性說，並發展為：「吾心即是宇宙，心即是理」的學說，並認為天理、人理、物理只在吾心之中。人同此心，心同此理，往古來今，概莫能外。治學之方法，要能發明本心，不必多讀書以外求，「學苟知本，六經皆我註腳。」「理」化生天地萬物，人秉其秀氣，故人心自秉其精要。其代表人為陸九淵與王陽明等。

6.事功學派：

該派以「事功」為核心概念，最早提出事功的思想，主張利與義的一致性，「以利和義，不以義抑利」，反對空談義理，並認為「道不離器」，應「學與道合，人與德合」，傑出人物自是「實德」和「實政」的結合。強調以民為本，堅持改革政弊，重視歷史和制度的研究，考求歷代國家的成敗興亡、典章制度的興廢，冀望藉此尋出振興南宋轉弱為強的途徑。其代表人為陳亮與葉適等。

程朱理學盛於宋、元，並成為主導宋、元、明、清四代的意識形態。陸王心學於程朱理學日趨僵化之際，而盛於明代中後期。張羅王氣學則於心學日趨式微之際，與事功學派合流而盛於清代。[12]理學雖鼎盛於宋明，然因空談義理，只強調個人的修養，卻喪失儒家治國平天下的義理，故要傳承孔孟的精神，必須回歸到儒家原典中去尋找依據，從考證，實據的角度提出論證。因此，理學變逐漸衰微，取而代之便是清代考據學的繁榮。

12.參見「維基百科」之道學派、數學派、氣學派、理學派、心學派、事功學派條。http://zh.wikipedia.org/zh-tw/%E4%BA%8B%E5%8A%9F%E5%AD%B8%E6%B4%BE，上網：2013.08.08。

六、清代時期之樸學[13]：

清代樸學的興起，源於清初的士大夫，有感於明亡，其理學過於空談不務實，從而主張「經世致用」的實學，用以矯正「空言心性，無裨益於實際」之弊。顧炎武即主張「經學即理學」，治學必須從文字、訓詁、典章等方面考證入手。黃宗羲亦主張「明人講學，襲語錄糟粕」，應在史學下功夫。後發展至順治四年（1647 年），發生第一起文字獄[14]「函可案」[15]。順治十八年（1661 年）又發生「明史案」[16]。朝廷在抑壓士大

13.樸學，又稱清學或實學或漢學，一般指清代的儒家學術，也有相對於宋學指清代學術的總稱，其範圍包含文字學、訓詁學、校勘學、考據學等。

14.所謂文字獄，係指在專制統治者對文人的一種迫害，《漢語大詞典》定義為「舊時謂統治者為迫害知識份子，故意從其著作中摘取字句，羅織成罪」，《中國大百科全書》則定義為「明清時因文字犯禁或藉文字羅織罪名清除異己而設置的刑獄。」文字獄之案件常是無中生有，小人造謠所為，較大規模的文字獄甚至可以牽連成千上萬人受害，中國歷史上文字獄以清朝為最烈，清人龔自珍詩云：「避席畏聞文字獄，著書只為稻粱謀。」楊鳳城等認為文字獄是「文化現象」。見「維基百科」之文字獄條。http://zh.wikipedia.org/zh-tw/%E6%96%87%E5%AD%97%E7%8B%B1，上網：2013.08.08。

15.函可案發生於順治四年（1647 年）丁亥四月，一位法號函可的和尚，原是明朝禮部尚書韓日纘的長子，因藏有「逆書」《再變記》而遭到滿洲大將巴山、張大猷等逮捕，被擒送軍前，函可身上有洪承疇的印牌，牽涉到洪承疇，「拷掠至數百，絕而復甦者屢，但曰某一人自為，夾木再折，血淋沒趾無二語，觀者皆驚顧咋指，嘆為有道。」；順治五年（1648 年），多爾袞考慮到穩定江南局勢，不想再生事端，對函可從輕發落，流放到瀋陽。見「維基百科」之函可案條。http://zh.wikipedia.org/wiki/%E5%87%BD%E5%8F%AF%E6%A1%88，上網：2013.08.08。

16.明史案為浙江烏程（今湖州）富戶莊廷鑨，因病眼盲想學習歷史上同為盲人的左丘明撰寫一部史書，但又匱於自己所知不多，便去買得明朝天啟大學士朱國禎的明史概遺稿，並延攬有志於纂修明史的才子吳炎、潘檉章等十六人加以編輯；書中仍奉尊明朝年號，不承認清朝的正統，還提到明末建州女真的事，並增補明末崇禎一朝事，直呼努爾哈赤為「奴酋」、清兵為「建夷」，全都清朝所忌諱；該書名為《明書》，書凡一百餘卷作為自己的著作；書成不久莊廷鑨病死，其父莊允誠將書刻成《明史輯略》，順治十八年為歸安知縣吳之榮告發，鰲拜等人責令刑部滿官羅多等到湖州徹查，並嚴厲處置涉案的相關人士；康熙二年（1663 年）明史案了結，牽連千餘

夫的同時，又提倡學術，康熙年間開博學鴻詞科，以編修《明史》；又鼓勵研究程、朱學說，藉以籠絡士大夫。乾隆承襲遺風，詔紀昀率龐大士大夫團編撰《四庫全書》。士大夫也因文字獄而心有餘悸，逐漸轉向無政治問題之考據學發展，朝廷大規模的文化懷柔政策，有助於學術之發展。

自康熙以降，文化的成熟與經濟的發達，使人民生活富裕，造就圖書典籍的豐富與繁榮，官方動用人力與物力編撰叢書、類書，私人購書、校書、刻書、編書也蔚然成風，於是專注於校勘、辨偽、文字、訓詁等的學者越來越多，致樸學鼎盛於清代。

清代之樸學，以經學為主，以漢儒經注為宗，其學風平實而嚴謹。主張通過古音古字以明古訓，明古訓方可明經。研究範圍涉及經學、史學、小學、天文、曆法、數學、金石，以及地理等多方面。其學肇始於顧炎武，中間經閻若璩與胡渭等人的闡揚，至惠棟、戴震，以及錢大昕等人的奠定而開始發展，最後由段玉栽、王念孫，以及王引等人的努力而臻於鼎盛。其中之顧炎武與黃宗羲、王夫之並稱「明末清初三大儒」。

顧炎武反對宋明理學空談「心、理、性、命」，提倡「經世致用」的實際學問和對器物的研究，強調「形而上者謂之道，形而下者謂之器，非器則道無所寓」，因而提出以實學代替理學的主張，認為「百餘年以來之為學者，往往言心言性，而茫乎不得其解也。」因此要「多學而識」，「博學於文」，「行己有恥」，「自一身以至於天下國家，皆學之事也」，開啟一代之新風。「君子為學，以明道也，以救世也。徒以詩文而已，所謂雕蟲篆刻，亦何益哉？」由此被認為是清代考據學的開山祖。清代

人被殺者七十餘人。見「維基百科」之明史案條。http://zh.wikipedia.org/zh-tw/%E8%8E%8A%E5%BB%B7%E9%91%A8%E6%98%8E%E5%8F%B2%E6%A1%88，上網：2013.08.08。

中期學者多以此發端，崇尚研究歷史典籍，從天文地理到金石銘文無不反覆考證，被稱為樸學思想的主要奠基人。

黃宗羲亦反對宋明理學中「理在氣先」的理論，認為「理」並不是客觀存在的物質實體，而是「氣」的運動規律，認為「氣質人心是渾然流行之體，公共之物也」，而「盈天地皆心也」。前者具唯物觀；後者則有唯心論的傾向。其治學以捍衛陽明心學自任，力主「誠意慎獨」之說，亦重史學之鑽研，服膺者如萬斯同、全祖望、章學誠等，皆以史學聞名，蔚為浙東學派。

王夫之批評程朱理學之唯心主義，認為「盡天地之間，無不是氣，即無不是理也」，「氣」是物質實體，而「理」則是客觀規律，並以「絪蘊生化」來說明氣變化日新的性質。「陰陽各成其象，則相為對；剛柔、寒溫、生殺，必相反而相為仇」，「互以相成，無終相敵之理」。強調「天下惟器而已矣」，「無其器則無其道」，從「道器」關係建立其歷史進化論，在知、行關係上，主張行是知的基礎，反對陸王心學「以知為行」和禪學「知有是事便休」的觀點，提出「天下唯器」，「理不先而氣不後」的理論。[17]

清代時期之樸學主要有：

1.吳學派：

該派創自惠周惕，成於惠棟，精於《周易》、《尚書》等經書，又兼及考史書，代表人物尚有王鳴盛、江聲、江藩、余蕭客、錢大昕等人。清儒任兆麟說：「吳中以經術教授世其家者，咸稱惠氏。惠氏之學大都

17.見「維基百科」之顧炎武、黃宗羲、王夫之條。http://zh.wikipedia.org/zh-tw/%E7%8E%8B%E5%A4%AB%E4%B9%8B，上網：2013.08.08。

考據古註疏之說而疏通證明之，與六籍之載相切。傳至定宇先生，則尤多著纂，卓卓成一家言，為海內談經者所宗。」梁啟超亦說：「元和惠棟，世傳經學，祖父周惕，父士奇，咸有著述，稱儒宗焉。棟受家學，益弘其業。」然也批評惠棟是：「凡古必真，凡漢必好」，過分迷信漢人。在學術上的特色是徹底反對宋明理學，以王鳴盛和錢大昕最有名。

其中之惠棟，出身於經學世家，父親及祖父都是著名的學者。祖父惠周惕，康熙三十年進士，著有《易傳》、《春秋問》、《詩說》等；父親惠士奇，康熙四十八年進士，曾督學廣東，著有《易說》、《禮說》、《春秋說》等。惠棟自幼承襲家學，認為漢儒所著經書最近原意，因而專研漢學。並以李鼎祚《周易集解》為主，而博採群經注疏，以及《史記》、兩《漢書》諸注，以發明孟喜、虞翻、荀爽、鄭玄、宋咸、干寶等漢儒之說，先後撰寫《周易述》、《易漢學》、《易例》等書，使斷絕一千五百餘年的漢學，重新大顯於天下。

2.皖學派：

該派創自江永，成於戴震，學術態度則較開放和樸實，戴震曾稱自己的研究態度是「不以人蔽己，不以己自蔽。」因而成就也比吳派高。代表人物還有段玉裁、王念孫，以及王引之等人。梁啟超稱「故苟無戴震，則清學能否卓然而樹立，蓋未可知也」，皖派稍晚於吳派，故不特別尊崇漢儒，主張「反覆求證，不主一家」。

其中之戴震，早年從學於江永，為經學、文字、音韻、訓詁、數學等打下堅實的基礎。做學問實事求是，不主一家，亦不尚博覽，務為專精。所校《水經注》解決長期以來經文、注文混淆的問題。從《永樂大典》中輯出的幾部古代算經，經其校訂，使中國古代的數學成就得到進一步的闡發。所撰《聲類表》與《聲韻考》等書，將入聲及祭、泰、夬、廢四韻獨立，析古韻為十六部，對古音學發展作出貢獻。並提出「故訓、音聲恆相因」、「因聲而知義」等訓詁學主張，對清代訓詁學的發展影響深遠。又主張「志乎聞道」的為學宗旨，與義理的考證，對儒家經典的訓詁中求義理。所著《孟子字義疏證》、《原善》，以及《答彭進士允初書》等批判宋明以來程朱陸王之學，集中闡明其哲學主張，在清代哲學史上具有重大的意義。

3.揚州學派：

該派起於揚州，遠源於顧炎武，近法戴震，鼎盛於乾隆中葉，又承襲吳、皖兩派，表現在形聲訓詁之學、典章制度之學，兼及金石、銘文、戲曲、諺謠等之學，係集清代樸學之大成的學派。張舜徽《清代揚州學記》有言：「無吳、皖之專精，則清學不能盛；無揚州之通學，則清學不能大。」焦循《雕菰集》卷二十一〈李孝臣先生傳〉則說：「吾郡自漢以來，鮮以治經顯者。國朝康熙、雍正間，泰州陳厚耀泗源，天文歷算，奪席宣城。寶應王懋宏予中，以經學醇儒為天下重。於是詞章浮縟之風，漸化於實。乾隆六十年間，古學日起。高郵王黃門念孫，賈文學稻孫，李進士惇，實倡導其始。寶應劉教諭臺拱，江都汪明經中，興化任御史大椿、顧進士九苞，起而應之。相繼而起者，未有已也。」皮錫瑞概括清代漢學之演變說：「國朝經學凡三變。國初，漢學之萌芽，皆以宋學為根底，不分門戶，各取所長，是為漢宋兼采之學。乾隆以後，許鄭之學大明，治宋學者已尟，說經皆主實證，不空談義理，是為專門漢學。嘉道以後，又由許鄭之學，導源而上，易宗虞氏以求孟義；書宗伏生、歐陽、夏侯；詩宗魯、齊、韓三家；春秋宗公、穀二傳。漢十四博士今文說，自魏晉淪亡千餘年，至今日而復明。實能述伏、董之遺文，尋武、宣之絕軌，是為西漢今文之學」。以汪中為主要領袖之一，李淳、阮元、凌廷堪、焦循、劉臺拱、劉寶楠、劉恭冕、劉文淇等人皆為代表。

其中之汪中，七歲喪父，家貧由其母鄒氏教授《小學》、《四書》等，十四歲入書店當學徒，遍覽經史百家，故揚州民間云：「無書不讀是汪中」。二十七歲時作《哀鹽船文》，描寫揚州江面鹽船失火，「狀難寫之情，含不盡之意」，為杭世駿所歎賞，評為「驚心動魄，一字千金」。喜研墨子並將墨子與孔子平視，認為「孔子魯之大夫也，而墨子宋之大夫也，其位相埒」。著有《述學》內外篇、《春秋述義》、《春秋後傳》、《廣陵通典》、《荀卿子通傳》、《小學》等。嘗言：「平生有三憾：一憾造物生人必飲食而始生，生不百年而即死；一憾生無兩翼可飛踏九霄，足不四蹄可徒走千里；一憾古人但著述流傳，不能以精靈晤對」。王引之《汪中行狀》總評說：「陶冶漢魏，不沿歐、曾、王、蘇之派，而取則於古，故卓然成一家言。」[18]

七、民國時期之新儒學：

新儒學，亦被稱作現代新儒學、當代新儒學，係指民國初年由梁漱溟、熊十力、馬一浮新儒家三聖，以及馮友蘭、方東美、唐君毅、牟宗三、徐復觀新儒學八大家等人所倡議，以銜接「程朱理學」的文化運動。主要經典為《新唯識論》、《生命存在心靈境界》、《智的直覺與中國哲學》、《現象與物自身》，以及《圓善論》等書。

新儒學的產生背景，乃由於民國新文化運動以來，全盤西化的思潮衝擊著中國傳統文化，一批學者堅信傳統文化仍有存在的價值，認為儒家的人文思想存在永恆的價值，謀求中國文化和社會現代化的一個學術思想流派。1921 年學衡社的成立及 1922 年學衡雜誌的創刊，以純學術的形式融化中國文化新知的精粹，由此引發新儒家哲學思辨的興起。

18.見「維基百科」之惠棟、戴震、汪中條。http://zh.wikipedia.org/zh-hant/%E6%B1%AA%E4%B8%AD，上網：2013.08.08。

新儒家可分為：

第一代是 1921 年至 1949 年，代表者為：熊十力、梁漱溟、馬一浮、張君勱、馮友蘭等人。

第二代是 1950 年至 1979 年，代表者為：方東美、唐君毅、牟宗三、徐復觀等人。

第三代是 1980 年至今，代表者為：成中英、劉述先、杜維明、霍韜晦、姚新中等人。

新儒學有一個共通點，便是一方面致力對儒、釋、道三家作出新的詮釋及套用，另一方面把西方哲學思想融會在中國傳統智慧之內，從而肯定中國傳統哲學也可發展出民主與科學等現代思想。其中：

熊十力（1885 年～1968 年），原名繼智、升恆、定中，後改名十力，字子真，號逸翁，晚年號漆園老人，湖北黃岡人，是哲學家、學者。他出生在一個貧苦農家，幼時為人牧牛，13 歲、14 歲時，父母即相繼病亡。其主要的哲學觀點是：體用不二、心物不二、能質不二、天人不二。人與天地萬物同具仁心本體，內蘊著極大的力量，可以創造、生化。又主張人不被人創造出來的物質世界和人文建制所異化、所遮蔽，以致忘卻人之所以為人的根蒂。著有：《新唯識論》、《論六經》、《原儒》、《體用論》、《明心篇》，以及《乾坤衍》等書。嘗自謂：「人謂我孤冷，吾以為人不孤冷到極度，不堪與世諧和」、「凡有志於根本學術者，當有孤往精神」，是新儒家三聖之一，《大英百科全書》稱：20 世紀中國最傑出的哲學家。

梁漱溟（1893 年～1988 年），原名煥鼎，字壽銘，筆名壽名、瘦民、漱溟，後以漱溟行世，北京人，是哲學家、教育家，父親梁巨川在清代光緒年間曾任內閣中書，是新儒家三聖之一。著有：《究元決疑論》、《印度哲學概論》、《東西文化及其哲學》，以及《唯識述義》等書。其中之《究元決疑論》為其早年研究佛學的成果之一，在《唯識述義》中有更加詳細和有力的論述，蔡元培（1868 年～1940 年）見之聘為北大哲學教授。後基於當時北大作為中國各種文化和思潮的論戰中心，他發起以儒學為主的研究，以回應當時由胡適所領導的新文化對傳統思想之批判。他透過審視東西文化的發展和局限，重新評價儒家思想，影響同期學者對傳統文化的認識，所著《東西文化及其哲學》一書，也成了現代新儒學的先驅。

馬一浮（1883 年～1967 年），原名浮，字一佛，幼名福田，號湛翁、被揭，晚號蠲叟、蠲戲老人，浙江紹興人，是哲學家、書法家、篆刻家。1903 年遊學美國，並學習歐洲文學，後又遊學德國、日本，研究西方哲學，新儒學三聖之一，浙江大學禮聘他為浙大教授。1939 年，在四川建「復性書院」並親任院長；1953 年，任浙江文史館館長。著有：《泰和會語》、《爾雅臺答問》、《爾雅臺答問繼編》、《老子道德經注》、《朱子讀書法》、《蠲戲齋佛學論著》，以及《宜山會語》等書。尤其是他的書法造詣極高，也是一位很有藝術成就的篆刻家，有：《馬一浮篆刻》、《蠲戲齋詩集》等著作傳世。浙大文學院院長梅光迪（1890 年～1945 年）認為：馬一浮和柳詒徵（1880 年～1956 年）是當時中國學問最淵博的人，稱兩人的組合「或可周知有關中學和中國文化的知識，目前在中國還沒有第三個人可以和他們相比。」

張君勱（1887 年～1969 年），名嘉森，字君勱，號立齋，別署世界室主人，筆名君房，以字行，江蘇寶山人（今上海市寶山區），是政治家、哲學家，是中華民國憲法之父，也是新儒學八大家之一，先後在長沙明德學堂、常德師範學堂任教。1906 年公費留學日本早稻田大學（日語：わせだだいが）政治經濟科；1910 年（宣統二年）回國，高中法政科進士，授翰林院庶吉士；1913 年入德國柏林大學（德語：Humboldt Universitätzu Berlin）專攻政治學，並獲得政治學博士學位；1918 年（民國 7 年），隨梁啓超（1873 年～1929 年）等人前往歐洲考察，之後留在德國學習哲學；1929 年赴德國，在加拿大學教書；1931 年回國，赴北平燕京大學、清華大學等校執教；1949 年經由澳門赴印度，在德里大學（英語：University of Delhi）和加爾各答大學（英語：Calcutta University）任教；1955 年到美國史丹佛大學（Leland Stanford Junior University）從事中共政治研究，並遍訪世界各國，講演孔孟學說和反共思想。著有：《立國之道》、《新儒家思想史》、《義理學十講綱要》、《明日之中國文化》、《儒家哲學之復興》，以及《辯證唯物主義駁論》等書。

馮友蘭（1895 年～1990 年），字芝生，男，河南唐河人，是哲學家，也是新儒學八大家之一。1918 年畢業於北京大學哲學系；1919 年考取公費留學美國，並於 1923 年獲得哥倫比亞大學（Columbia Universityinthe Cityof New York）哲學博士學位；1923 年歸國任中州大學（今河南大學）哲學系教授兼主任；1925 年任廣州中山大學哲學系教授兼主任；1926 年任燕京(今北京)大學教授；1928 年後轉任清華大學哲學系教授兼學校主任秘書、系主任、文學院院長，西南聯大文學院院長等職，以及當選「中央研究院」第一屆院士。馮友蘭曾自擬「三史釋古今，六書紀貞元」一聯，總結自己得意之作：三史是《中國哲學史》、《中國哲學簡史》、《中國哲學史新編》等三套中國哲學史著作；六書是「貞元六書」，即《新理學》、《新世訓》、《新事論》、《新原人》、《新原道》、《新知言》等六本自成體系的分析哲學著作；另有《人生哲學》、《覺解人生》等多本文學創作。馮友蘭一生的評價極為兩面：

負面：學者劉述先認為：雖然梁漱溟、熊十力、馮友蘭都曾上書毛澤東，對毛有溢美之詞，對毛心存幻想，但梁、熊保持了氣節，而馮沒有保持氣節，並說：三人之間「本質性的差別」在於，梁、熊均一生尊孔，而馮曾經曲學批孔；張君勱責備馮：「讀書數十年，著書數十萬言，即令被迫而死，亦不失為英魂，奈何將自己前說一朝推翻，而向人認罪？……不識人間尚有羞恥事乎？」

正面：大陸學者李慎之認為：「中國人要了解、學習、研究中國哲學，一般來說，必須通過馮先生為後來者架設的橋梁。我常說，馮先生可超而不可越，意思是，後人完全可能，而且也應當勝過馮先生，但是卻不能繞過馮先生。……如果說中國人因為有嚴復而知有西方學術，外國人因為有馮友蘭而知有中國哲學，這大概不會是誇張」；學者周質平認為：「在那樣一個沒有不說話自由的集權社會裡，我們又何忍苛責一個人為了保全性命，而說些言不由衷，應景敷衍的話呢。」、「1949 年之後，中國知識分子所受到的迫害真可以說是三千年來所未曾有。過分在氣節上求全生活在那個苦難時代的知識分子，都不免是為那個殘暴的政權在作開脫。……在這樣悲慘的情況下，若依舊以氣節來求全知識分子，實無異於逼人做烈士。……這種要人做烈士的正義批評也正是戴東原所說的『以理殺人』，『五四』時期所極欲打倒的『吃人的禮教』。」、「我們在批評馮友蘭無恥的時候，不妨設身處地地想想，我若身處在那樣沒有不說話自由的環境裡，我可有能力和膽識不隨波逐流，保持住自己的獨立人格？這樣設身處地一想，就能瞭然『易地則皆然』的簡單道理了。一個有人味的社會是允許一個人有不做烈士的自由的。」、「馮友蘭在《新世訓．道中庸》說道：『言必信，行必果』，是俠義的信條。『言不必信，行不必果，惟義所在』，是聖賢的信條。此所謂義，即『義者，宜也』之義。所謂宜者即合適於某事及某情形之謂。作事須作到恰好處。但所謂恰好者，可隨事隨情形而不同。這是馮友蘭文革期間『權宜』和

『便宜行事』的主導思想。……在馮氏看來，為自己信念而殉道的烈士，不免都是『尾生之信』，犯了過分拘泥的毛病，是不足為訓的。」

方東美（1899 年～1977 年），原名珣，字東美，安徽桐城人（今安徽省樅陽縣人），清代桐城派古文創始人方苞第十六世族孫，是哲學家，也是新儒學八大家之一。1921 年就畢業於南京金陵大學哲學系；同年赴美國威斯康辛大學（University of Wisconsin）留學，後轉入俄亥俄州立大學（The Ohio State University），獲博士學位，留美期間喜好實用主義哲學，後來深為柏拉圖（古希臘語：Πλάτων，429 年～347 年 B.C.）所吸引，熱愛希臘哲學。回國後任國立東南大學（1928 年改名國立中央大學）哲學系教授兼系主任；1948 年任臺灣大學哲學系教授兼系主任。晚年致力於建立「新儒學」體系，被推崇為新儒學的哲學起源。著有：《生生之德》、《華嚴宗哲學》、《大乘佛教哲學》、《哲學三慧》，以及《中國哲學之精神及其發展》等書。雖對於各宗教信仰不排斥，但推崇最高理想即東方文化之儒道與佛學。

唐君毅（1909 年～1978 年），學名毅伯，四川宜賓人，是哲學家、教育家，師從熊十力、梁漱溟等人，也是新儒學八大家之一。1932 年畢業於國立中央大學哲學系；1937 年受聘於華西大學；1940 年任教重慶中央大學；1949 年遷居香港，與錢穆、張丕介等人創辦亞洲文商學院，1950 年更名新亞書院；1957 年應美國國務院所邀，赴洋講學；1963 年新亞書院與崇基學院、聯合書院合組成香港中文大學，出任新亞書院哲學系講座教授，兼系主任、教務長等職；1975 年任臺灣大學哲學系客座教授，一生奉獻教育及學術界。著有：《中西哲學思想之比較研究集》、《中國文化之精神價值》、《中國哲學原論》、《文化意識與道德理性》，以及《哲學概論》等近二十本著作。

牟宗三（1909 年～1995 年），字離中，山東棲霞人，是哲學家、教育家，師從熊十力、金岳霖等人，也是新儒學八大家之一。1933 年畢業於北京大學哲學系，曾獲香港大學名譽博士學位，以及行政院文化獎。先後任教於山東壽張縣鄉村師範、廣州學海書院、山東鄒平村治學院、廣西梧州中學、南寧中學、華西大學、中央大學、金陵大學、浙江大學，以講授邏輯與西方文化為主；1949 年到國立臺灣師範大學與東海大學任教；1960 年應聘至香港大學主講中國哲學；1968 年轉任香港中文大學新亞書院哲學系主任；1974 年自香港中文大學退休後，任教於新亞研究所；其後又任教國立臺灣大學、國立臺灣師範大學、東海大學、國立中央大學等校。牟宗三的思想受熊十力的影響很大，他不僅繼承且發展熊十力的哲學思想，致力於謀求儒家哲學與康德哲學的融通，並力圖重建儒家的「道德的形上學」。獨力翻譯康德(德語：Immanuel Kant；1724 年～1804 年 A.D.）的《三大批判》，融合康德哲學與孔、孟、陸、王的心學，以中國哲學與康德哲學互相詮解，並認為當代新儒學的任務為：「道統之肯定，即肯定道德宗教之價值，護住孔孟所開闢之人生宇宙之本源。」、「反省中華民族的文化生命，以重開中國哲學的途徑。」為己任。他的著作，都是針對時代或學術問題，進而提供一個解決之道。著有：《心體與性體》《才性與玄理》《中國哲學十九講》《中西哲學之匯通》《現象與物自身》，以及《佛性與般若》等近三十本著作。

徐復觀（1904 年～1982 年），原名秉常，字佛觀，後由熊十力更名為復觀，湖北浠水人，是軍事家、哲學家、教育家，也是新儒學八大家之一。1923 年畢業於湖北省立第一師範學校，並在家鄉的第五模範小學教書；1927 年在湖北省立第七小學做校長；1928 年東渡日本，相繼就讀於明治大學（めいじだいが）經濟系、陸軍士官學校(りくぐんしかんがっこう)步兵科，求學期間組織「群不讀書會」研究馬克思主義；193

1 年因與同學抗議日本侵華(918 事變)後被驅逐出境，結束留學生涯，回國後經友人介紹到桂系[19]的部隊任職，抗日戰爭期間，一直持續著軍旅生活。歷任：參謀、團長、少將等職務。1949 年隨國民政府來臺，並棄武從文，精研儒學，發表不少學術論文；1952 年在臺灣省立農學院任教；1955 年東海大學在臺中建校，受曾約農校長之邀，任中文系教授兼系主任；1968 年因與同事梁容若發生筆戰，被迫退休離開臺灣，並受唐君毅邀請去香港新亞書院任教，以寫政論雜文聞名。著有：《中日文化交流史論》、《中國文化東漸研究》、《中國文學史研究》、《國語與國文》，以及《作家與作品》等近二十本著作。

成中英（1935 年～2024 年），男，湖北陽新人，生於南京，擁有中華民國與美國雙國籍的華裔哲學家、教育家，師從方東美，也是新儒學八大家之一。1949 年舉家隨國民政府來臺，並就讀於臺北市立建國高級中學；1956 年畢業於國立臺灣大學，並考入該校哲學研究所；1957 年獲得美國華盛頓大學（Universityof Washington）的獎學金，前往攻讀該校哲學碩士；1959 年取得學位，並同時獲得哈佛大學、耶魯大學、康乃爾大學、伊利諾大學四校哲學系的研究生獎學金，最後選擇哈佛大學（HarvardUniversity），攻讀該校博士學位；1963 年完成博士學位，並任職於檀香山夏威夷大學馬諾阿分校的哲學助理教授；1970 年回國並擔任國立臺灣大學哲學系教授兼主任及哲研所所長；1985 年在檀香山創立遠東高級研究院（FEIAS）；1995 年接受俄羅斯科學院（俄語：Р о с с и́й с к а я а к а д е́м и я н а у́к）遠東研究學院授予的名譽博士學位，並重組遠東高級研究學院，成立國際東西方大學（International East-West University）。著有：《中國哲學與中國文化》、《科學

[19]桂系是指在中華民國大陸時期，以廣西為根據地，以廣西籍軍政人物為中心結成的軍閥，包括：舊桂系，1916 年至 1925 年間以陸榮廷、譚浩明為代表的軍閥派系；新桂系，1920 年至 1953 年間以李宗仁、白崇禧、黃紹竑為代表的軍閥派系。

知識與人類價值》、《中國哲學的現代化與世界化》，以及《知識與價值：和諧，真理與正義的探索》等近二十本著作。

劉述先（1934 年～2016 年），筆名音衍，江西吉安人，生於上海，是哲學家、教育家，師從方東美，也是新儒學八大家之一。1949 年隨國民政府來臺，並就讀於國立臺灣大學哲學系，並順利取得文學士、哲學碩士，以及美國南伊利諾大學（Southern Illinois University）哲學博士。曾任教於臺灣東海大學、美國南伊利諾大學哲學系、香港中文大學哲學系、臺灣中央研究院中國文哲研究所特聘講座；2000 年任臺灣東吳大學第一任端木愷講座教授。以構建新儒學、弘揚新儒學為己任。著有：《文學欣賞的靈魂》、《語意學與真理》、《新時代哲學的信念與方法》、《文化哲學的試探》、《生命情調的抉擇》、《中國哲學與現代化》、《馬爾勞與中國》、《朱子哲學思想的發展與完成》、《文化與哲學的探索》、《黃宗羲心學的定位》、《中西哲學論文集》、《大陸與海外～傳統的反省與轉化》，以及《儒家思想與現代化》等書。

杜維明(1940 年～)，廣東南海人，生於雲南昆明，擁有中華民國與美國雙重國籍的華裔哲學家、教育家，師從徐復觀，也是新儒學八大家之一。1949 年舉家隨國民政府來臺，並就讀於臺北市立建國高級中學；1961 年畢業於東海大學中文系；1962 年獲「哈佛－燕京獎學金」赴美國哈佛大學就讀，並於 1968 年獲得哲學博士學位。曾任教於美國普林斯頓大學（Princeton University）、加州柏克萊大學（University of California，Berkeley）、哈佛大學；1988 年成為美國人文、藝術及科學院院士；2010 年應聘為北京大學任教，並兼高等人文研究院院長。他從 1966 年起，便全心全力從事對儒家精神作長期的探索，並以此作為自己專業研究工作，把儒學看成是「哲學的人類學」、「宗教哲學」，試圖從文化認同的意義上說明儒家傳統的歷史和價值，並認為儒家思想的原初形式是環繞著孔子的仁學而展開的，這套思想具有成熟的道德理性、濃厚的人文關切和強烈的入世精神。著有：《今日儒家倫理》、《現代精神與儒家傳統》、《人性與自我修養》、《儒家思想：創造轉化的人格》，以及《新加坡的挑戰》等多本著作。

霍韜晦（1940 年～2018 年），廣東廣州人，生於海南，是哲學家、教育家，新人文主義與性情學之倡導者，師從唐君毅，也是新儒學八大家之一。1957 年移居香港，並入讀聯合書院夜校；1966 年肄業於新亞碩士研究所；1969 年獲得美國哈佛大學獎學金，被派往日本大谷大學（日語：おおたにだいが）修讀博士課程，專攻佛學。1972 年返港，任香港中文大學哲學系講師；1982 年起兼任新亞研究所研究員，並在香港創辦法住機構，擔任香港法住文化書院院長、新加坡東亞人文研究所所長，並為中國社會科學院、南京大學、廣州中山大學、上海華東師範大學之客座教授。霍韜晦主張「生命教育」與「性情教育」，認為只有先把人的性情開發出來，人才能健康成長，他將之稱為「生命成長的學問」。著有：《成長的鍛煉》、《優質民主》、《生老病死》、《孔子知命之旅》、《從反傳統到回歸傳統》，以及《現代佛學》、《如實觀的哲學》、《絕對與圓融》等五十幾本著作。

姚新中（1957 年～），河南駐馬店人，是哲學家、教育家，是《儒學百科全書（Encyclopaediaof Confucianism）》的編著者，也是新儒學八大家之一。他畢業於中國人民大學，並在英國威爾斯大學（University of Wales）取得博士學位。曾任英國倫敦國王學院（King'sCollegeLondon）中國研究所教授兼所長、威爾斯大學宗教和倫理學教授，牛津大學奕恩朗希中心研究員；1998 年為表彰其在英國儒學作出的貢獻，特授香港孔子學院榮譽主席；2013 年回國並擔任中国人民大学哲学院教授兼院长。姚新中的學術研究，主要關注於儒學，尤其是儒學和基督教之間的比較研究。著有：《儒家百科全書》(Encyclopaediaof Confucianism)、《儒家思想概論》（AnIntroduction To Confucianism）、《儒教與基督教的比較研究》（A Comparative Study of Confucianismand Christianity）等著作。

八、兩岸四地[20]之生死學：

所謂「生死學(Studies of Lifeand Death)」，係指：「研究人類的生與死兩種狀態的一門學問。」它牽涉到社會學、科學、醫學、法律等層面，企圖從理論或實務層面提供生命或死亡的相關見解。這些見解是與人類的社會文化脈絡形成的知識系統密切相關，而在生死學的視野來看，人類的知識系統可粗分為三個主要部分：宗教、哲學、與科學。其中之宗教係在解釋人類的生前與死後；科學研究人類的出生到死亡；哲學則在思想上貫串整個時空，其間的關係正是生死學涵蓋的部分。由於大部分的學科都已經將生命的部分做出相當的研究，因此生死學探討的議題，便有大部分的內容在探討死亡，故狹義的說法會將生死學與死亡學(Thanatology)畫上等號，它也是哲學的範疇。

生死學興起於二十世紀，在 1903 年俄國生物學家伊里亞．伊里奇．梅契尼可夫（烏克蘭語：Ілля Ілліч Мечников，1845 年～1916 年），在其著作《人的本質(TheBottomofMan)》中提出「死亡學」的概念，當時並未受到注目。直到二戰結束，戰爭後遺症、自殺潮，以及存在主義的興起，死亡學才漸漸受到重視。1959 年，美國心理學家赫爾曼．費費爾(Herman Feifel，1915 年～2002 年)邀請不同領域的學者們共同編寫《死亡的意義（The Meaning of Death)》，以及 1969 年，瑞士裔美籍

[20]兩岸四地係指：臺灣、大陸、香港、澳門，並以 1949 年國民政府遷臺為界線。

精神科醫師伊莉莎白·庫伯勒·羅斯(Elisabeth Kubler Ross，1926 年～2004 年)出版的《論死亡與臨終(Encountering Deathand Dying)》都引起轟動，美國社會隨之興起「死亡教育」，並流傳世界。中國的兩岸四地，自也受其影響。故以下將分：臺灣、大陸、香港、澳門等兩岸四地來做說明：

1.臺灣：

臺灣第一門「生死學」課程，為 1989 年余德慧與楊國樞在臺大心理系所開設，深受學生的喜愛。

臺灣以「生死學系/研究所」為名的教育機關，為南華大學，創辦於 1997 年，是第一，也是目前的唯一，是傅偉勳親手擘畫與推動的成果。

臺灣以「生死學會」為名的民間團體，為 1999 年由林龍溢等人所成立的「中華生死學會」，是一個非牟利的組織，藉著學術研究與推廣、端正社會風氣為宗旨，經由團隊的相互切磋從生到死過程中，如何活出生命的意義與價值是我們最高理想，從生死教育、生死輔導、生死關懷與生死管理等方面提供專題講座，頗受歡迎。

臺灣生死學的代表人物[21]為：傅偉勳、余德慧、釋慧開等人。

傅偉勳（1933 年～1996 年），新竹人，師承方東美，是哲學家。1952 年考入國立臺灣大學哲學系，先後完成學士及碩士學位：1960 年順利考取美國檀香山「東西文化技術中心」，並於夏威夷大學（University of Hawai'i）習修比較哲學、中觀學與禪宗，以及加州柏克萊大學習

[21]一個領域的代表，或能稱之為「家」者，至少應有一本該領域的學術論文，方能稱之；但縱有專著也不一定能稱之為家，需經學術界的認同；楊國樞（1932 年--2018 年）雖是心理學大師，也是國內第一個開設「生死學」課程，然無該領域的專著，故本書不收錄。

修康德知識論及邏輯經驗論；1966 年取得伊利諾大學（University of Illinois）獎學金，進入博士班專攻日常語言分析理論、規範倫理學。1969 年受聘至俄亥俄大學教授遠東思想與佛教哲學，期間攻讀宋明理學與大乘佛學，並分析當代儒家熊十力、唐君毅、牟宗三的論著；1971 年至天普大學（Temple University）宗教研究所任教，在大學部開設「生死學」，博士班則開設「道家、禪學與海德格」。傅偉勳一生學貫中西，兼通中、英、日、德四種語言，曾構思「文化中國」、「創造的詮釋學」等概念，並致力於推動「生死學教育」，對學界影響甚鉅，被譽為「臺灣生死學之父」。著有：《西洋哲學史》、《死亡的尊嚴與生命的尊嚴：從臨終精神醫學到現代生死學》、《學問的生命與生命的學問》，以及《道元》等十幾本著作。

余德慧（1951 年～2012 年），屏東人，是心理學家、哲學家(生死學)，也是《張老師月刊》[22]創辦人之一，與楊國樞在臺大開設臺灣第一門生死學課程。1983 年取得國立臺灣大學臨床心理學博士學位；1987 年赴美國加州柏克萊大學進行博士後研究，研究醫療人類學、現象學心理學、宗教與臨終照顧等領域；1989 年返國任教於國立臺灣大學心理學研究所，他與恩師楊國樞教授在臺大心理系開設了全臺灣第一門「生死學」課程，深受學生喜愛。1995 年與顧瑜君結婚，並隨其妻參與創辦國立東華大學教育研究所而移居花蓮任教；2002 年創辦國立東華大學諮商與輔導學系（今諮商與臨床心理學系）並擔任創系主任，以諮商心理學為主，文化人類學、教育心理學、教育社會學為輔，發展族群文化諮商研究項目。2006 年自國立東華大學退休，受聘至慈濟大學宗教與文化研究所（今更名為宗教與人文研究所）任教，講授本土心理學、宗教現象學、宗教

[22]《張老師月刊》成立於 1969 年，首創「張老師專線」，從事青少年輔導服務，是一個從事公益的團體，對臺灣社會貢獻很大。

療癒與生死學課程，並以德國哲學家海德格（德語：Martin Heidegger，1889 年～1976 年），以及丹麥哲學家齊克果（丹麥語：Søren Aabye Kierkegaard，1813 年～1855 年）的思想為基礎。著有：《生命史學》、《生死學十四講》、《生死無盡》、《臺灣巫宗教的心靈療遇》、《臨終心理與陪伴研究》、《生命宛若幽靜長河》、《宗教療癒與生命超越經驗》，以及《生命轉化的技藝學》等近五十本著作。

釋慧開(？年～)俗名陳開宇，？？人，是哲學家(生死學)。1977 年畢業於國立臺灣大學數學系畢業；1997 年取得美國費城天普大學(Temple University)宗教研究所哲學博士，專研佛學哲學、天臺宗教義、宗教哲學、儒家哲學、東西方宗教傳統與生死探索、臨終關懷、死後生命探索等專業。曾任南華大學教務長、學務長、研發處處長、副校長、代理校長、佛光大學佛教學院院長。現為佛光山寺副住持、南華大學使命副校長、生死學系（所）專任教授、佛光大學佛教學系兼任教授，以及臺灣生死輔導學會理事長等職，並獲得 2016 年教育部生命教育「特殊貢獻獎」；2006 年社會教育有功個人獎等榮譽。著有：《生命是一種連續函數》、《生死自在～生命終極關懷系列一、二》、《儒佛生死學與哲學論文集》等著作。

2.大陸：

大陸最早開設「生死學」的課程，為 2000 年廣州大學的胡宜安通識選修課；2006 年山東大學基礎醫學院的王雲嶺的「死亡教育課」，至今已蔓延全國至少二十幾所高校，深受學生的喜愛。

大陸生死學的代表人物為：鄭曉江、陳兵、段德智等人。

鄭曉江（1957 年～2013 年），江西萬載人，是哲學家(生死學)。主要研究為中國哲學與中國文化，尤擅長生死哲學的研究。曾任江西師範大學哲學系教授，以及道德與人生研究所所長；武漢大學傳統文化研究中心兼職研究員、國務院政府特殊津貼獲得者、中國哲學史學會理事、國際儒學聯合會理事。曾應邀在臺灣大學、輔仁大學哲學系、成功大學、高雄師大、高雄醫學院、佛光大學、臺北榮總醫院、臺中榮總醫院、臺灣耕莘護理專科學校、臺灣新竹市文化館、清華大學、復旦大學、中山大學、哈爾濱工業大學、黑龍江大學、華南師範大學、華中科技大學、汕頭大學、湖北大學、浙江傳媒學院、中國農業大學、福建師範大學、新疆大學、安徽大學、萬里學院、南深圳市民大講堂、中山市香山大講堂等作學術演講上百次。著有：《傳統道德與當代中國》、《穿透人生》、《傳統～現代人的兩刃劍》、《中國人生精神》、《西方人生精神》、《中華民族精神之源》、《拷問人生》、《中國死亡智慧》、《禍福之門》、《生死智慧》、《善死與善終》、《超越死亡》、《生命終點的學問》、《中國生命學》，以及《生死學》等著作，另發表論文百餘篇。

陳兵(1945 年～)，甘肅武山人。1968 年畢業於蘭州大學中文系，1981 年畢業於中國社會科學院研究生院宗教系。畢業後在中國社科院世界宗教所工作，主要研究：佛教思想、生死學、宋元明清道教等專業。1987 年轉任四川大學宗教學所，擔任研究員、博導，以及兼任河北禪學研究所副所長、中國佛教文化研究所特約研究員、閩南佛學院、廣東尼眾佛學院、西藏大學等兼職教授等職。他根據多年的研究和實證，針對現代人的根基，對整體佛學進行了全面的總結和有機的整合，撥開佛教信仰與修行中的重重迷霧。著有：《人間佛教與現代社會》、《佛法真實論》、《佛法正道論》、《佛教禪學與東方文明》、《佛教心理學》、《佛教生死學》、《新編佛教辭典》、《佛教格言》、《道教修煉養生學》等專著，以及發表百餘篇論文。

段德智(1945 年～)，河南輝縣人，是哲學家(生死學)。1968 年畢業於武漢大學哲學系，並於 1981 年獲得哲學碩士學位，並開始任教於母系，1991 年任副教授，1995 年任教授，1997 年被批准為博士生導師，並兼任系主任，主要專業為：哲學與宗教學，以及生死學。曾在 1970 年擔任湖北省鶴峰縣中雲中學校長；1987 年赴美國薛頓賀爾大學（Seton Hall University），為期一年的普通訪問學者；1998 年赴美國哈佛大學為期一年的高級訪問學者；2001 年赴德國柏林理工大學（德語：Technische Universität Berlin）哲學所，從事為期三個月的合作研究。著有：《西方死亡哲學》、《腦死亡：現代死亡學》、《宗教思想家論宗教與人生》，以及《死亡哲學》等近二十本著作，以及發表百餘篇論文。

3.香港：

香港最早推動「生死學」方面的課程，為 1999 年香港中文大學宗教系獲香港優質教育基金贊助，推行為期兩年的「優質生命教育的追尋」計劃，共有 21 所中學成為夥伴學校。

香港最早以「生死學會」方面為名的民間團體，為 2006 年由謝建泉等人所成立之「生死教育學會」，是屬慈善和非牟利的教育和服務團體。由一群醫護人員、學者、社工和宗教人士所創立。以推廣生死教育至專上學院的通識課程，以及為醫學院本科必修課程等目的。

「香港生死學協會」則成立於 2018 年，也是一個非牟利組織，其成員大都年輕並熱心於生死教育的專業人士所組成，致力探究「『生』命教育、『老』年規劃、『病』者照顧、『死』後安排」四大議題，以增強公眾認知與社區連繫，改變固有觀念，賦於大眾為自己在生、老、病、死的安排上，擁有選擇及決定權，從而推動社會政策，讓香港人「從死看生，活好當下」。

其中之創會會長伍桂麟，還著有《生死教育講呢啲》一書。可惜！該書不是學術論著，該會也僅是教育吾人如何面對生、老、並、死，不是生死哲學的開創與傳承。據香港現有資料顯示，並無有關生死學方面的代表人物及其論著，故在此從缺。

4.澳門：

澳門最早推動「生死學」方面的課程，為 2012 年鏡湖護理學院在大三學生中開展「生死教育」這門選修課，課程除從哲學、倫理、社會等方面，講授死亡的概念和相關議題。

澳門最早以「生死學會」方面為名的民間團體，為 2022 年所成立之「華人生死學與生死教育學會」，是非牟利的教育和服務團體。由一群醫護人員、學者、社工和宗教人士所創立。以推動華人地區、尤其是中國本土的生死問題學術研究與交流，促進華人生死學學術體系、學科體系之建構，以及培育生死教育一線教師，推動華人地區生死教育之普及，讓生死教育進入大眾教育體系。

據澳門現有資料顯示，並無有關生死學方面的代表人物及其論著，故在此從缺。

叁

賞析篇

本單元之用意，在於呼應史蹟篇之分期，讓讀者了解作品之間的傳承與演變，並賞析每一時期的作品，一睹哲人風采，以開闊吾人豁達的人生。茲賞析如下：

第一章、先秦時期之諸子學

尚書•無逸

內容導讀：

周公作〈無逸〉，從當時的時代背景來看，是正值殷周交替之際，周公輔佐周武王伐紂滅商建立建周朝後，武王病逝，周成王年幼，由周公攝政，他平定三監之內亂、封建諸侯，並制禮作樂，為周王朝奠定下長治久安的基礎。

至周成王成年，周公還政給周成王，因恐成王會逸於安樂，荒廢政事，所以寫了這一篇文章，提醒成王不可因貪圖享樂而敗壞了祖先的德業，所以稱為〈無逸〉。

作者介紹：

〈無逸〉一篇出於《尚書》，此篇相傳為周公所作，周公旦，姓姬，名旦，諡文，因采邑在周城(今陝西岐山之北)，稱為周公，生卒年因去今已遠而不可考證，約活躍於公元前十一世紀。周公是周文王姬昌之第四子，周武王之弟。武王病逝後，其子成王年幼，由周公攝政當國。其兄弟管叔、蔡叔和霍叔等人不滿周公攝政，聯合紂王之子武庚和徐、奄等東方夷族反叛，史稱三監之亂。周公奉命出師，三年後平亂，並順勢將國家勢力擴展至東海，統一全國。《尚書大傳》稱「周公攝政；一年救亂，二年克殷，三年踐奄，四年建侯衛行書，五年營成周，六年制禮作樂，七年致政成王。」周公心繫社稷，曾提出「敬德保民」的主張，制禮作樂、建立典章制度使國家安定有序，其言論見於《尚書》諸篇，如《金縢》、《無逸》等。

〈無逸〉一篇所出自的《尚書》，則非一時一地一人之作，為一部多體裁文獻彙編，是東周以前的政事史料彙編，是中國現存最早的史書。《尚書》的作者介紹主要是史官，戰國時期總稱《書》，漢代改稱《尚書》，即「上古之書」，因是儒家五經之一，又稱《書經》，《禮記・玉藻》稱君王「動則左史書之，言則右史書之」，史官記錄君王的言行，彙編成冊，就是《書》。《尚書》分為《虞書》、《夏書》、《商書》、《周書》，〈無逸〉一篇即出於《周書》，記載周朝的政事史料。《尚書》現存版本中真偽參半，一般認為《今文尚書》中《周書》的《牧誓》到《呂刑》十六篇是西周真實史料，《文侯之命》、《費誓》和《秦誓》為春秋史料，所述內容較早的《堯典》、《皋陶謨》、《禹貢》反而是戰國編寫的古史資料。今本《古文尚書》總體認為是晉代梅賾(因ㄗㄜˊ)偽造，但也存在爭議。

課文說明

【本文】周公曰：「嗚呼！君子[1]所[2]其無逸。先知稼穡之艱難，乃逸；則知小人[3]之依[4]。相[5]小人，厥父母勤勞稼穡，厥子乃不知稼穡之艱難，乃逸乃諺[6]既誕[7]。否[8]則侮厥父母曰：『昔之人，無聞知[9]！』」

1君子，在此指居於上位者。
2所，語詞。
3小人，民眾。
4依，隱也；隱痛也。
5相，視。
6諺：同喭，放肆的意思。

【翻譯】周公說：「唉！在上位的君子無論在什麼時候什麼地方都不要貪圖安逸！要先去體驗小民種莊稼的艱難，然後再過安逸的生活，就會瞭解小民的痛苦。你要看看那些小戶人家，他們的爹娘辛辛苦苦的種莊稼，到了他兒子這一代卻不知道種莊稼的艱難，只是貪圖安逸，放蕩不恭，等到放蕩久了以後，倒反侮辱他的爹娘說：『上一代的人什麼都不懂。』」

【本文】周公曰：「嗚呼！我聞曰：昔在殷王中宗[10]，嚴[11]恭寅[12]畏，天命自度[13]，治民祗[14]懼，不敢荒寧[15]。肆中宗之享國[16]，七十有[17]五年。其在高宗[18]，時[19]舊[20]勞于外，爰暨[21]小人。作[22]其即位，乃或亮陰[23]，三年不言；其惟不言，言乃雍[24]。不敢荒寧，嘉[25]靖[26]殷邦。至于小大[27]，無

7誕，妄也。
8否，古與丕通。周書中屢見丕則這樣的用法，於是的意思。
9中宗：即殷王祖乙。
10中宗：即殷王祖乙。
11嚴：莊重。
12寅：敬謹。
13度：忖度。
14祗：敬謹。
15荒寧：為當時的成語，指過於逸樂。
16享國：在位擁有國權。享，受也。
17有：又。
18高宗：即殷王武丁。
19時：實也。
20舊：久。
21暨：與。
22作：及。
23亮陰：論語解釋為居喪；呂氏春秋解釋為謹慎言語。以文章大意來推敲，後者的解釋較符合。亮，可解釋為信；陰，可解釋為默。
24雍：和，平和。
25嘉；美善。
26靖：安定平靜。
27小大：指年幼者與年長者。小，指年幼者；大，指年長者。

時[28]或怨。肆高宗之享國，五十有九年。其在祖甲[29]，不義惟王，舊為小人。作其即位，爰知小人之依；能保惠[30]于庶民，不敢侮鰥寡。肆祖甲之享國，三十有三年。自時[31]厥後，立王生則逸；生則逸，不知稼穡之艱難，不聞小人之勞，惟耽[32]樂之[33]從。自時厥後，亦罔或克壽：或十年，或七、八年，或五、六年，或四、三年。」

【翻譯】周公說：「唉！我聽說：從前殷朝的國王中宗，為人莊重謹慎，做事完全依照天命，治理小民十分小心，一點也不敢懈怠；因此他得到了很高的壽命，在位一共是七十五年。殷朝另一個國王高宗，他長時期在民間勞動，和百姓們在一起生活；到了他即位時，他真實而沉默，在三年中不曾說話，他只是不說而已，依說出來就非常的和諧。他做事是一點也不敢懈怠，因而把殷國治理得很好很安定，以至於大大小小的臣民都很服從他，沒有一個人對他有怨言；因此，高宗的壽命也很長久，在位一共是五十九年。到了祖甲，他以為自己作君王是不合理的，因此他做了很久的平民。等到他即位時，他就能瞭解人們的痛苦，能保護並愛憐百姓們，連孤苦無告的也不敢欺侮。所以祖甲享有國運達三十三年。從此以後，所立的國君一出生就安逸，所以不知道耕種收穫的艱難，也不知道人民的辛苦，只尋求過度的逸樂。從此以後，那些王再也沒有能享高壽的了：他們在為的時間或者十年，或者七八年，或者五六年，或者三四年。

28時：是，指殷高宗武丁。無是或怨，指對殷高宗沒有抱怨。

29祖甲：為武丁之子。《史記集解》中記載武丁欲立祖甲而廢其兄祖庚；祖甲認為廢長立少不合於義，故而逃亡民間。故下文曰不義惟王。惟，為也；依，同註四，隱，隱痛。

30惠：愛。

31時：是。

32耽：過於逸樂。

33之：是，代詞性助詞。

【本文】周公曰：「嗚呼！厥亦惟我周太王[34]、王季，克自抑[35]畏[36]。文王卑服[37]，即[38]康[39]功[40]田功。徽柔懿[41]恭，懷保[42]小民，惠鮮[43]鰥寡。自朝至于日中昃[44]，不遑暇食，用咸[45]和萬民。文王不敢盤[46]于游田，以庶邦惟正之供。文王受命[47]惟中身[48]，厥享國五十年[49]。」

【翻譯】周公說：「唉！只有我們周的太王、王季，能委屈自己敬畏天命。文王穿著卑劣的衣服，從事荒野田畝的工作。他和柔、善良、而又恭敬，保護民眾，愛護孤苦無依的人。從清晨到中午乃至下午，他都沒有閒暇吃飯，以求與民眾們處得融洽。文王不敢樂於遊玩打獵，和各諸侯國之間是恭謹地辦裡政事。文王在中年的時候接受了君位，他享有國運五十年。」

【本文】周公曰：「嗚呼！繼自今[50]嗣王，則其無淫[51]于觀[52]、于逸、

34太王：指稱文王的祖父。
35抑：自貶自屈。
36畏：敬畏天命。
37卑服：卑劣的衣服。
38即：就，親近。
39康：通荒，指野外荒地。
40功：事。
41懿：美。
42懷保：保護。
43鮮：通斯，此的意思。
44日中昃：自中午到太陽下山。昃，音ㄗㄜˋ。
45咸：音ㄒㄧㄢˊ，和。
46盤：樂的意思。
47受命：繼承其父之王位。
48中身：中年。
49享國五十年：周文王即位之年為 48 歲，此處的五十年乃一概數。
50繼自今：自今而後。
51淫：過度。
52觀：臺榭之樂。

于游、于田，以[53]萬民惟正[54]之[55]供[56]。無皇[57]曰：『今日耽樂。』乃非民攸訓[58]，非天攸[59]若[60]，時[61]人丕則[62]有愆[63]。無若殷王受[64]之迷亂，酗于酒德[65]哉！」

【翻譯】周公說：「唉！從今以後繼承先王的君主，可不要過份地沉醉於臺榭之樂、以及安逸、遊玩、畋獵，而要和民眾們恭謹地辦理政事。不要遽然地說：『今天大大地享樂一番吧。』這樣就不是百姓們能順從的，也不是老天能順從的，這樣的人那就有罪過了。不要像殷的國君那樣迷惑昏亂，那樣過度地飲酒的行為啊！」

【本文】周公曰：「嗚呼！我聞曰：『古之人猶胥[66]訓告，胥保惠，胥教誨；民無或胥譸張[67]為幻[68]。』此厥不聽[69]，人[70]乃訓[71]之；乃變亂先王之正刑[72]，至于小大[73]。民否則[74]厥心違[75]怨，否則厥口詛祝[76]。」

53以：與。
54正：政也。
55之：是。
56供：恭也。
57皇：遽、快速地。
58訊：順。
59攸：所。
60若：順。
61時：是。
62丕則：於是。
63愆：罪過，罪行。
64受：為紂王的名字。
65德：行為。
66胥：音胥，相的意思。
67譸張：欺詐。譸，音ㄓㄡ。
68幻：此處指以假亂真。
69聽：從。
70人：指文武百官們。
71訓：順。
72正刑：政治和刑法。正，通政。
73大小：此指正刑，政治和刑法。
74否則：於是。否，音ㄆㄧ。
75違：恨。
76詛祝：詛咒。

【翻譯】周公說：「唉！我聽見說：『古時候的人還要互相勸導，互相保養愛護，互相教誨；因此人們就沒有互相欺詐造假的。』對於這道理若不聽從，官員們就都順從了這壞風氣；就變更和混亂了先王的政治刑法，以至於小的和大的法度。人們於是就心中怨恨，於是就口中詛咒了。」

【本文】周公曰：「嗚呼！自殷王中宗，及高宗，及祖甲，及我周文王，茲四人迪[77]哲[78]。厥或告之曰：『小人[79]怨汝詈[80]汝。』則皇[81]自敬德[82]。厥愆，曰：『朕之愆，允[83]若時[84]。』不啻[85]不敢含怒。此厥不聽，人乃或譸張為幻。曰：『小人怨汝詈汝。』則信之。則若時，不永[86]念厥辟[87]，不寬綽[88]厥心；亂罰無罪，殺無辜。怨有同[89]，是叢[90]于厥身。」

【翻譯】周公說：「唉！從殷王中宗，到高宗，到祖甲，以及我們文王，這四個人事明智的。若有人來告訴他們說：『百姓們在怨恨你、責罵你。』他們就立刻謹慎於自己的行為，(若是)他們的過錯，就說：『我的過失，真是這樣。』不但不敢生氣。這種道理如不聽從，官員們就互相欺詐作偽了。有人說：『百姓們在怨恨你、責罵你。』君主就相

77迪：通攸，所、是的意思。同註 60。
78哲：明智。
79小人：民眾、百姓。
80詈：音？，罵。
81皇：遽、快速地。同註 58。
82敬德：恭敬好德，謹慎於行。
83允：誠然。
84時：是。
85不啻：不但。啻，音ㄔˋ。
86永：久遠。
87辟：法。
88綽：緩。
89同：會合。
90叢：聚集。

信了這話。這樣，就不深遠地去考慮國家的法度，也不能始自己的心胸寬大和緩；於是就胡亂地亂懲罰沒有過失的人，胡亂地殺害沒有罪惡的人。(結果)怨恨會合起來，就聚集到他身上。」

【本文】周公曰：「嗚呼！嗣王其監[91]于茲！」

【翻譯】周公說：「唉！你身為先王的繼承者可要把這番話作為鑑戒呀！」

作品賞析

〈無逸〉篇中周公苦口婆心的諄諄告誡君王，並且連續用了五個對比：君子與小人、殷代賢王與昏君、周朝賢王與對「繼自今嗣王「的告戒、對民的保惠、對小人的謹慎與否。在對比闡述中，也顯示出周公的對農業的重視、對人民的愛護、以及戒逸樂的德治思想。

周公於文中提到深入底層民眾生活圈，體悟民情，關心百姓疾苦，然而「逸」之與否，卻顯著的受限於階級、環境。所謂生於憂患死於安樂，王室成員天生擁有生則逸之必然優勢，然而過份的逸者，失卻國土亦是必然。

全篇讀來通暢自然，憂國憂民，強烈表達無逸的至理，誠如文章開宗明義：「嗚呼！君子所其無逸。先知稼穡之艱難，乃逸；則知小人之依。相小人，厥父母勤勞稼穡，厥子乃不知稼穡之艱難，乃逸乃諺既誕。」一段，為全文通篇要旨。

91監：通鑑，鑑戒的意思。

問題討論

一、周朝能開創文王武王成王康王的盛世，周公的輔佐功不可沒，周公將政權和平的轉移給成王，由此篇來觀察，周公是以怎樣的心態來治理國家？

二、周公治理國家成功的秘訣在於？周公設計的政治制度有那些特色？和現代的政治制度有何異同？

三、周公舉了哪些例子證明先王們因勤勉賢明而得以享國良久？又舉了哪些例證明安逸足以敗國？

四、周公寫作〈無逸〉以勸勉周成王，三國時期諸葛亮寫作〈出師表〉以勸諫後主劉禪，二篇皆至情至理之言，何以兩位受文的君主卻有不同的結局？

易經・繫辭傳

內容導讀

《易經・繫辭傳》又稱易大傳，是易傳中哲學思想最豐富的一個部份。《易經・繫辭傳》乃是《易傳》之一，為《易經》之整體概論，用以闡析《易經》的哲學意義，使之不僅止於占卜，進而成為一套哲學理論。

微觀分析《繫辭傳》的內容，集中它在宇宙觀的論述，並輔以政治及人生觀。它的宇宙觀主要是由「陰」「陽」的概念所建立的，強調「天尊地卑」，陰陽相對，並提出「易簡」、「變易」和「原始反終」的觀念，構成一個龐大完整的理論體系，成為原始儒家思想的重要組成部份。本章節選自上篇第一章與第二章。

作者介紹

中國儒家學者對《易經》所作的解釋，共有十篇：《彖》上、下，《象》上、下，《文言》，《繫辭》上、下，《說卦》，《序卦》，《雜卦》。又稱「十翼」，翼有輔助之義。

《易經・繫辭傳》的成書問題，關於它的作者介紹和著作年代，現代普遍認為是由孔門傳易的學者著手所成，非孔子一人所作，亦非成於一時，如方東美先生所云：「十翼之說出於孔子及其門下，周易的傳不是個人創作，而是學派的結晶。」關於《繫辭》形成的年代，主要有兩種說法：一、出於戰國前期。因此傳開頭「天尊地卑」一節，後曾見於孔門弟子公孫尼子所著《樂記》，即今傳《禮記・樂記》，可證《繫辭》早於公孫尼子。二、出於戰國後期。

課文說明

【本文】【第一章】天尊地卑，乾坤定[1]矣。卑高以[2]陳[3]，貴賤位矣。動靜有常[4]，剛柔斷[5]矣。方[6]以類聚，物以群分，吉凶生矣。在天成象[7]，在地成形[8]，變化見[9]矣卜。

【翻譯】天在上而尊高，地在下而謙卑，由於天地有分，乾坤的性能就確定了。地卑天尊的層次確定之後，卦爻由下至上的貴賤等次也就各居其位了。由於乾動坤靜，各有其常性和規律，因此在卦爻中陽爻的剛性和陰爻的柔性，也就區分清楚了。剛柔既分，賦性自別，於是君子就義，小人背理，各以品性不同而聚合：牛入牛群，羊入羊群，也各以種類不同而分別。因此，就善者，得善果；趨惡者，得惡報，吉凶之途自然別。所以在天上的日月星辰晦明等一切現象，在地下的山川草木鳥獸等一切形態，其變化都呈現在眼前，顯露在卦爻之中。

【本文】是故剛柔相摩[10]，八卦相盪[11]，鼓之以雷霆，潤之以風雨，日月運行，一寒一暑，乾道成男，坤道成女。

【翻譯】所以，陽剛陰柔的相互感應相摩，八卦的相推相盪，變化就產生了。先是由震雷離電觸動了萬物的生機，接著是巽風坎雨滋潤萬

1定：確定。相對成立。
2以：同已，已經的意思。
3陳：陳列。
4常：恆常的規律。
5斷：區分、差別。
6方：道，志之所向。
7象：指日月星辰等。
8形：指山川草木等。
9見：現。顯現。
10摩：摩擦、作用、爻感。
11盪：推移、鼓動。

物的成長，再配以離日坎月的爻替運行，一寒一暑的相消相長。最後由陽剛的乾道，產生了陽性的生物，陰柔的坤道，產生了陰性的生物，男女和合，萬物便生生不已的發展了。

【本文】乾知大始[12]，坤作[13]成物。乾以易[14]知，坤以簡[15]能[16]。易則易知，簡則易從，易知則有親，易從則有功，有親則可久，有功則可大，可久則賢人之德，可大則賢人之業。易簡而天下之理得矣，天下之理得，而成位[17]乎其中[18]矣。

【翻譯】乾的智性在大明終始，坤的作用在成長萬物，乾陽的作用以平易為它的知性，坤陰的作用以簡易為它化成萬物的功能。人要效法乾坤這種易簡的功能，行為要平易，方法要簡易。由於平易，才容易為人所了解，由於簡易，才容易為人所遵從。容易為人所知，彼此才會親和融洽，容易為人所遵從，做事才有功效，能親和融洽，事業才能發展遠大。能長久是賢人的美德，能遠大是賢人的志業，所以能平易和簡易，便能契合天下萬物的事理法則，能夠把握天下萬物的事理法則，便可以和天地共參造化了。

【本文】【第二章】聖人設[19]卦觀象[20]，繫辭[21]焉而明吉凶；剛柔[22]相

12大始：猶言「太始」、創始，或解釋成「大明終始」。
13作：作用。
14易：平易。
15簡：容易。
16能：實踐、從事。
17成位：確定人的地位與功能。
18其中：指天地之中。
19設：畫、創立。
20象：物象、天象。
21繫辭:連繫於卦爻後之文辭，即卦辭、爻辭。
22剛柔：指陰陽六爻。

推而生變化。是故吉凶者，失得之象也。悔吝者，憂慮之象也。變化者，進退之象也。剛柔者，晝夜之象也。六爻之動，三極[23]之道

【翻譯】聖人為觀察宇宙間的各種物象，而創設了八卦與六十四卦，用以效法天地之象，根據卦象寫下文字，說明吉凶的道理。再從陰陽之爻的相互推移，相互感應，以觀察變化的軌跡。所以繫辭上的吉凶，是指人事上得失的現象；悔吝，是指心念上憂慮的現象。卦爻上的變化，象徵陰陽的前進後退，或升或降；剛柔則象徵晝夜的爻替。由此可見六爻的變動，正是天地人三才致中和之道。

【本文】是故君子所居而安者，易之序[24]也，所樂而玩[25]者，爻之辭也。是故君子居則觀其象而玩其辭，動則觀其變而玩其占[26]。是以自天祐之，吉無不利[27]

【翻譯】以君子平時能安其所處身者，在於明易卦的爻位次序而不紊亂；所品玩揣摩而樂其心志者，在於體驗卦中的爻辭。因此君子在靜居時宜深觀卦象，品玩繫辭：在準備行動時，應觀察卦變，細味先機。這樣的處身行事，便能人助天助般的，一切順利，毫無困難。

作品賞析

《易經．繫辭傳》的內容，可以分為四個部份。第一是《易經》產生的情況及來源，《易經．繫辭傳上．二》指「聖人設卦」，源自聖人；第二是《易經》與天地宇宙的關係；第三是談及《易經》的具體不同卦

23三極：指天、地、人三才。
24序：指易卦的爻位次序。
25樂而玩：喜愛而把玩揣摩。
26占：卦變。
27自天祐之二句，為大有卦上九爻辭。

象如何構成；第四是談及《易經》的功能，指事事皆可。

除此之外，《易傳》亦相當重視言辭的功能性以及其所對社會帶來的影響力。例如《易經・繫辭・上・三》中提及：

子曰：「君子居其室，出其言善，則千里之外應之，況其邇者乎？居其室，出其言不善，則千里之外違之，況其邇者乎？言出乎身，加乎民；行發乎邇，見乎遠。言行，君子之樞機。樞機之發，榮辱之主也。言行，君子之所以動天地也，可不慎乎！

從小觀大，由君子而天下，說名人的一言壹行看來似乎微不足道，卻環環相扣著整個宇宙倫理，並且於後引經據典、從正或反建立起「修辭立其誠」的重要性，更應證了謹言慎行的微言大義。

問題討論

一、易經這部古老的經典，影響了後世哪些方面？試討論之。

二、繫辭一、二章運用了哪些象徵？

三、聖人、君子在繫辭一、二章中扮演怎樣的角色？

大學・大學之道

內容導讀

〈大學之道〉節選自《大學》首段，是《大學》綱要之所在，主旨在闡明三綱八目之間的連貫性，以及其由小而大，從本到末的實踐程序。

《大學》，是熔儒家道德哲學與政治哲學於一爐的博大學問。大學之道包括了「明明德、親民、止於至善』三大綱領，「止、定、靜、安、慮、得」六個修養程序，以及「格物、致知、誠意、正心、修身、齊家、治國、平天下」八個實踐條目；從內在德智的修養，到外發的建功立業，將一切為人處世的道理，闡發得詳明透徹。

作者介紹

《大學》是儒家經典《四書》之一，《大學》原是《禮記》第四十二篇，內文的撰成約在戰國末期至西漢之間，作者介紹是誰尚未定論，一說是曾子所作；一說是孔門七十子後學者所作，然以文中屢引孔子、曾子之言論，推論其書應為孔曾以後、西漢戴聖以前之儒者所作。《大學》在南宋前從未單獨刊印過，自唐代韓愈、李翱維護道統，開始推崇《大學》與《中庸》；北宋時司馬光編撰《大學廣義》，是《大學》獨立成書之始；程顥、程頤又編撰《大學》原文章節成《大學定本》；南宋時朱熹編撰《大學章句》，並與《論語》、《孟子》、《中庸》合編為《四書》。按照朱熹的看法，《大學》是孔子及其門徒留下來的遺書，是儒學的入門讀物，因此，朱熹把《大學》列為《四書》之首。

課文說明

【本文】大學之道在明明德[1]，在親民[2]，在止於至善[3]。

【翻譯】大學所講說的道理，在於彰明自己天賦靈明的德行，在於親愛民眾，使民眾們的才德日新精進，在於使人人都達到至善的境界。

【本文】知止而後[4]有定[5]，定而後能靜[6]，靜而後能安[7]，安而後能慮[8]，慮而後能得[9]。物有本末，事有終始，知所先後，則近道矣。

【翻譯】知道要達到至善的境界，然後才能志有定向；志有定向，然後才能平靜不躁動；平靜不躁動就心安理得；心安理得後方能夠思慮周詳；思慮周詳就能夠有所收穫。每一樣東西都有根本和末梢，任何件事情都有開始有終結，知道哪些該優先、哪些該居後的道理，這就接近大學所講的修己治人的道理了。

【本文】古之欲明明德於天下[10]者，先治其國；欲治其國者，先齊其家[11]；欲齊其家者，先脩其身；欲脩其身者，先正其心[12]；欲正其心者，

1.明明德：彰明吾人得自於天的光明德行。明，上字用為動詞，彰明之、發揚之；下字用為形容詞，指光明、靈明。
2.親民：親愛民眾。一說親當作新，即使民眾能日新其德之意。
3.止於至善：達到最美善的境界。
4.后：同後。
5.定：志有定向。
6.靜；心意沉靜而不躁動。
7.安：處事安適，不論處在任何環境中，都能心安理得。
8.慮：思考事情精詳周密。
9.得：有所收穫，此指達到至善的境界。
10.明明德於天下：使天下的人都能彰明他們光明的德行。
11.齊其家：治理其家庭家族。齊，有治理的意思。家有兩種涵義，一指家庭而言，在倫常上要父子有親、長幼有序，使家庭親愛和樂，便是齊家。一指家家戶戶之社會而言，使社會上能平均齊一，無貧富懸殊、苦樂不均之缺憾，謂之齊家。
12.正其心：端正其心思。

先誠其意[13]；欲誠其意者，先致其知；致知在格物[14]。

【翻譯】古代那些要想在天下弘揚光明正大品德的人，先要治理好自己的國家；要想治理好自己的國家，先要管理好自己的家庭和家族；要想管理好自己的家庭和家族，先要修養自身的品性；要想修養自身的品性，先要端正自己的心思；要想端正自己的心思，先要使自己的意念真誠；要想使自己的意念真誠，先要使自己獲得知識；獲得知識的途徑在於認識、研究萬事萬物的真理。

【本文】物格而後知至，知至而後意誠，意誠而後心正，心正而後身脩，身脩而後家齊，家齊而後國治，國治[15]而後天下平。

【翻譯】萬事萬物的道理能窮盡認識，知識就無所不到了；知識能無所不到，意念才能真誠無妄；意念真誠無妄後，心思才能端正；心思端正後，才能修養品性；品性修養後，才能管理好家庭和家族；管理好家庭和家族後，才能治理好國家；治理好國家後，天下才便能相安太平。

【本文】自天子以至於庶人[16]，壹是[17]皆以脩身為本。其本亂而末治者[18]否矣；其所厚[19]者薄[20]，而其所薄者厚，未之有也[21]。

【翻譯】上自國家元首，下至平民百姓，全都要以修養自身品性做

13.誠其意：使其心意真誠無妄而能合於expressions。
14.格物：窮究事物的道理。
15.國治：國家的治理井井有條，達到完善的境界。
16.庶人：平民，老百姓。
17.壹是：一切的意思。
18.其本亂而末治者否矣：身既不修，想要治理國家，是不可能的。本，指修身。末，指齊家治國平天下。否，沒有。
19.厚：尊重、重視。
20.薄：輕視。
21.未知有也：從來沒有的事。

為根本。如果這個根本被擾亂了，家庭、家族、國家、天下要治理好是不可能的。不分輕重緩急，對修身應視為首要的反而視為次要，對治國平天下應該視為次要的反視為首要，本末倒置卻想做好事情，想要使恩澤及於天下，這是不可能會有的事！

作品賞析

「大學」一詞在古代有兩種含義：一是「博學」之義；二是相對於小學而言的「大人之學」。古人八歲人小學，學習灑掃應對進退、禮樂射禦書數等文化基礎知識和禮節；十五歲人大學，學習倫理、政治、哲學等窮理正心、修己治人的學問。所以，後一種含義其實也和前一種含義有相通的地方，同樣有博學的意思。

由個人之明明德——格物、致知、誠意、正心、修身做起，繼而發揮到親民——齊家、治國、平天下，最終達到止於至善之境地·

程顥曰：「大學孔氏之遺書，初學入德之門也。於今可見古人為學次第者，獨賴此篇之存，而論孟次之。學者必由是而學焉，則庶乎其不差矣。」

問題討論

一、知止而後有定，定而後能靜，靜而後能安，安而後能慮，慮而後能得。這句話對我們學生有什麼啟示呢？這和我們學習的步驟相符合嗎？

二、《大學》的三綱領是什麼？其基本功夫及終極目標各是什麼？

三、《大學》的八條目，由內而外的實踐程序，當以何者為樞紐？試說明理由。

中庸・天命之謂性

內容導讀

《中庸》原是《小戴禮記》中的一篇。作者介紹為孔子後裔子思，後經秦代學者修改整理。《中庸》是由宋代學人將之提昇到顯著地位上來的，宋代探索中庸之道的文章不下百篇，北宋程顥、程頤極力尊崇《中庸》。南宋朱熹又作《中庸章句》，並把《中庸》和《大學》、《論語》《孟子》並列稱為四書。宋、元以後，《中庸》成為學校官定的教科書和科舉考試的必讀書，對古代教育產生了極大的影響。中庸就是既不善也不惡的人的本性。從人性來講，就是人性的本原，人的根本智慧本性。實質上用現代文字表述就是「臨界點」，這就是難以把握的「中庸之道」。

《四書》之一的《中庸》共有三十三章，本課選錄前三章。《中庸》原為《禮記》第三十一篇，闡述中正不變之道。第一章是子思傳述孔子之意，說明中庸之道的根源、實踐，以及功效。《中庸》第二章是子思引述孔子之言，說明君子之體道與小人之體道的不同。第三章則是記載了孔子盛讚中庸之美，並慨嘆少有人能奉行。

作者介紹

子思，名孔伋，字子思，孔子嫡孫。生於東周敬王三十七年(西元前483 年)，卒于周威烈王二十四年(西元前 402 年)，高壽八十二歲。春秋戰國時期著名的思想家。子思受教于孔子的高足曾參，孔子的思想學說由曾參傳子思，子思的門人再傳孟子。後人把子思、孟子並稱為思孟學派，因而子思上承曾參，下啟孟子，在孔孟道統的傳承中有重要地位。子思在儒家學派的發展史上佔有重要的地位，他上承孔子中庸之學，下開孟子心性之論，並由此對宋代理學產生了重要的影響。因此，北宋徽宗年間，子思被追封為沂水侯；元朝文宗至順元年，又被追封為述聖公，後人由此而尊他為述聖。《中庸》作者介紹為子思的說法乃出自司馬遷〈史記孔子世家〉，此說法漢唐學者皆未懷疑，宋代則因疑古風氣大盛，而頗有懷疑。近人則有主張《中庸》當係出自子思，又經秦漢以來儒者的推衍闡發，而後收入《禮記》中，這是較為平實允當的說法。

課文說明

【本文】【第一章】天命之謂性[1]，率性之謂道[2]，脩道之謂教[3]。道也者，不可須臾[4]離也；可離，非道也。

【翻譯】上天賦予人的自然本質叫做性，順著本性而行成的各種軌範叫做道，修明各種軌範的措施稱作教。這樣的道，是不可以片刻離開的；可以離開的，那就不是道了。

【本文】是故，君子戒慎[5]乎其所不睹，恐懼乎其所不聞。莫見[6]乎隱，莫顯乎微，故君子慎其獨也。

【翻譯】所以，品德高尚的人在沒有人看見的地方也是警戒謹慎的，在沒有人聽見的地方也保持惶恐畏懼。沒有比隱暗處更顯露的，也沒有比細微的事物更顯著的。所以品德高尚的人在一人獨處的時候是特別謹慎的。

1天命之謂性：天命，天所賦予者。性，本質。
2率性之謂道：循性而行，日用事物之間，皆有其各當行之路，成為道。率，循也。道，路也。
3脩道之謂教：修明其當行之道，成為教。脩：通修。
4須臾：片刻。
5戒慎：警戒謹慎。
6見：音ㄒㄧㄢˋ，通現，顯現的意思。

【本文】喜怒哀樂之未發，謂之中；發而皆中節[7]，謂之和。中也者，天下之大本也；和也者，天下之達道也。致[8]中和，天地位[9]焉，萬物育[10]焉。

【翻譯】喜怒哀樂的情感，在心中沒有發動表現的時候，叫做中；表現出來以後都能符合節度的，叫做和。中，是天下萬事萬物都有的自然本性；和，是大家共同遵循的大道。能夠完全達到中和的境界，天地便各安居其位了，萬物便生長繁育了。

【本文】【第二章】仲尼[11]曰：「君子中庸，小人反中庸。君子之中庸也，君子而時中[12]；小人之反中庸也，小人而無忌憚也[13]。」

【翻譯】孔子說：「德行高尚者的作為都是依著中庸的道理的，德行低下者則違反中庸的道理。德行高尚者之所以能夠合乎中庸，是由於有德性高尚者能時時處在中和境地的緣故；德行低下者之所以違反中庸，是由於有德行低下者的心思而又無所畏懼的緣故。」

【本文】【第三章】子[14]曰：「中庸其至[15]矣乎！民鮮[16]能久矣。」

孔子說：「中庸的道理，真的是好極了！但是人們很少能夠做到，已經很久了。」

7中節：合於節度規矩，無過無不及。中，音ㄓㄨㄥˋ。節，度也。
8致：達到，推而至極。
9位：安居在應在的位置上。
10育：生長。
11仲尼：孔子名丘，字仲尼。
12君子而時中：有君子的道德而又能時時處在中和境地的緣故。
13忌憚：畏懼、害怕。
14.子：此處指孔子。
15.至：至善至美。
16.鮮：少。

作品賞析

天命之謂性，率性之謂道，脩道之謂教。道也者，不可須臾離也；可離，非道也。

作者介紹將此段置於文章之首，是為通篇要旨，巧妙貫串全文。言詞明析的點出性、道、教三者的異同與交互關係。人性本自然，由內而外，因循本性而為謂之道，並依道而行謂之仁，以仁修養此心，使道源源不絕，充沛、教化。各其所司，萬物安其所在，不偏頗、不過分，便是中庸之道所欲彰顯的道理。

然而在道的實踐過程中難免有波有折，更重要的便是知行合一的概念與其重要性。兩者目標緊扣，為行而欲先知，因欲先知而行也，最後便能成就目的。而如何先知呢？儒家強調博學——涵養道、禮、文。道是仁、是萬物根本亦是真理；禮即「六藝」——禮、樂、詩、數、御，書；文即點校古文，知古析今，如此便能達成至誠盡性，天人合一。

北宋的大儒者程顥說：「不偏之謂中，不易之謂庸。中者，天下之正道。庸者，天下之定理。」

問題討論

一、何以君子需慎其獨？若以為無人知曉其獨處之情形，可能會有什麼後果？

二、為什麼孔子會感嘆說中庸之道是至善至美，但人民很少能做到已經很久了？試以孔子當時所處的社會環境來解釋。

三、當今社會，充滿了二元對立，非左派即右派等現象，能不能試著找出一些例子是不偏不倚，符合中庸之道？如：公共電視臺的成立，即是為維護中庸之道的一項政策。

論語・里仁

內容導讀

《論語．里仁篇》包括二十六章，主要內容涉及到義與利的關係問題、個人的道德修養問題、孝敬父母的問題以及君子與小人的區別。孔子把仁作為最高的道德原則、道德標準和道德境界。《論語．里仁篇》包括了儒家的若干重要範疇、原則和理論，對後世產生過較大的影響。本課節選其前五則，第一則說明居處必擇仁而居的至理；第二則強調人不可失其本心；第三則言仁者無私心，能正確的喜歡或厭惡人；第四則在於勉勵仁要立志行仁；第五則是陳明君子的風範，不因富貴貧賤而違背仁。

作者介紹

《論語》是一本以記錄春秋時思想家、教育家孔子和他的弟子及再傳弟子言行為主的彙編，以語錄體和對話文體為主，記錄了孔子及其弟子言行，又稱為論、語、傳、記，是儒家重要的經典之一。由孔子門生及再傳弟子集錄整理，內容包含政治、教育、文學、哲學以及立身處世的道理等多方面，是研究孔子及儒家思想尤其是原始儒家思想的主要資料。南宋時朱熹將《大學》、《論語》、《孟子》、《中庸》合為「四書」，使之在儒家經典中的地位日益提高。今通行本的《論語》有共二十篇。

《論語》一書，主要是反應孔子的思想，孔子，名丘，字仲尼，生於公元前 551 年 9 月 28 日，卒於公元前 479 年 4 月 11 日，享年七十三歲，春秋時期魯國人(出生於今山東曲阜市東南的南辛鎮魯源村)。孔子是我國古代偉大的思想家和教育家也儒家學派創始人，孔子周遊列國宣傳其理念，是中國最早的遊學者，更修訂整理五經，並編撰了我國第一部編年體史書《春秋》，欲褒貶於其史家之筆中。孔子的言行思想主要載於語錄體散文集《論語》及先秦和秦漢保存下的《史記．孔子世家》。

課文說明

【本文】子曰：「里仁為美，擇不處[1]仁，焉[2]得知[3]？」

【翻譯】孔子說：「里中有仁厚的風氣，那是好極了。選擇住處而不住在有仁厚風氣的地方，怎能算是明智呢？」

【本文】子曰：「不仁者，不可以久處約[4]，不可以長處樂[5]。仁者安仁[6]；知者利仁[7]。」

【翻譯】孔子說：「不仁的人，不可以長久處在窮困的境地；也不可以長久處在安樂的境地。有仁德的人，不論窮困或快樂都能安然地行仁；有智慧的人知道仁是於人於己都有利的，所以也能行仁。」

【本文】子曰：「唯仁者，能好人[8]，能惡人。」

【翻譯】孔子說：「只有仁德的人，能夠公正地愛那所當愛的人，憎恨那所憎恨的人。」

【本文】子曰：「苟[9]志[10]於仁矣，無惡[11]也。」

1.處：居。
2.焉：何。
3.知：同「智」。
4.約：窮困。
5.樂：安樂。
6.安仁：心安於仁，無所畏懼。
7.利仁：知道仁是利的而去實踐仁。
8.能好人，能惡人：好人，好人之善者；惡人，惡人之不善者。此句言好惡皆出於理性。

【翻譯】孔子說：「真能立志在行仁道，便不會再有作惡的事了。」

【本文】子曰：「富與貴，是人之所欲[12]也；不以其道得之，不處也[13]。貧與賤，是人之所惡[14]也；不以其道得之，不去也[15]。君子去仁，惡乎成名[16]？君子無終食之間[17]違仁，造次[18]必於是，顛沛[19]必於是。」

【翻譯】孔子說：「榮華富貴與高官顯爵，皆是一般人所盼望的；但如果不是合乎道義的正當途徑享有財富和地位，君子是不願安享的。環境貧困和地位低賤，是一般人所厭惡的；如果不用合乎道義的正當方法去避免貧困和低賤，君子是不肯躲避的。一個君子，如果貪戀富貴，不能務實，拋棄了仁德，怎麼能成為君子呢？君子不可在一頓飯的片刻時間離開仁道，就是在急遽倉促的時候，也必然依從仁德；就算在顛沛流離的時候，也要依從仁德的。」

作品賞析

孔子於文中將道德規範整集於一體，形成了以「仁」為核心的倫理思想結構，這其中包含了孝、悌、忠、恕、禮、知、勇、恭、寬、信、敏、惠等。

9.苟：誠。
10.志：心知所向。
11.無惡：無為惡之事。
12.欲：喜愛。
13.不以其道得之，不處也：謂不當得而得之，雖能享富貴，仍不願接受。之，指富貴。
14.惡：討厭、痛恨。
15.不以其道得之，不去也：當未得到富貴卻反得貧賤時，也不會拋棄貧賤，當安於貧賤，不可違逆而去之，以妄求富貴。之，找貧賤。
16.惡乎成名：何能成其君子之名。惡，哪裡、何。
17.終食之間：吃完一頓飯的時間。指片刻的時間。
18.造次：促迫不暇之意。
19.顛沛：偃仆也。顛仆困頓之時。

子曰：「富與貴，是人之所欲也；不以其道得之，不處也。貧與賤，是人之所惡也；不以其道得之，不去也。君子去仁，惡乎成名？君子無終食之間違仁，造次必於是，顛沛必於是。」

上段便明白演示了孔子所欲表達的理、欲概念。君子有所為有所不為，不只為利而行，然也不全然排斥利的存在，這又和中庸的概念相輔相成，任何事情都不該過多偏頗，誠如水能載舟亦能覆舟一般。

然大千世界，物以類聚，人以群分，個人雖是獨立的個體，卻難以獨善其身，因此一個人選擇的交往對象、居所等，都密切的影響著每一個人。回歸本旨，所謂里者，鄰也。仁則泛指仁義，開篇便評點出〈里仁〉一篇所欲表達的人性涵養與素質。古者有孟母三遷，所為何者？不外乎求境之善。普羅大眾的性情皆易因外在而有波動起伏，或者遭受牽引，移其本性。如同墳水滴墨，疏忽不得。

問題討論

一、里仁為美這句成語可以應用在生活中的哪些方面？

二、為何孔子如此重視「仁」這個觀念？若生活中缺乏「仁」這個觀念，會有什麼情況發生？

三、孔子說：「惟仁者能好人，能惡人」，為什麼只有「仁者」才能「好人」和「惡人」呢？一般人為什麼做不到？

孟子・告子

內容導讀

本文選自《孟子》書〈告子〉篇上第六章，本章是孟子討論人性善惡的重要篇章，闡明性善是人所固有的，仁義理智，是根源於自心，尋求則得之，捨棄則失之。《孟子》一書共有七篇，每一篇皆有上下之分。欲進一步理解孟子的人性論可以將本章與〈告子〉上第一、第二、第三、第四、第五、第七、第八、第十五等章合看。

作者介紹

孟子，名軻，字號在漢代以前的古書沒有記載，但魏、晉之後卻傳出子車、子居、子輿等三個不同的字號，字號可能是後人的附會而未必可信，生卒年月因史傳未記載而有許多的說法，其中又以《孟子世家譜》上所記載之生於周烈王四年(公元前 372 年)，卒於周赧王二十六年(公元前 289 年)較為多數學者所採用。戰國時鄒人，是孔子之孫子思的再傳弟子，為孔子學說的嫡傳，戰國時期儒家的代表人物。

孟子曾經仿效孔子周遊列國，游說齊宣王、梁惠王，但沒有成功，晚年孟子退隱家鄉，和弟子萬章等進行著述，作成《孟子》七篇，記錄他的學術見解和其言行，也繼承並發揚了孔子的思想，成為僅次於孔子的一代儒家宗師，有「亞聖」之稱，更與孔子合稱為「孔孟」。孟子倡仁義，法先王，拒斥楊墨，尊王賤霸。生逢亂世，孟子以滔滔的辯才，用雄渾嚴正的語氣，闡揚聖道的精義；有時也用幽默輕鬆的筆調，諷刺時政缺失，隨事點化，妙趣橫生。

課文說明

【本文】公都子[1]曰：「告子[2]曰：『性無善無不善也。』或曰：『性

1.公都子：是孟子的一位弟子。

可以為善，可以為不善。是故，文武興，則民好善；幽厲[3]興，則民好暴。』或曰：『有性善，有性不善，是故，以堯為君，而有象；以瞽瞍為父，而有舜；以紂為兄之子，且以為君，而有微子啟[4]、王子比干[5]。』今曰『性善』，然則彼皆非歟？」

【翻譯】公都子說：「告子說：『人的天性沒有所謂善良、不善良的區別。』有人說：『人的天性可以為善，也可以為惡。所以文王、武王興起治理天下，百姓就受其影響而愛好良善；幽王、厲王興起統治了天下，百姓就隨之變得凶暴。』也有人說：『有的人天性是善良的，有的人天性是惡的。所以以堯這樣的聖賢來做為君主，卻有象這樣爆戾的臣民；以瞽瞍這樣不明事理的人做父親，卻有舜這樣的孝順純良的兒子；以紂這樣暴虐無道的人為侄子，並且奉他為君主，卻有微子啟、王子比干這樣仁慈的叔父。』現在您說『人的天性是善良的』，那麼他們所說的都錯了嗎？」

【本文】孟子曰：「乃若[6]其情，則可以為善矣，乃所謂善也。若夫為不善，非才[7]之罪也。惻隱之心，人皆有之；羞惡之心，人皆有之；恭敬之心，人皆有之；是非之心，人皆有之。惻隱之心[8]，仁也；羞惡之心，義也；恭敬之心，禮也；是非之心，智也。仁、義、禮、智，非由外鑠

2.告子：告子，是與孟子同時的學者。告子討論人性，主張「生之謂性」(告子上第三)，又說：「食色，性也」

3指周幽王、周厲王，兩者皆是周朝惡名昭彰的惡君。幽王喜歡隨意擾動人民的生活，曾為寵愛褒姒而烽火戲諸侯；厲王則長殺戮無辜。

4微子啟：紂王之庶兄，商帝乙之長子，名啟。微，國名，微子啟之封邑。子，爵，古代的貴族名。微子啟因紂王之暴虐淫亂，屢諫不聽，故而離開紂王。孟子把微子啟當作紂王之叔父，是記憶有誤。

5王子比干：紂王之叔父，名干，封於比，故曰比干。比干因勸諫紂王三日不肯離開，紂王發怒，竟剖其心。

6若：順也。

7才：材質。

8惻隱之心：感到不忍的同理心。惻，痛也。

[9]我也，我固有之也，弗思耳矣。故曰：求則得之，舍則失之。或相倍蓰而無算者[10]，不能盡其才者也。詩[11]曰：『天生蒸[12]民，有物有則[13]。民之秉夷[14]，好是懿德。』孔子曰：『為此詩者，其知道乎！故有物必有則；民之秉夷也，故好是懿德[15]。』」

【翻譯】孟子說：「只要順著本性所發動的情去行動，就可以做出善的行為，這就是我所說的人性本善。假若有人做出不善的行為，並不能歸咎於他的資質。憐憫傷痛的同情心，是人人都有的；羞恥厭惡的心，是人人都有的；恭謹尊敬的心，是人人都有的；辨別對錯的心，是人人都有的。憐憫傷痛的同情心，屬於仁；羞恥厭惡的心，是屬於義；恭謹尊敬的心，是屬於禮；辨別對錯的心，是屬於智。可見仁、義、禮、智不是由外界給與我的，而是我本來就具有的，只是不去思考這些罷了。所以說，去探求，就能得到它，一放棄，就會失掉它。到頭來，得到或失去它的人，好壞相差了一倍、五倍，甚至是無數倍，這都是不能充分表現發揮他們人天性本質的緣故啊！詩經上說：『上天生育這許多的人民，有事物就有法則。人民所秉持的常性，都是喜歡這美好的品德。』孔子讚美著說：『做這首詩的人，實在是知曉大道的人！所以說既有事物，就必定有法則；人民能執守著常道，便自然喜好這種美德。』」

作品賞析

本章其重要之處在於孟子說明其性善論與當時人性論的各種不同理論之差異，是了解孟子人性論的重要基本材料。韓曉華〈孟子、告子

9鑠：以火鍛鍊金子。
10倍蓰而無算者：一倍曰倍五倍曰蓰。蓰，音同ㄒㄧˇ。無算，不可計算。
11詩：此指詩經大雅烝民篇。
12蒸民：眾民。蒸，詩經裡作烝。
13有物有則：物，事也。則，法也。
14秉夷：秉，執也。夷，詩經中做彝，常也。彝，音ㄧˊ。
15懿德：美德。

的人性論辯〉一文中提及：

「生之謂性」在此並不是什麼原則或理論，它僅是以「生」作為「性」的判準意思而已，亦即是說以生說性只是一項形式意義的決定而已，這僅是從「A 之謂 B」的語句結構去說的，因為這「A 之謂 B」句式就只有形式決定義。而孟子就是針對於「生之謂性」乃只能決定形式意義，辯說告子並不能以此作為自己對「性」的主張。在此，孟子便透過幾項類推逼顯出告子之說沒有實則內容。

性善論的理論價值在於認為人性為善的高貴能力不假外求、人性有其普遍而不可侵犯的尊嚴。這個理論是東方世界、中華傳統對人性價值與人性尊嚴之肯定最有力的論述之一。由於這個理論徹底地肯定人性價值與人性尊嚴，因而，使得它在教育理論、政治思想與歷史觀點上，在在都洋溢著對人的尊重與期許。

問題討論

一、孟子的性善說肯定人性的光明本質，試就近來的新聞各找出一則例子作為孟子學說中惻隱之心、羞惡之心、恭敬之心、是非之心的代言人？

二、除了孟子的性善說，你對於人性是善、是惡的見解為何？

三、綜合各位同學前述討論結果，能將人性說分成幾類呢？

四、公都子認為人性有哪些種類？有哪些類別是他沒有提到的？

1.請說明公都子所舉三種人性論的異同。

2.請論述第二種與第三種人性論對善的看法與孟子有何不同？

3.孟子如何說明他的人性論的優越性？你同意孟子的人性論觀點嗎？試論其故？

老子・道德經

內容導讀

「五色令人目盲」，選自道德經第十二章。本章闡述修身以「為腹」、「去目」為主，治人則以「實其腹」為主。

「為無為」，選自老子第六十三章。闡述處世治事應該做到自然無為、清淨無為、恬淡無味。「無為」一詞在《老子》中共出現了七次，每次的內涵不完全相同，但異曲同工，大道相通。「無」字在《老子》中有兩解，一作否定副詞，即不的含意；一作依照自然規律，不外施妄為。《老子》第一章中「無，名天地之始」，可見老子把「無」作為天地的原始和道的本像，下文有「故常無，欲以觀其妙」。「無」字在《老子》中有道的原始內涵，所以「無為」的全解應該是依道而為，循自然規律而為，不妄為。老子》中第七次出現「無為」是在第六十三章「為無為，事無事，味無味」。古人注：以無為為居，以不言為教，以恬淡為味，治之極也。故聖人不妄為，常為於無為；不生事，而常事於無事；不耽味，而常味於無味也。第三章「為無為，則無不治」即此「為無為」之義。

作者介紹

老子，姓李名耳，字伯陽，又稱老聃。中國春秋時代思想家，楚國苦縣厲鄉曲仁里（今河南省鹿邑縣太清鎮）人，(一說，楚國苦縣(今安徽渦陽)厲鄉曲仁里人）。傳說老子出生時就長有白色的眉毛及鬍子，所以被後來稱為老子。老子著有《道德經》，，是道家學派的始祖，他的學説後由莊子繼續發展。道家後人將老子視爲宗師，與儒家的孔子相比擬，史載孔子曾問禮於老子，故而一般認為老子約與孔子生處於同一時代，老子年紀可能稍長於孔子。

在道教中，老子是太上老君的第十八個化身。老子的事蹟，最早見於史記老莊申韓列傳；「老子者，楚苦縣厲鄉曲仁里人也。名耳，字聃，姓李氏。周守藏室之吏也。」

道家的理論奠定於老子，老子著有《道德經》一書上下五千言，字字珠璣，書中廣論道的形上學義、人生智慧義，提出一種有物混成且獨立自存之自然宇宙起源論，也提出世界存在與運行原理是「反者道之動「的本體論思想，對於存活於其中的人類而言，其應學習的就是處世的智慧，於是老子也提出了眾多的政治、社會與人生哲學觀點出來，但重點都在保身修身而不在文明的開創，可以說他是以一套宗本於智慧之道的社會哲學與理論來應對混亂的世局。

課文說明

【本文】五色[1]令人目盲[2]，五音[3]令人耳聾[4]；，五味[5]令人口爽[6]，馳騁畋獵[7]令人心發狂，難得之貨[8]令人行妨[9]。是以聖人為腹不為目[10]，故去彼取此。

【翻譯】繽紛的色彩使人眼花繚亂；嘈雜的音聲使人聽覺失靈；濃

1五色：本義是青、黃、赤、白、黑五種顏色，這裡指多種顏色。
2目盲：本義為視覺遲鈍，視而不見，這裡比喻眼花撩亂。
3五音：本指宮、商、角、徵、羽，這裡比喻多種音樂。
4耳聾：本義是聽覺遲鈍，聽而不聞，這裡比喻聽覺不靈。
5五味：本義指酸、甘、苦、辛、鹹，這裡比喻多種食物。
6口爽：本義是味覺遲鈍，食而不知其味，這裡比喻味覺差失。
7馳騁畋獵：本義是騎馬打獵，引申為追逐鳥獸，這裡比喻縱情。
8難得之貨：珍貴稀有的東西。
9行妨：行為墮落而受到傷害。妨，傷害。
10為腹不為目：只求溫飽，不求縱情於聲色的娛樂。

厚的雜味使人味覺受傷；縱情獵掠使人心思放蕩發狂；稀有的物品使人行於不軌。因此，聖人致力於基本的維生事務，不耽樂於感官的享樂，所以拋棄物慾的誘惑，而保持安定的生活。

【本文】為無為[11]，事無事[12]，味無味[13]。大小[14]多少[15]，報怨以德。圖難於其易，為大於其細[16]。天下難事，必作[17]于易；天下大事，必作于細。是以聖人終不為大[18]，故能成其大[19]。夫輕諾必寡信，多易必多難。是以聖人猶難之[20]，故終無難矣。

【翻譯】要從事可使自己混沌無為的作為，處理可使自己無所事事的事務，並喜賞波恬浪靜的寡淡風光——以保持對細微潛流的異變的敏感。以對待大事的態度處理小事，以對待複雜的態度處理簡單，要用合道之行所生的德能去消解細微的怨望糾結。處理難事要從輕易處入手，宏觀目標要由微觀構設去實現。天下難事，必然開始於簡易；天下大事，必然建基於細微。因此，聖人始終都不自以為必須獨攬大權，所以能成就大事。那些輕易許諾的，必然難以守信；視問題太過輕易的，必然會遭遇很多的困難。因此，聖人對這些問題都加以認真審慎的處理，所以終於沒有困難了。

11為無為：把「無為」當作「為」。
12事無事：把「無事」當作「事」。
13味無味：把「無味」當作「味」。
14大小：把「小」當作「大」。
15多少：把「少」當作「多」。
16圖難於其易，為大於其細：處理困難的事情要從事情容易的先去做；處理大的事情要從小的事情先去做。
17作：興起。
18不為大：自己不認為是偉大的。
19成其大：成就他的偉大。
20難之：把容易當作困難。

作品賞析

【五色令人目盲】五色是指：青、紅、黃、白、黑。五音是指：宮、商、角、征、羽，這是古代的五種音，就像我們現在講的 A 調、B 調、C 調、D 調等。五味是指：酸、甜、苦、辣、鹹。老子欲強調過度的歡逸與貪婪，容易讓人喪失心性，迷亂心志，陷入茫然惶恐之境。所謂由儉入奢易，由奢返儉難，本為人之本性，倘若沉迷於一時的肉體貪歡，要再次回歸清貧實在難如登天。因此聖人的生活，往往最為樸質無華，求取的僅是足以應附身體所需的物質，去除任何額外的欲望與雜念。傅佩榮：「感官欲望如果超過限度，求樂反苦，確實如此。至於「心發狂」與「行妨」，更使人陷入困境，甚至受到倫理的約束與法律的懲罰。」

【為無為】倘若將「無為」二字作表面解，則易流於在水平面上的空泛解釋，然而實質上老子所談論的「無為」卻是建立於事物的發展具有其規律與客觀性，不違反自然，並不是指全面的放棄不動，而是依循天命自然所依歸來行事。劉清平〈無為而無不為～論老子哲學的深度悖論〉：「人作為大自然本身的產物和組成部分，始終與在無為之中進行創造生化的大自然保持著內在的關聯；另一方面，人所特有的『有為』本性又與大自然的『無為』之道正相反對，以致常常導致人與大自然之間嚴峻的對立衝突。從中國哲學所特有的人為踐履精神的視角看，這種深刻張力其實就是人與大自然之間一切現實矛盾的終極源泉。結果，老子哲學對於中國哲學乃至人類哲學的一個重大貢獻，可以說就在於它從『為』的角度出發，第一次以深度悖論的形式，充分地展現了無為之『道』與有為之『人』之間的深刻張力。」

問題討論

一、老子在此處舉的例子，能和現代生活對應嗎？例如當追逐名牌精品道變成卡奴和五色令人目盲能不能對應？瘋狂飆車以致釀悲劇變成阿飄，和馳騁畋獵令人心發狂有無呼應？

二、老子舉的這些例子是全盤否定五色、五音、五味、馳騁田獵、難得之貨的價值嗎？

三、乘上題，如果不是，那麼該如何發揮五色、五音、五味、馳騁田獵、難得之貨的價值比較符合中庸之道？例如：難得之貨在於能欣賞，不在於擁有，在能力範圍內能擁有收藏可享受怡情養性之樂趣，但若在能力範圍外的難得之貨，如故宮博物院得精品，只要小小花費，就能看個夠，大大滿足，何樂而不為？請各舉一例作發揮論。

莊子・養生主

內容導讀

〈養生主〉主要就是在談「養生」,「養生」是莊子思想中的一個重要的內涵,我們從「養生」的觀念出發可以聯結到莊子哲學的整個體系。

重視「養生」的莊子,把對「生命的惜愛」與對「生活的安排」當作理論的目標,而不是社會國家的大勢云云。莊子主張,生命與生活是人生的大事,要以深刻的思考來面對它,不要把它當成社會目標的附屬物,不要以社會的價值來決定生活的行止,而要以「生活的照顧」、「生命的觀念」來作為人生活動的目的。

作者介紹

莊子原名莊周,別字子休,生存的時代約在西元前 396 年到西元前 286 年,是戰國時代宋國蒙邑(河南省商丘縣)人。他曾經做過「漆園吏」的小官,但卻學問淵博、淡泊名利,他的文章,受到後世極高的評價。

莊子所寫的文章,常常運用了古代的神話為素材,以及奇妙特殊的譬喻,所變化多端,有驚人的想像力,細細讀來卻又覺得極為貼切,能令讀者愛不忍釋。

莊子本人,不僅是個文學上的大作手,而且也是戰國時代思想界的重要人物。他的學術思想,和老子有著很深的淵源,所以歷來以「老莊」並稱,成為道家思想的代表者。他主張放任自然,反對人為的與社會的種種拘束。這是對世俗及社會有所不滿的一種表示,雖然他未能發現這種令人不滿的實際根源,也因此無法找出改進現實的具體方法,但是他寧願高舉叛旗,也不肯同流合污,這也正是他的偉大之處。

課文說明

【本文】吾生也有涯，而知也無涯。以有涯隨[1]無涯，殆已[2]；已而為知[3]者，殆而已矣。為善無近名，為惡無近刑。緣督[4]以為經[5]，可以保身，可以全生[6]，可以養親[7]，可以盡年。

【翻譯】我們人的生命有限，而知識卻是無窮無盡。以這有限的生命，去追求無窮的知識，那真是令人疲困又危險啊！已經陷入追求知識的困境中了，竟然還要自作聰明的去追求更多的知識，那是更加地疲困危險了。不要為了追求名譽而去作好事，也不要去作壞事而觸犯刑罰。順著無偏無倚的中道，則可以保存身體性命，可以全養性靈，可以涵養心生機，可以盡享天年。

【本文】庖丁為文惠君解牛，手之所觸，肩之所倚，足之所履，膝之所踦[8]，砉然嚮然[9]，奏刀騞然[10]，莫不中音。合於《桑林》[11]之舞，乃中《經首》之會[12]。文惠君曰：「譆！善哉！技蓋[13]至此乎？」庖丁釋刀對曰：「臣之所好者道也，進乎技矣。始臣之解牛之時，所見無非牛者。

1隨：追逐。
2殆矣：危險啊！矣，助詞。
3為知：運用智慧。知，音ㄓ丶，智慧。
4緣督：順著無偏無倚的中道。緣，沿，順著；督，本指督脈，督脈位於人體脊骨中，故莊子引申為無偏無倚的中道。
5經：此指常法。
6全生：保全性命。生，此處音讀為ㄒㄧㄥ丶，指性命。
7親：有兩種說法，一說親通新；一說親為心靈。
8踦：音ㄐㄧˇ，一足曰踦。此處因舉西以頂住牛軀，只餘單腳著地，所以稱作踦。
9砉然嚮然：砉，皮骨相離的聲音。嚮然，聲音之應和。嚮，同響。
10.奏刀騞然；奏，進也；奏刀，即運刀切入；騞，音ㄏㄨㄛ丶，刀解物之聲。
11桑林：商湯武樂曲之名。
12經首之會：唐堯樂章名。會，節奏。
13蓋：何也。

三年之後，未嘗見全牛也。方今之時，臣以神遇[14]，而不以目視，官知止而神欲行[15]。依乎天理[16]，批大郤[17]，道大窾[18]，因其固然。技經肯綮之未嘗[19]，而況大軱[20]乎！良庖歲更刀，割也；族庖[21]月更刀，折也。今臣之刀十九年矣，所解數千牛矣，而刀刃若新發於硎[22]。彼節者有間，而刀刃者無厚，以無厚入有閒，恢恢乎[23]其於遊刃[24]必有餘地矣，是以十九年而刀刃若新發於硎。雖然，每至於族，吾見其難為，怵然為戒[25]，視為止，行為遲。動刀甚微，謋然[26]已解，如土委地。提刀而立，為之四顧，為之躊躇滿志[27]，善刀[28]而藏之。」文惠君曰：「善哉！吾聞庖丁之言，得養生焉。」

【**翻譯**】有一廚子為梁惠王解牛。手所碰觸、肩所靠倚、腳所踐踏，乃至膝蓋抵頂的地方，都嘩然作響。舉刀出入牛體，也騞騞有聲。這些聲響竟皆中節，與桑林之舞、經首之樂合拍。梁惠王忍不住說道：「唉呀！真好！你解牛的技術怎麼會好到這個地步呢？！」廚子放下刀來回

14神遇：神，精神；遇，會合，引申為接觸。
15官知止而神欲行：耳目感官皆停廢不用，只憑心靈受而從心所欲。官，指感官。
16天理：肌肉之天然組織。
17批大郤：批，擊、劈開；郤，隙也。大郤，指筋骨相連接觸的空間縫隙。
18導大窾：導，循順。窾，音ㄎㄨㄢˇ，空虛處。
19.技經肯綮之未嘗：技，此處當作枝，指小血管；經，大靜脈、大血管；肯，附著於骨之肉；綮，音ㄑㄧㄥˋ，聚結處；嘗，曾。
20大軱：大腿骨。軱，音ㄍㄨ。
21族：眾。
22新發於硎：像剛模好的一樣。硎，磨刀石。
23恢恢乎：寬廣有餘的樣子。恢恢，寬廣有餘。
24遊刃：運轉刀刃。
25.怵然為戒，視為止，行為遲：小心翼翼，眼光專注而舵作放緩。怵然，恐懼警惕貌；為，介詞，其後皆省略賓語之；止，專注。
26謋然：骨肉急速分離的聲音。謋，音ㄏㄨㄛˋ。
27躊躇滿志：揚揚自得，心志悠然自足。
28善刀：給刀子作善後處理，即擦拭刀子。

答說：「臣所喜好的是道，比之技藝，更進一層。臣初解牛的時候，眼之所見，通通都是一頭一頭的全牛；三年之後就不再看到全牛了。到了現在，每當解牛之初，臣以精神領會而不以肉眼看視。這個時候，感性官能表面膚淺的知覺停止，而深刻內在的心領神會便順著牛體天然的紋理施行起來。因而解牛之時，無論是循著大的空隙批擊，抑或順著大的孔竅引導，全然是順著牛體本有的理路結構用刀。這樣用刀，即便是經絡、貼著骨頭的肉，乃至筋骨聚結之處也碰不到，更何況是大骨頭呢？好的廚工每年換一把刀，因為刀口割缺了；一般的廚工則每月更換新刀，因為刀子折斷了。臣這把刀，到現在已經十九年了，解過數千頭牛，而刀刃鋒利得就像剛從磨刀石磨出來的一樣。牛體的結構總有空隙，而臣的刀刃又極為細薄。以細薄無厚的刀刃出入於牛體結構的空隙之間，動刀遊刃之間實有極為寬闊的餘地。因此即便經歷了十九年，這把刀的刀刃，還像是剛從磨刀石磨出來那樣的鋒利。雖然如此，每當遇到筋骨交錯之處，我看這情況很難處理，總會因之而謹慎地警覺起來，視線為之專注集中，行動為之小心緩慢。就這樣，在找到關鍵要緊之處時，輕輕地用刀，嘩的一聲，交錯之處已然解開，牛體就像土塊一樣委頓在地。於是，臣提起刀子站立起來，為了這精采的演出，臣四面張顧，為了這精采的演出，臣自己感到驕傲，感到心滿意足。然後，小心地擦拭著刀子，妥妥地收了起來。」梁惠王說：「妙啊！從廚子這一番話，我體會到了養生的道理。」

【本文】公文軒見右師而驚曰：「是何人也？惡乎介也？天與，其人與？」曰：「天也，非人也。天之生是使獨也，人之貌有與也。以是知其天也，非人也。」澤雉十步一啄，百步一飲，不蘄[29]畜乎樊中。神

29蘄：音ㄑㄧˊ，通期，期望。

雖王[30]，不善也。

【翻譯】宋人公文軒看到右師時大驚說：「這是何人？怎麼只有一隻腳呢？是天的緣故？還是人的緣故？」接著他又說：「這是天的緣故，並非人的緣故。天生此人使其獨腳，而人卻認為人的形貌必須有兩足成對。依此之故，才明瞭這獨腳是天的緣故，而非人的緣故。」草澤裏的野雉十步啄一食，百步飲一口水，生活雖然困頓，但也寧可如此也不願被畜養在樊籠裏。因為被畜養在樊籠裏，氣色雖好，卻是怎麼也快樂不起來。

【本文】老聃死，秦失弔之，三號[31]而出。弟子曰：「非夫子之友邪？」曰：「然」「然則弔焉若此，可乎？」曰：「然。始也，吾以為其人也，而今非也。向吾入而弔焉，有老者哭之，如哭其子；少者哭之，如哭其母。彼其所以會之[32]，必有不蘄言而言，不蘄哭而哭者。是遯天倍情，忘其所受[33]，古者謂之遁天之刑。適[34]來，夫子時也；適去，夫子順也。安時而處順，哀樂不能入也，古者謂是帝之縣解[35]。」

【翻譯】老聃死了，秦失去弔唁。只號哭了三聲就出來。弟子不解，問道：「您難道不是老師的朋友嗎？」答說：「是啊。」又問：「既是如此，那麼這樣弔唁他，可以嗎？」回答說：「是啊！一開始我不自覺地認定自己是世俗中人，後來一想我並不願意做這樣的人。剛才我進去

30王：旺盛。

31號：有聲無淚的哀鳴。

32會之：會，聚；之，此，指靈前。

33遯天倍情，忘其所受：逃避自然法則，違反世情，忘記人類所稟受的天命生死。遯，音，ㄉㄨㄣˋ，同遁，逃避；倍，背，違反。

34適：偶然、剛好。

35帝之縣解：帝，天也；縣，音ㄒㄩㄢˊ，同懸。縣解，解開生命的束縛，因生為懸掛，死為解脫。

弔唁時，有老者哭，像哭自己的兒子；有少者哭，像哭自己的母親。聚在這裏的那些人裏，必有不想弔唁卻來弔唁，不想哭卻來哭的人。這些人可以說是逃遁天真而違背實情，忘卻他們所受於天者；古人稱之為逃避自然法則所遭受的刑罰。夫子忽然到人間，乃是應時而來；忽然離開人間，乃是順著天之自然。生時，夫子安之，死時，夫子順而處之，能夠如此，則哀與樂對於我們的折磨就進不到我們的心中了；這是古人所說的：上帝之解救於倒懸。」

【本文】指[36]窮於為薪，火傳也，不知其盡也。

【翻譯】薪材上的油脂隨著薪材之燒盡而俱沒，但火並不隨之俱滅，火不但流傳下去，而且看不到止期。

作品賞析

養生的觀念貫穿〈養生主〉全文主旨，說明委於自然、安時楚順的哲學至理。透過庖丁解牛此一寓言故事來講述人之生命乃乃是應時而來。生則安之，死則順之，不以喜則驕矜，亦不以悲而喪性，因循自然，順應世間萬物，如此一來再大的災難也無法打擊內心。

〈《莊子・養生主》的文理結構與隱寓意象〉：〈養生主〉絕不僅僅是談個人外在形體的保護及內在精神的涵養而已，應該還具有更深層的政治意涵：「養生」也可以借指官場上的成敗得失，假若能夠如魚得水般地侍君，又能夠於不驚擾人民的狀況下獲得政務的順利推展，那是需要極長時間的實務經驗與磨練的。

36指：可能的解釋為樹枝或油脂，或當動詞，指搬運木材。

問題討論

一、為何莊子要絕聖棄智？莊子真的有絕聖棄智嗎？其理由何在？

二、庖丁解牛中，庖丁最後為何要把刀收起來？

三、外貌與養生之道的關聯在哪？如篇中的右師之外貌與養生。試舉再生活中你所之所見的實例。

四、庖丁在這些年中有哪些成長？試發揮想像力來擬測？如：學會高明的解剖學，知道要不要用蠻力而要用巧勁等等。

五、你認為本篇中有哪些事例與人生觀是積極的，又哪些事例與人生觀是自然無為的？

六、為何莊子可以把生與死視作相同？他視生死如一的理由是？

七、本文中用了哪些形容聲音的形容詞？又分別形容哪些聲音？

墨子・兼愛

內容導讀

〈兼愛〉篇為戰國初期墨子的政治倫理觀點。墨子把兼愛作為仁義的主要內容，反對儒家所主張的愛有等差的觀念，認為這樣就會產生「強劫弱，眾暴寡，詐謀愚，貴傲賤」等種種惡果。墨子講兼愛是與興利除害聯繫在一起的。他反覆闡明兼相愛，交相利的道理，要求不分人、我、彼此，「愛人若愛其身」，「為彼猶為己也」。他認為「愛人者人亦從而愛之，利人者人亦從而利之」，做到「天下之人皆相愛」，社會的衝突也就消滅了。墨子對傳統宗法制度的否定，提供了吾人另一種思維模式。本章節選自兼愛上篇。

作者介紹

墨子，名翟(音ㄉㄧˊ)，約在西元前 490 年～前 403 年，魯人。墨子是我國戰國時期著名的思想家、教育家、科學家、軍事家、社會活動家，墨家學派的創始人。創立墨家學說，並著有《墨子》1一書傳世。

墨子出身工人階層，少年時讀儒家書籍，感到儒家思想有所不足，於是自創學派，宗法夏禹，受徒講學聲勢顯赫，與儒家並稱為當時的顯學。墨子主張兼愛、非攻、節用，並身體力行之，如楚惠王時公輸般作雲梯，將用來攻打宋國，墨子便前往斡旋，陳明非攻的好處與大義，使楚王決定放棄侵略攻打宋國。又楚惠王欲以五百里之地分封墨子，墨子不肯接受而離開楚國；接著越王以車五十乘來迎接墨子，也要以五百里之地來分封他，墨子仍然推辭不肯接受。

秦朝統一天下後，墨子的學說不為專制集權的帝王階層所喜愛，且

1.《墨子》：漢書藝文志著錄墨家書凡六種，其中列墨子七十一篇，今僅存五十三篇，為墨翟自述及弟子後學記述纂輯而成。

墨家磨頂放踵以利天下的自苦生活，一般人難以達到，也很難做到，因此墨家學說中絕。

課文說明

【本文】聖人[2]以治天下[3]為事者也，必知亂之所自起[4]，焉能治之[5]，不知亂之所自起，則不能治。譬之如醫之攻[6]人之疾者然，必知疾之所自起，焉能攻之；不知疾之所自起，則弗能攻。治亂者何獨不然，必知亂之所自起，焉能治之；不知亂之所自起，則弗能治。

【翻譯】聖明之人是以治理天下為己任的人，必須要知道亂象是從哪裡興起的，然後才能夠去治理它，不知道亂象由哪兒而起，就無法治理。比方像醫生為人治病，必定要先知道疾病的根源，才能夠治療；不知道病源在哪，就不能醫治。治理天下亂象又何嘗不是如此，必定要先知曉亂象的根源才能去處理，若不知曉亂象之根源也就無法去治理了。

【本文】聖人以治天下為事[7]者也，不可不察亂之所自起，當[8]察亂何自起，起不相愛。臣子之不孝君父，所謂亂也。子自愛不愛父，故虧父而自利[9]；弟自愛不愛兄，故虧兄而自利；臣自愛不愛君，故虧君而自利，此所謂亂也。雖[10]父之不慈子，兄之不慈弟，君之不慈臣，此亦天

2聖人：無事不通曰聖。聖人自古以來有多種含意，或稱品德最高尚的人，或泛指堯、舜、禹、湯、文、武、周公、孔子，或特指孔子。本文中的聖人則是指具有睿智且通曉人事的君主。

3天下：地在天之下，所以稱大地為天下，又在古籍中，家、國、天下往往連稱，指積家成國，積國成天下。

4.亂之所自起：動亂的癥結。亂，動盪不安，與治相反。所自，表原因。起，興。

5.焉能治之：乃能治之也。焉，乃也。

6攻：治也。有醫治之意。

7事：職務。

8當：嘗、曾經。

9虧父而自利：損害父親之利而圖一己之私利。虧，毀壞、傷害。

10雖：表假設狀態的關係詞，如果的意思。

下之所謂亂也。父自愛也不愛子，故虧子而自利；兄自愛也不愛弟，故虧弟而自利；君自愛也不愛臣，故虧臣而自利。是何也？皆起不相愛。

【翻譯】聖明之人是以治理天下為己任的人，不可以不考察了解亂象是從哪裡而產生的，我曾經考察過亂象的起源，就是起源於人和人不相愛。臣子對君主不忠，兒子對父親不孝，這就是所謂亂象的根源。做兒子的愛自己而不愛父親，所以損害了父親的利益而只圖自己的利益；做弟弟的愛自己而不愛兄長，所以損害了兄長的利益而只圖自己的利益；做臣子的愛自己而不愛君主，所以損害了君主的利益而只圖自己的利益；這就是一般人所說的亂象。如果當父親的不仁慈愛子，當兄長的不仁慈愛弟，當君主的不仁慈愛臣，這也是天下所說的混亂啊。父親愛自己而不愛兒子，於是損害兒子的利益而只圖自己的利益；兄長愛自己而不愛弟弟，於是損害弟弟的利益而只圖自己的利益；君主愛自己而不愛臣子，於是損害臣子的利益而只圖自己的利益。這是甚麼原因呢？這都是起自於人和人的不相愛。

【本文】雖至天下之為盜賊者亦然，盜愛其室，不愛其異室，故竊異室以利其室；賊愛其身不愛人，故賊人以利其身。此何也？皆起不相愛。雖至大夫之相亂[11]家，諸侯之相攻國者，亦然。大夫各愛其家，不愛異家，故亂異家以利其家；諸侯各愛其國，不愛異國，故攻異國以利其國，天下之亂物[12]具[13]此而已矣。察此何自起？皆起不相愛。

【翻譯】推究到天下的小偷強盜的心理，也是一樣的思維，強盜只愛自己的家，不愛別人的家，所以搶取別人的家而圖利自己的家；竊賊只愛自己的身家，而不愛他人的，所以竊取別人而來圖利自己；這是甚麼原因呢？這都是都起源於不相愛。大夫們只愛自己的家族，不愛別人

11亂：侵犯。
12亂物：混亂的事。物，事也。
13具：盡、皆、都的意思。

的家族，所以侵擾別人的家而來圖謀自己的利益；諸侯們只愛自己的邦國，而不愛別人的邦國，所以攻打的別人的邦國，來圖謀本國的利益，天下的亂事，都是這樣而發生的罷了。仔細考察這些亂象都是從什麼地方產生的呢？這都是由於人和人不相愛的緣故。

【本文】若使天下兼相愛，愛人若愛其身，猶有不孝者乎？視父兄與君若其身，惡施不孝[14]？猶有不慈者乎？視弟子與臣若其身，惡施不慈？故不孝不慈亡有[15]，猶有盜賊乎？故視人之室若其室，誰竊？視人身若其身，誰賊？故盜賊亡有。猶有大夫之相亂家、諸侯之相攻國者乎？視人家若其家，誰亂？視人國若其國，誰攻？故大夫之相亂家、諸侯之相攻國者亡有。若使天下兼相愛，國與國不相攻，家與家不相亂，盜賊無有，君臣父子皆能孝慈，若此則天下治。

【翻譯】若使天下的人都彼此相愛，愛別人如同愛自己，那麼還會有不孝的人嗎？把父親孩子兄長手足君主臣子都當作自己，還會厭惡對人慈孝嗎？所以不孝不慈的人就都沒有了，那麼還會有強盜竊賊嗎？把別人家當作自己的家，誰還會去行竊呢？把別人的身體視為自己的身體，誰還會去傷害搶劫呢？所以強盜、竊賊都沒有了。那麼還有大夫侵擾別人家與諸侯攻打別人國家嗎？把別人的家當成自己的家，誰會去侵犯呢？把別人的國家當成自己的國家，誰會去攻打呢？所以大夫侵擾別人家與諸侯攻打別人國家的事都不會發生了。若使天下的人彼此相愛，那麼國與國之間便不會有攻打的事，家與家之間就不會有互相侵擾的事，沒有盜賊，君主臣子父親孩子都能彼此孝順慈愛，若是如此，天下就太平了。

【本文】故聖人以治天下為事者，惡得不禁惡而勸愛？故天下兼相愛則治，交相惡則亂。故子墨子曰：「不可以不勸愛人者，此也。」

14惡施不孝：哪裡能施行其不孝的行為？惡，音ㄨ，疑問詞，何、哪裡的意思。
15故不孝不慈亡有：所以沒有不孝不慈的事。亡，音ㄨˊ，無的本字。

【翻譯】所以，以治理天下為職志的聖明之人，怎麼能不禁止人們互相憎恨而不勸導人們彼此相愛呢？所以天下彼此相愛，則能太平，彼此憎恨，則亂事就起。所以墨子說：不可以不勸導人們彼此互相愛護，就是如此的意思。

作品賞析

墨子以兼愛為其倫理論根本，所謂的兼愛指稱的是無階級等差之別的大愛，愛他人之子為己子、愛他人之父為己父，廣大鴻深的博愛精神。墨子說：「凡天下禍簒怨恨，其所以起者，以不相愛生也」。他主張兼愛互助，認為「天下兼相愛則治，交相惡則亂」。但人真能做到不分親疏，兼愛天下世人嗎？對此墨子提出，倘若你以真心愛他人，他人自然以真心愛你，只是因為上位者往往並謂如此施行，無法達到上行下效的功能罷了，所謂「不惟利他，且也利自」即是如此。

然，〈墨子・修身篇〉:「近者不親，無務求遠；親戚不附，無務外交。」由此可以明瞭實踐兼愛的具體行為中，仍是具有遠近親疏之別的。王讚源:「兼愛，從順承天志來說是無差等的，這是心量、精神的層次。從具體實踐上說是有差等的，這是事實、行為上的層次。所以墨子才說『志功不可以相從』。」

問題討論

一、儒家的「仁」、「博愛」與墨家的「兼愛」有何不同？

二、墨子的兼愛思想和當今所謂的非營利慈善機構所做的工作有哪些相似相同與不同之處？試以紅十字會為例來做比較。

三、讀完本篇，有哪些句字是你所喜愛欣賞的？請至少提出三個句子與同學老師分享並闡釋原因。

荀子・性惡

內容導讀

荀子藉由本篇來闡述其人性為惡的社會觀，並對孟子的性善論加以批判。「性惡論」是荀子思想中最著名的觀點，也是其政治思想的基石，他認為人的善是偽的，偽意指人為的，這個偽，並不是假仁假義，而是人為化成，將不好本質經由學習而改良成為好的。本單元節選自荀子的性惡篇。

作者介紹

荀子名況，字卿，戰國時趙國人，為一著名思想家，教育家，儒家代表人物之一。古書稱荀子為孫卿者，當因「荀」和「孫」二字古時同音，本可通用的緣故。荀子約生於西元前三三四年，卒於西元前二三〇年左右。

荀子推崇的儒家人物除孔子外，又稱道冉雍（子弓）[1]。荀子約在五十歲那年遊學齊國。他在到齊國以前做過什麼事，古籍未曾記載，無法考證，他在齊國，雖然三為祭酒[2]，受時人尊崇，但並不負擔實際的政治責任，後因遊說不見重用，且受齊人讒言，就去齊往遊楚國，他晚年時

1冉雍：為孔子弟子，與冉耕(伯牛)、冉求(子有)皆在孔門十哲之列，世稱“一門三賢」，當地人稱為三冉。冉雍在孔門弟子中以德行著稱，孔子對其有“雍也可使南面」之譽。這是孔子對其他弟子從來沒有的最高評價。孔子臨終時在弟子們面前誇獎他說：“……賢哉雍也，過人遠也。」所以後世對冉雍的評價甚高。如荀子在他的〈儒效篇〉中，就把冉雍與孔子相提並論。

2祭酒：《辭海》之解釋為：「古禮，凡大饗宴，必賓中之年長者一人先舉酒以祭；故祭酒為尊敬之稱，謂其人之年齒品望冠於同列也。如《史記》稱荀卿三為祭酒，漢吳王濞年老，為劉氏祭酒是也。後因以為官名。漢之侍中，魏之散騎常侍，功高者陞為祭酒。又漢置博士，以聰明有威重者一人為祭酒；晉以後有國子祭酒，迄清末始廢。」祭酒一詞用於現代則指某領域之專業領袖人士，可以擔任主持領導的大任。

進行傳道授業的教育工作，戰國末期兩位最著名的法家代表人物～韓非、李斯都是他的入室弟子，荀子於楚國蘭陵（戰國楚邑，在今山東省嶧縣境內）過世。

課文說明

【本文】人之性惡，其善者偽[3]也。今[4]人之性，生而有好利焉，順是，故爭奪生而辭讓亡焉；生而有疾惡[5]焉，順是，故殘賊生而忠信亡焉；生而有耳目之欲，有好聲色焉，順是，故淫亂生而禮義文理[6]亡焉。然則從人之性，順人之情，必出於爭奪，合於犯分[7]亂理，而歸於暴。故必將有師法之化，禮義之道[8]，然後出於辭讓，合於文理而歸於治。用此觀之，然則人之性惡明矣，其善者偽也。

【翻譯】人性是惡的，人善良的行為表現是人後天的作為。現今的人性，生來就有好利之心，順著這個好利之心發展下去，於是就產生出爭奪而使辭讓的美德亡失了；人生來就有嫉妒之心，順著這個發展下去，就產生出殘賊而亡失了；生來就有耳目之欲，又愛好聲色，順著這個下去，就生出淫亂而禮藝文理亡失了。但是順從人的性情，順從人的慾望，必然要出於爭奪，合於犯分亂理而歸之於暴亂。因此一定要有師法的教化，禮義的誘導，然後才會出於辭讓，合於文理而歸之於安治。由此看來，那麼人性為惡是明顯可證的了，其善的地方是由於後天的作為。

3.偽：通為。凡非天性而由人所作為的為之偽。
4.今：夫，發語詞。參見《古書虛字集釋》。下文多有此種用法，不再複注。
5.疾惡：疾，同嫉，嫉妒；惡，厭惡。
6.文理：節文條理。
7.分：指社會上下的各種分際。
8.道：導也。

【本文】故枸木必將待檃栝烝矯然後直[9]，鈍金必將待礱厲[10]然後利。今人之性惡，必將待師法然後正，得禮義然後治，今人無師法，則偏險[11]而不正；無禮義，則悖亂而不治，古者聖王以人之性惡，以為偏險而不正，悖亂而不治，是以為之起禮義，制法度，以矯飾[12]人之情性而正之，以擾[13]化人之情性而導之也，始皆出於治，合於道者也。今之人化師法，積文學，道禮義者為君子；縱性情，安恣睢[14]，而違禮義者為小人。用此觀之，然則人之性惡明矣，其善者偽也。

【翻譯】所以彎曲的木料一定要依靠整形器進行薰蒸、矯正，然後才能挺直；不鋒利的金屬器具一定要靠磨礪，然後才能鋒利。人性邪惡，一定要依靠師長和法度的教化才能端正，要得到禮義的引導才能治理好。人們沒有師長和法度，就會偏邪險惡而不端正；沒有禮義，就會叛逆作亂而不守秩序。古代聖明的君王認為人性是邪惡的，認為人們是偏邪險惡而不端正、叛逆作亂而不守秩序的，因此給他們建立了禮義、制定了法度，用來強制整治人們的性情而端正他們，用來馴服感化人們的性情而引導他們。使他們都能從遵守秩序出發、合乎正確的道德原則。現在的人，能夠被師長和法度所感化，積累文獻經典方面的知識、遵行禮義的，就是君子；縱情任性、習慣於恣肆放蕩而違反禮義的，就是小人。由此看來，那麼人性是邪惡的就很明顯了，他們那些善良的行為則是人為的。

9.枸木必將待檃栝烝矯然後直：枸，為鉤之借字；檃栝，音ㄧㄣˇ ㄍㄨㄛˋ，矯正木材彎曲的器具；烝，通蒸，用蒸氣加熱而使彎曲的木材變得柔軟而得以重塑；矯，矯正而使之變直。

10.礱厲：音ㄌㄨㄥˊ ㄌㄧˋ，礱，磨石，用以磨去穀殼；厲，同礪，粗的磨刀石。礱厲在此作動詞用，磨的意思。

11險：邪的意思。

12飾：通「飭」，整治。

13擾：馴擾。

14恣睢：矜放的樣子。

【本文】孟子曰：「人之學者，其性善。」[15]曰：是不然，是不及[16]知人之性，而不察乎人之性偽之分者也。凡性者，天之就也，不可學，不可事[17]。禮義者，聖人之所生也，人之所學而能，所事而成者也。不可學，不可事，而在人者，謂之性；可學而能，可事而成之在人者，謂之偽，是性偽之分也。今人之性，目可以見，耳可以聽，夫可以見之明不離目，可以聽之聰不離耳，目明而耳聰，不可學明矣。

【翻譯】孟子說：「人們要學習的，是那本性的善良。」我說：這是不對的。這是還沒有能夠瞭解人性，而且也不明白人的先天本性和後天人為之間的區別的一種說法。大凡本性，是天然造就的，是不可能學到的，是不可能人為造作的。禮義，才是聖人創建的，是人們學了才會、努力從事才能做到的。人身上不可能學到、不可能人為造作的東西，叫做本性；人身上可以學會、可以通過努力從事而做到的，叫做人為；這就是先天本性和後天人為的區別。那人性，眼睛可以用來看，耳朵可以用來聽。那可以用來看東西的視力離不開眼睛，可以用來聽聲音的聽力離不開耳朵。眼睛的視力和耳朵的聽力不可能學到是很清楚的了。

【本文】孟子曰：「今人之性善，將皆失喪其性故也。」曰：若是則過矣。今人之性，生而離其朴[18]，離其資[19]，必失而喪之。用此觀之，然則人之性惡明矣。所謂性善者，不離其朴而美之，不離其資而利之也。使夫資朴之於美，心意之於善，若夫可以見之明不離目，可以聽之聰不離耳，故曰目明而耳聰也。今人之性，飢而欲飽，寒而欲煖，勞而欲休，

15.孟子：即孟軻。這裡的引語，不見於今本《孟子》。《孟子‧告子上》說：「人無有不善。」「學問之道無他，求其放心而已矣」。其旨意與此相似。

16及：達到，夠。

17事：從事。

18朴：質樸之性。

19資：資材。

此人之情性也。今人飢見長而不敢先食者，將有所讓也；勞而不敢求息者，將有所代也[20]。夫子之讓乎父，弟之讓乎兄，子之代乎父，弟之代乎兄，此二行者，皆反於性而悖於情也。然而孝子之道，禮義之文理也。故[21]順情性則不辭讓矣，辭讓則悖於情性矣。用此觀之，然則人之性惡明矣，其善者偽也。

【翻譯】孟子說：「人性是善良的，他們的作惡一定都是喪失了他們本性的緣故啊。」我說：像這樣來解釋就錯了。孟子所謂本性善良，是指不離開他的素質而覺得他很美好，不離開他的資質而覺得他很優異。那天生的資質和美的關係、心意和善良的關係就像那可以看東西的視力離不開眼睛、可以聽聲音的聽力離不開耳朵一樣罷了。所以說資質的美和心意的善良就像眼睛的視力和耳朵的聽力一樣。如果人性生來就脫離他的素質、脫離他的資質，一定會喪失它的美和善良，由此看來，那麼人性是邪惡的就很明顯了。人性，餓了想吃飽，冷了想穿暖，累了想休息，這些就是人的情欲和本性。人餓了，看見父親兄長而不敢先吃，這是因為要有所謙讓；累了，看見父親兄長而不敢要求休息，這是因為要有所代勞。兒子對父親謙讓，哥哥對弟弟謙讓；兒子代替父親操勞，弟弟代替哥哥操勞；這兩種德行，都是違反本性而背離情欲的，但卻是孝子的原則、禮義的制度。所以依順情欲本性就不會推辭謙讓了，推辭謙讓就違背情欲本性了。由此看來，那麼人性邪惡就很明顯了，他們那些善良的行為則是人為的。

20將有所代也：所以代其尊長。
21故：本來。

作品賞析

春秋戰國時期，百家爭鳴，各家學派如雨後春筍般林立。其中儒家對於性論的探討以孟、荀之性善與惡為歷代討論焦點。孟子主張人皆有惻隱之本心，故人性本善；荀子則認為人性本惡，所謂的善為偽，經由後天教育而成。其建立性惡論有二步驟：首先，定義「性概念」的本義；二從人的物質慾望和心理需求出發，論證了「人之為惡乃其性也」的道理。為了改變人之性惡，荀子一方面強調後天教育的重要和環境影響之深，因而主張「求賢師」、「擇良友」；另一方面則強調政治的作用，提出「立君上之勢以臨之，明禮義以化之，起法正以治之，重刑罰以禁之」的政治主張。此外，也提出了有教無類，教育機會均等的教育主張。

李崑山在〈荀子「性惡論」與「化性起偽」之探究〉中說：「荀子的性惡說是他為了要彰顯禮義法治而強調的。荀子在性惡說裏頭不斷的引用經驗世界的事物來符驗人性為惡之說，這些現實人生與社會中拾地而見之社會不良風氣，也正是荀子想要藉由禮義師法來導正的。荀子性惡之主張，其所舉正之例，雖有其欠缺之處，但是荀子立論的初衷，未嘗不是以善為出發點，希望人性能趨於美善，不離開禮義規範之外，進而嚮往人生的真理而臻於至善，以收化性起偽之功效。」

問題討論

一、荀子主張人性本惡，而荀子提出解決人性之惡的方法為？

二、荀子運用了什麼樣的文章佈局技巧來反駁孟子的性善之說？

三、荀子的《性惡論》和教育有什麼關係？你認為當今哪些教育措施和《性惡論》有關？為什麼？其成效又如何？

管子・牧民

內容導讀

牧民，即如同牧人般照顧、治理人民。管子〈牧民〉篇，是管子一書中的第一章，內容闡述了治理國家、統治百姓的理論和原則，共包括了國頌、四維、四順、士經、六親五法五節，本篇節選前三則，國頌一節闡明了治國的原則在於伸張發揚四維，其前提是要注重農時，先使倉廩實、衣食足，接著在利用省刑、守國、順民這些具體做法來牧民，同時也警告要提防造成亡國的因素，如不務天時等；四維一節則闡述四維的含義及其重要性；四順一節則闡明牧民的原則在於順應民心，並進一步具體說明了百姓的四欲與四惡，順民心則治，違逆民心，則國政衰。

作者介紹

《管子》一書舊題為管仲所著，管仲（約為公元前 725~前 645 年），名夷吾，字仲，諡號敬，史稱管子，出生於潁上（今中國安徽省潁上縣），中國春秋時代的政治家、改革家、哲學家。管仲出身寒門，經好友鮑叔牙的推薦而受齊桓公重用為宰相，輔佐齊桓公成為春秋時代的首位霸主。管鮑之交這句膾炙人口歌誦知己友誼的成語即是出自於上述的典故，而傳為劉芳的美談。

然而經考定，目前學界多認為《管子》一書非管仲所作，而是管仲學派的後繼者，對管仲思想的接續發揚，各篇的體例不盡一致，且融會了儒、法、道、墨、名等諸家學說，而自成一家之言，內容則述及生產、交易、財政、霸術、法術、治兵、天文曆數、陰陽五行與管仲的事略，《管子》一書，非出於一人之手，亦非出於一時之作，可謂是管仲學派的著作彙編，原書有三八九篇，今存七十六篇。

課文說明

【本文】凡有地[1]牧民者，務在四時[2]，守在倉廩[3]，國多財[4]則遠者來，地辟舉[5]則民留處[6]，倉廩實[7]則知禮節[8]，衣食足則知榮辱[9]，上服度[10]則六親固[11]，四維張[12]則君令行。故省刑[13]之要在禁文巧[14]，守國之度在飭[15]四維，順民之經[16]在明[17]鬼神、祇山川[18]、敬宗廟[19]、恭祖舊[20]。不務天時[21]則

1有地：有轄地、封地。

2四時：春、夏、秋、冬，四季節氣。

3守在倉廩：守，掌管。倉廩，儲藏米穀的場所，藏穀者為倉，藏米者為廩。廩，音ㄌㄧㄣˇ。

4財：泛指物產豐饒，經濟繁榮。

5辟舉：辟盡，廣泛開發荒地使成良田，荒地辟盡，人民便能安居樂業。辟，開墾；舉，盡的意思。

6留處：長居久安，不再四處遷徙。留，長久；處，居住。

7實：充滿、充足。實，與虛相對。

8禮節：行禮之分寸等級。

9榮辱：榮耀與恥辱。荀子在其〈榮辱〉篇中定義榮為先義後利，定義辱為先利後義。

10服度：服，本義為從事，此處引申為行；度，泛指禮樂祭祀及治國的法度。

11六親固：六親的說法不一，最長見的說法指父母、兄弟、夫婦。固，和睦、親愛且團結一致。

12四維張：古人將禮、義、廉、恥合稱為四維。維，結物的大繩，象徵能使事物固定下來的意識獲力量。張，張開、施展，此處引申為落實踐行。

13省刑：省，音ㄕㄥˇ，節制、減輕；刑，各種處罰的總稱。

14禁文巧：禁，制止；文巧，花而不實的取巧行為。

15飭：音ㄔˋ，教導。

16順民之經：教化百姓的常道。順，訓也；順民，教化庶民；經，常道，指常行的義理、法治、原則。

17明：知曉。

18祇：敬也。祇，音ㄓ。

19宗廟：天子、諸侯祭祀祖先的處所。

20恭祖舊：肅靜祖先。恭，敬肅尊重；祖舊，即祖先；祖，始，指人的源頭所出；舊，久，引申為先的意思。

21不務天時：不注意自然運行的時序。務，致力，此引申為注意、注重。天時，大自然運行的時序。

財不生，不務地利[22]則倉廩不盈，野蕪曠[23]則民乃菅[24]，上[25]無量則民乃妄[26]，文巧不禁則民乃淫[27]，不璋兩原[28]則刑乃繁，不明鬼神則陋[29]民不悟，不祗山川則威令不聞，不敬宗廟則民乃上校[30]，不恭祖舊則孝悌不備[31]。四維不張，國乃滅亡。

【翻譯】大凡擁有封地、統治百姓的君主，必須致力於四季的農事，掌管好糧倉的儲備。國家財富豐饒，遠民就會前來歸順，土地多多開發，百姓就會滯留安居，糧倉充實，百姓才懂得禮節制度，衣食豐足，百姓才知道榮譽恥辱，君主遵行禮度，六親才能團結，四維廣為推行，君主才能令行禁止。因此，精簡刑法的關鍵在於禁止花而不實的取巧行為，鞏固國家的原則在於整頓四維，訓導百姓的要旨在於崇奉鬼神、祭祀山川、敬重祖宗、尊重親舊。不重視天時，財富就不會產生，不重視地利，糧倉就不會充盈，田野荒蕪，百姓就會怠惰，君主無節制，百姓就會妄為，奢侈不禁，百姓就會放縱，不堵塞「兩源」，刑法就會繁多，不崇奉鬼神，小民就不會信從，不祭祀山川，威令就不會播揚，不敬重祖宗，百姓就會犯上作亂，不尊重親舊，孝悌之德就不算完備。總之，不推行這四維，國家就要滅亡。以上是「國頌」。

【本文】國有四維，一維絕則傾，二維絕則危，三維絕則覆，四維

22地利：土地的生產能力。

23野蕪曠：野，田野，泛稱農地。蕪曠，田地荒廢，為野草所覆。蕪，田地長滿野草。曠，空蕩蕩荒棄的樣子。

24菅：音ㄐㄧㄢ，輕賤。

25上無量：上，在上位者，指君主；量，度量、胸襟。

26妄：隨便而有非分之想。

27淫：邪惡。

28不璋兩原：不堵住民妄、民淫的根源。璋，音ㄓㄤ，堵塞防範；原，通源。兩原指無量與文巧。

29陋：見識淺薄。

30上校：上，指尊長；校，音ㄐㄧㄠˋ，計較。

31備：完全。

絕則滅。傾[32]可正也，危[33]可安也，覆[34]可起也，滅不可復錯[35]也。何謂四維？一曰禮，二曰義，三曰廉，四曰恥。禮不逾[36]節，義不自進[37]，廉不蔽惡，恥不從枉[38]。故不逾節則上位安，不自進則民無巧[39]詐，不蔽惡則行自全[40]，不從枉則邪事不生。右四維。

【翻譯】立國的根本在於有四維維繫。一維斷絕，國將傾倒，二維斷絕，國將危險，三維斷絕，國將翻覆；四維斷絕，國將滅亡。傾倒可以扶正，危險可轉安定，翻覆可再振起，滅亡就不能再恢復了。什麼叫四維？一稱為禮，二稱為義，三稱為廉，四稱為恥。遵守禮，就不會超越規範；講求義，就不會自行鑽營；做到廉，就不會掩飾過錯；懂得恥，就不會追隨邪曲。因此，不超越規範，君主的地位就穩固；不自行鑽營，百姓就不會投機取巧；不掩飾過錯，品行就自然端正；不追隨邪曲，壞事就不會產生。以上是「四維」。

【本文】正之所興，在順民心；政之所廢，在逆民心。民惡憂勞[41]，我佚[42]樂之；民惡貧賤，我富貴之；民惡危墜[43]，我存安[44]之；民惡滅絕，我生育之[45]。能佚樂之，則民為之夏勞；能富貴之，則民為之貧賤；能

32傾：偏側。
33危：凶險不安。
34覆：翻。
35復錯：再安置。復，再；錯，通措，安置的意思。
36逾：音ㄩˊ，超過。
37不自進：不鑽營求進。進，引薦；自盡，不當的自我推薦。
38不從枉：不跟從邪惡的人。枉，不正直，邪惡。
39巧：虛偽不實。
40行自全：行止自能完好。
41憂勞：憂患勞苦。憂患，危險艱苦不得放鬆的處境。
42佚：通逸。
43危墜：危險墜落，即凶險不安。
44存安：保全安定。存，保全。
45生育：生養教導使人民得以安居樂業。

存安之，則民為之危墜；能生育之，則民為之滅絕[46]。故刑罰不足以畏其意，殺戮[47]不足以服其心。故刑罰繁而意不恐，則令不行矣；殺戮不足以服其心。故刑罰繁而意不恐，則令不行矣；殺戮眾而心不服，則上位危矣。故從其四欲[48]，則遠者自親；行其四惡[49]，則近者叛之。故知予之為取[50]者，政之寶[51]也。右四順。

【翻譯】政令能夠推行，在於它順從民心，政令所以廢弛，因為它違背民心。百姓厭惡勞苦憂患，我就要使他們安逸快樂，百姓厭惡貧困低賤，我就要使他們富足顯貴，百姓厭惡危險災禍，我就要使他們生存安定，百姓厭惡滅種絕後，我就要使他們生養繁衍。能使百姓安逸快樂，他們就會為此任勞任怨，能使百姓富足，他們就會為此暫處貧賤，能使百姓生存安定，他們就會為此赴湯蹈火，能使百姓生養繁衍，他們就會為此獻出生命。因此嚴刑重罰不足以使百姓心存畏懼，大量殺戮不足以使百姓心悅誠服。刑罰繁重而民意不畏懼，政令就不能推行，殺戮欺多而民心不悅服，君主的地位就危險了。所以能順應百姓的四種欲望，那麼遠方的百姓也會親近歸順，使百姓陷於四種厭惡的境地，那麼親近的屬民也會背離叛逃。可見懂得給予就是取得的道理，這是從政的法寶啊！以上是「四順」。

作品賞析

《管子・牧民》：「國有四維，一維絕則傾，二維絕則危，三維絕則覆，四維絕則滅。」所謂的四維指的是禮、義、廉、恥四大道德根本。

46滅絕：斷絕後代。
47殺戮：為同意複詞，殺害使之喪命。殺，以刀刃使人斃命；戮，曝屍於眾。
48四欲：四種欲望渴求，四欲乃前文所稱之佚樂、富貴、存安、生育。
49四惡：指稱憂勞、貧賤、危墜、滅絕這四項人民所厭惡不喜之事。
50予之為取：提供給予人民佚樂、富貴、存安、生育是為了得到他們的擁護和在經濟上的產出。予，給、賜；之，代詞，指人民；取，收、受。
51寶：指可貴重的事物。

當四維盡絕，小則喪失民心，大則覆滅國家，傾危棟樑。古籍中常提及四維之重要性，並將禮、義、廉、恥放在立國安邦的高度，足見其重。當人們凡事據於四維，便不認亦超越規範，威脅統治者的根基，亦不遮掩缺失，行為越發端正、善良。因此政令之所以得以順利推行，在於順應民心；之所以廢弛，則在於違背民心。由此得見取之於民的原則。

李勉在〈管子今註今譯〉一書中提及：「管子書有道家之言、有儒家之言、有法家之言、有墨家之言、有名家之言、有兵家之言、有陰陽家之言、有理財家之言、有政治家之言、有農家之言、有醫家之言，係龐雜之書而非一人之作，亦非一世之作，其書雖非管仲自為，然多處根據有關管仲之傳說而作，其傳說或由管仲之賓客，或由其左右，或由其子孫，或由其遺民，或直接根據管仲當時自己之言論思想而為之追述，所傳說者雖未必全真，但亦未必全假。」

問題討論

一、何謂四維？何謂四順？這這兩者有何關係存在？又，掌握這兩者，為何能使國家安治，人民順服？

二、〈牧民〉篇詳述為君者應如何作為以獲得民心，使國家大治，但請試思索，本篇在政治的權力結構中，有何疏漏之處？

三、請依文中的敘述，排序出治國要事的內外即先後關係、順序。

四、為何本章不特別強調以法來約束管理人民？本章認為君主和人民有怎樣的互動關係？

如：地辟舉則民留處。以這句話來看，君主和百姓的關係為？

五、為何古代的政治強調由上而下的治理，而不是由下而上作監督改善？試討論之。

韓非子・定法

內容導讀

本篇選自《韓非子》第四十三篇，定，是立的意思，亦即定立法度。戰國時期法家分三大流派，商鞅主法、申不害重術、慎到主勢，韓非則兼取三派之長而形成法術勢並重之集大成的理論。本篇批判了商鞅、申不害之法與術，採一問一答的體例來論述，首段即提出法與術皆為治國要具，商鞅、申不害卻各有所偏，因無術弊於上，無法則亂於下，故法與術缺一不可。次段則詳加分析申不害有術無法之失，與商鞅有法無術之弊。末段則總結前述，強調法、術、勢應整合並重。

作者介紹

韓非，(約公元前 281 年~前 233 年)，生活於戰國末期，為中國古代著名法家思想的代表人物。韓非為韓國的公子，曾與李斯一同拜於荀子門下學習。在韓非生所處的年代，韓國為戰國七雄當中最弱小的國家，因此韓非頗有振衰起弊的抱負，但由於他患有口吃的毛病，所以多次上書韓王陳述他的思想，而不為所用。之後《韓非子》一書輾轉流傳到秦國，書中《孤憤》、《五蠹》內容被秦王嬴政所讚嘆，甚至說出「嗟乎，寡人得見此人，與之游，死不恨矣」的美辭，其昔日同窗李斯上奏秦王曰：「此韓非之所著書也。」便以戰爭為要脅，逼韓非出使秦國。韓非到秦國後，受到秦王政的欣賞，欲加以重用，因而招來李斯的忌妒，李斯陷害韓非入獄，最後韓非在獄中服毒自盡。又有一說，秦王想念下獄後的韓非，李斯察覺後，因恐節外生枝，而派人毒殺韓非。

韓非雖師從於荀子，思想卻頗有出入。他綜合了申不害、商鞅等人的思想，發展成為自己完整的理論，他著重治國的法術，並提供君王施用。對於儒家，他斥之為「蠹」～蛀蟲。韓非是一個聰明、深刻的人，對當時人情世故看得頗為透徹。他不相信人有美好感情，不相信人可以經教育而為善，只相信賞罰分明，以利驅使人、以害禁制人。

韓非之學出於荀子，源本於儒家，而成為法家，又歸本於道家·其最高理想為「君無為，法無不為」·認為法行而君不必憂；臣不必勞，民但而守法，上下無為而天下治·但其學說過於尊君，為後世所詬病。

他的著作《韓非子》，是先秦法家的代表作，共五十五篇，《韓非子》，構築了一整套君主統治的方法和理論，對於研究政治學，這是一部極重要的書。

課文說明

【本文】問者曰：「申不害[1]、公孫鞅[2]，此二家[3]之言，孰急[4]于國？」應之曰：「是不可程[5]也。人不食，十日則死；大寒之隆[6]，不衣[7]亦死。謂之衣食孰急于人，則是不可一無[8]也，皆養生之具[9]也。今[10]申不害言術而公孫鞅為法。術者，因任[11]而授官、循名而責實[12]、操殺生之柄[13]、課[14]

1申不害：戰國時期鄭國人，為韓昭侯相，在位時內修政教、外應諸侯，在十五年中便達國治兵強，其學說本而黃老而主刑名，尤其重術。
2公孫鞅：即商鞅，亦稱商君。曾在秦國主持變法，廢井田制度，開阡陌，獎勵耕戰，使秦國大為富強，但因秦國政權轉移，商鞅後為自己所訂的嚴刑峻法所害而身死。
3家：傳承某派之學者，稱之為家。二家指申不害、商鞅。
4急：緊急、迫切。
5程：程本作長度單位之稱，在此作動詞用，引申作度量、較量。
6大寒之隆：嚴寒、酷寒。隆，盛。
7衣：此處作動詞，音一丶，穿著。
8不可一無：缺一不可。
9養生之具：所資以養活命之物。養生，攝養身心，期能保健延年。具，飲食用的器具，此處引申為憑藉。
10今：發語詞。
11因任：因，根據；任，堪、能。

群臣之能者也。此人主之所執也。法者，憲令著[15]于官府、刑罰必[16]于民心、賞存乎慎法[17]、而罰加乎姦令[18]者也。此臣之所師[19]也。君無術則弊于上，臣無法則亂于下，此不可一無，皆帝王之具也。」

【翻譯】發問的人說：「申不害、公孫鞅，這兩家的學說，對於治理國家來說，哪一家更為要緊呢？」韓非回答他說：「這是不可以進行估量比較的。人要是不吃東西，十天就死了；大冷到了極點，要是不穿衣服也會死。如果要評論穿衣和吃飯哪一樣對人更為要緊，那麼應該說它們是不可或缺的，因為它們都是維持生命所必須具備的東西。現在申不害主張術治而公孫鞅推行法制。術治這個東西，就是根據各人的能力來授予相應的官職、按照官職名分來責求其實際的功效、掌握住生殺大權、考核各級官吏的才能這麼一整套的方法和手段。這是君主所掌握的。法制造個東西，就是法令明確地著錄在官府中、刑罰制度一定貫徹到民眾的思想意識中去、獎賞只給予謹守法令的人、而刑罰施加於觸犯禁令的人這麼一整套的政策和制度。這是臣下所遵循的。君主如果不掌握術治，就會在上面受蒙蔽；臣子如果不遵循法制，就會在下面鬧亂子；所以這兩樣東西是不可或缺的，它們都是成就帝王大業的工具。」

【本文】問者曰：「徒術而無法，徒法而無術，其不可何哉？」對曰：「申不害，韓昭侯之佐也。韓者，晉之別國[20]也。晉之故法未息，

12循名而則實：就其言而觀其行，考察是否名實相符。
13柄：把柄，引申作權力。
14課：考查、督責。
15著：明定。
16必：必信。
17賞存慎乎法：獎賞施於謹守法律之人。
18姦令：泛亂政令。
19師：師法、遵守。
20晉之別國：晉所分出之國。別，分支的意思。

而韓之新法又生；先君之令未收，而候君之令又下。申不害不擅[21]其法，不一其令，則姦多。故利在故法前令，則道[22]之；利在新法後令，則道之；故新相反、前後相悖[23]，則申不害雖十使昭侯用術，而姦臣猶有所譎[24]其辭矣。故託[25]萬乘之勁韓，七十年而不至于霸王者，雖用術于上、法不勤飾[26]于官之患也。」

【翻譯】發問的人說：「只運用術治而不實行法治，只實行法治而不運用術治，兩者都不行，為什麼呢？」韓非回答說：「申不害，是韓昭侯的補助大臣。韓國，是晉國中分出來的一個國家。晉國的原有法律還沒有廢除，而韓國的新的法律又產生了；前代君主的政令還沒有收回，而後代君主的政令又下達了。申不害不去統一那舊法和新法，也不去統一那先後下達的政令，那麼奸邪的事就增多了。所以，奸臣們看到自己的利益存在於原有的法律和從前的政令之中，那就按照這些原有的法律政令來辦事；他們看到自已的利益存在於新的法律和後來的政令之中，那就按照這些後來的法律政令來辦事；如果他們的利益存在於舊法和新法的相互對立、從前的政令和後來的政令的相互違背之中，那麼申不害即使以十倍的努力讓韓昭侯運用術治，奸臣們仍然有辦法來玩弄他們的言辭進行詭辯了。所以韓國的君主依靠了擁有萬輛兵車的強大韓國，經過了七十年也還是沒有能夠達到稱霸稱王的地步，這是他們雖然在上面運用了術治、但沒有用法制對官吏進行經常性的整頓所造成的危害啊。

21擅：專一。
22道：從。
23悖：亂。
24譎：詭詐。
25託：寄託、憑藉。
26飾：通飭，整治的意思。

【本文】「公孫鞅之治秦也，設告相坐而責其實[27]，連什伍而同其罪[28]，賞厚而信，刑重而必。是以其民用力勞而不休，逐敵危而不卻，故其國富而兵強；然而無術以知姦，則以其富強也資人臣而已矣。及孝公、商君死，惠王即位，秦法未敗也，而張儀以秦殉[29]韓、魏。惠王死，武王即位，甘茂以秦殉周，武王死，昭襄王即位，穰侯[30]越韓、魏而東攻齊，五年而秦不益尺土之地，乃城其陶邑之封。應侯[31]攻韓八年，成其汝南之封。自是以來，諸用秦者，皆應、穰之類也。故戰勝，則大臣尊；益地，則私封立：主無術以知姦也。商君雖十飾[32]其法，人臣反用其資。故乘強秦之資，數十年而不至于帝王者，法不勤飾于官、主無術于上之患也。」

【翻譯】「公孫鞅治理秦國的時候，設立了告發奸邪、株連定罪的制度來求得犯法的真實情況，把老百姓連結成了十家為一什、五家為一伍的聯保組織而對聯保的人家定同樣的罪，獎賞優厚而且守信用，刑罰嚴厲而且一定執行。因此，他治理下的民眾，努力耕作，即使勞累了也不休息，追擊敵人，即使危險也不退卻，所以他治理的秦國國富而兵強，但是他沒有運用術治來識別奸臣，那就只能把他造成的富強資助給臣下罷了。等到秦孝公、商鞅死了以後，秦惠文王登上王位，秦國的法制並沒有完全被破壞掉，而張儀已把秦國的力量犧牲在對韓國、魏國的威逼利誘上來謀取私利了。秦惠文王死了以後，秦武王登上王位，甘茂拿秦國的力量犧牲在進軍周王朝都城的征戰中。秦武王死了以後，秦昭襄王

27設告坐而相責其實：設立告姦而有賞誣反科以罪之制度以求其實情。
28連什伍而同其罪：使十家或五家互相連保，若一家有罪，其他諸家不檢舉，則科以相同之罪。
29殉：略、營。
30穰侯：冉魏。
31應侯：范雎。雎，音ㄙㄨㄟ。
32十飭：極力整治。

登上了王位，穰侯魏冉越過韓國、魏國而向東去攻打齊國，經過五年而秦國沒有增加一尺主地，但他自已卻擴大了他那陶邑的封地。應侯范雎。打韓國達八年之久，也成就了他那汝水南面的封她。從商鞅死了以來，許多在秦國執政的人，都是應侯、穰侯一類的人。所以打仗打贏了，那麼大臣就尊貴起來了，擴展了她盤，那麼臣子的個人封地就建立起來了：這是因為君主沒有運用術治去了解奸臣的緣故啊。所以商鞅即使以十倍的努力去整頓他的法制而使國家富強起來了，但臣下卻反過來利用了他所提供的資本為自已謀利益。所以，秦國的君主憑著強大的秦國這種條件，經過了幾十年也還沒有能達到稱帝稱王的地步，這是沒有用法制對官吏經常加以整頓、君主沒有在上面運用術治的禍患啊。」

【本文】問者曰：「主用申子之術，而官行商君之法，可乎？」對曰：「申子未盡于法也。申子言：『治不踰官，雖知弗言。』『治不踰官』，謂之守職也，可；『知而弗言』，是不謁過[33]也。人主以一國目視，故視莫明焉；以一國耳聽，故聽莫聰焉。今知而弗言，則人主尚安假借矣[34]？商君之法曰：『斬一首者，爵一級，欲為官者為五十石之官；斬二首者，爵二級，欲為官者為百石之官。』官爵之遷與斬首之功相稱也。今有法曰：『斬首者令為醫、匠。』則屋不成而病不已。夫匠者，手巧也；而醫者，齊藥[35]也；而以斬首之功為之，則不當其能。今治官者，智能也；今斬首者，勇力之所加[36]也。以勇力之所日而治智能之官，是以斬首之功為醫、匠也。故曰：二子之于法術，皆未盡善也。」

【翻譯】發問的人說：「讓君主運用申子的術治，而讓官吏奉行商君的法制，就行了麼？」韓非回答說：「申子關於術治的理論還不周到，

33不謁過：不把臣下之過失稟告於君。謁，音一せ丶，稟告、陳說。
34人主尚安假借矣：人主又何得假借人臣之耳目以為視聽乎？矣，乎也。
35齊藥：劑藥。
36加：施。

商君對於法律的規定也還沒有完善。申子說：「官吏辦事不能超越自已的職權，對於職權以外的事情即使知道了也不要說。」「辦事不超越自己的職權」，是說要謹守自己的職責，這還可以，至於『對職權以外的事情即使知道了也不要說」，這就是要人們不告發別人的罪過了。君主用全國人民的眼睛來觀察，所以觀察起來沒有誰能比君主看得更明白的了，君主用全國人民的耳朵來聆聽，所以聽起來沒有誰能比君主聽得更清楚的了。現在要是大家都知道了而不說，那麼君主還能憑藉什麼去了解情況呢？商君的法令說：「砍掉一個敵國有爵位者的頭，就賞給他爵位一級，想要做官的就讓他做俸祿為五十石的官，砍掉兩個敵國有爵位者的頭，就賞給他爵位二級，想要做官的就讓他做俸祿為一百石的官。官職和爵位的晉升與砍殺敵人首級的功勞是相當的。現在如果有一條法令說：『砍殺敵人首級而立功的人讓他們去做醫生、工匠。』那麼房屋就會蓋不成而疾病也就治不好。因為工匠，要靠手藝精巧，而醫生，要會調配藥劑，如果憑砍頭的功勞去做這些工作，那就和他們的才能不相適應了。現在拿商君所說的做官來說，是要靠智慧和才能的：現在再拿他所說的砍殺敵人首級來說，是靠勇敢和氣力的施展。現在讓施展勇敢和氣力而立功的人去擔任需要智慧和才能的官職，這就是讓砍殺敵人首級而立功的人去做醫生、工匠。所以說：商君和申子這兩個人對於法治和術治，都還沒有達到盡善盡美的境界。」

作品賞析

「法者，憲令著於官府，刑罰必於民心，賞存乎慎法，而罰加乎姦令者也；此臣之所師也。君無術則蔽於上，臣無法則亂於下，此不可一無，皆帝王之具也。」　韓非在〈定法篇〉中一再強調「法」與「術」要並重，君王的治術與安民的法律得兼顧，沒有誰比誰更重要、更迫切，兩者必須相輔相成、缺一不可。明君如天，因其事事因循法源而為，無私公正，此為法；然明君卻也似鬼，因其擅長述道，無形中巧妙用人，令人不覺。除此之外，明君亦擁有威權，為其命令加重力道，賦予命令的強制性，此謂之勢，不可一無，皆帝王之具也。然刑罰未免嚴苛，容易喪失民心，對此蕭公權如此評曰：「『所謂壹刑者，刑無等級。自卿相將軍以至大夫庶人有犯國禁，亂上制者，罪死不赦。有功於前，有敗於後，不為損刑。有善於前，有過於後，不為虧法。』雖太子犯法猶刑其師傅，則商君可謂能得行法之要道。……商、韓言法，則人君之地位超出法上，其本身之守法與否不復成問題，而惟務責親貴之守法君主專制之理論至此遂臻成熟，而先秦「法治」思想去近代法治思想亦愈遼遠矣。」

問題討論

一、韓非是荀子的學生，在思想上他有哪皆思想是承襲荀子的思想，又有哪些思想不同於荀子的思想？

二、請從本文中條列出申不害與商鞅學說的弊病。又，韓非提出的解決方案是？韓非的解決方案有何優缺點？是討論之。

三、為何韓非會認為人性非善，且教育也不能改惡遷善？這與當時的時代氛圍有關嗎？

四、站在統治者與非統治者的角度，韓非的主張有何不足之處？

公孫龍・白馬論

內容導讀

〈白馬論〉是名家代表人物公孫龍最有名的詭辯理論，此典故發生的背景是當時有一城下令馬匹不得出城，而趙國平原君的食客公孫龍卻帶著一匹白馬正要出城，守門的士兵不准，於是公孫龍心生一計，企圖歪曲白馬是馬的事實，希望說服士兵。公孫龍說：「白馬並不是馬。因為白馬有兩個特徵，一是白色，二是具有馬的外形，但馬只有一個特徵，就是具有馬的外形。具有兩個特徵的白馬怎會是只具有一個特徵的馬呢？所以白馬不是馬。」士兵因無法應對，辯論不過，只好放行。

作者介紹

公孫龍，生於周顯王四十四年（公元前三二五年），死於周惠公六年（公元前二五〇年），姓公孫，名龍，字子秉，戰國時期趙國人，是當時很有名的辯者，曾經做過戰國養士四公子之一平原君的門客，也是諸子學派中名家的代表人物與創始者。

公孫龍的思想特徵是：別同異，離堅白。他曾提出石頭的「堅」與「白」是兩種屬性，可以互相分離，而白馬非馬中「白馬」與「馬」，存在特殊和一般的差別，是不同的概念（「名」），不應混淆。從實質上說，就是把事物性質孤立地加以誇大，強調絕對的分離，片面強調概念之間的差別和獨立性，從而否認其間有統一的聯繫。公孫龍的著名辯題著重分析了概念的規定性和差別性，對古代邏輯思維的發展有一定貢獻。由於受當時詭辯思潮的影響，公孫龍可說是鄧析以後真正集古代詭辯學派之大成的代表人物。

課文說明

【本文】「白馬非馬，可乎？」曰：「可。」

【翻譯】(客)問：說白馬不是馬可以麼？(主)答：可以。

【本文】曰：「何哉？」曰：「馬者，所以命[1]形也。白者，所以命色也。命色者，非命形也，故曰白馬非馬。」

【翻譯】(客)問：為什麼呢？(主)答：馬，是用來稱呼表述形狀的，白色，是用來稱呼表述顏色的，稱呼表述顏色的和稱呼表述形狀並不相同，所以說白馬不是馬。

【本文】曰：「有白馬，不可謂無馬也。不可謂無馬者，非馬也？有白馬為有馬，白之非馬，何也？」

【翻譯】(客)說：有白馬就不可以說沒有馬的存在。既然不能說沒有馬存在，難道(白馬)還不是馬麼？有白馬就是有馬，白馬怎麼會不是馬呢？

【本文】曰：「求馬，黃、黑馬皆可致[2]。求白馬，黃、黑馬不可致。使白馬乃馬也，是所求一也，所求一者，白者不異馬也。所求不異，如[3]黃、黑馬有可有不可，何也？可與不可其相非明。故黃、黑馬一也，而可以應有馬，而不可以應有白馬，是白馬之非馬審[4]矣。」

【翻譯】(主)答：找馬，那麼黃的，黑的都可以拿來。找白馬，那麼黃的，黑的都不可以找來。白馬是馬，那是因為你所要求的是「一」，

1命：稱謂。
2致：招引來。
3如：而。
4審：明悉。

所求是「一」（一個大的範疇）的時候，白馬是與馬不相區別的。所尋求的沒有差別，像黃馬，黑馬有時候可以有時候不可以是什麼原因呢？有時可以有時不可以是因為沒有確定它的屬性。所以說黃馬，黑馬都一樣，可以應有馬而不可以應有白馬，這樣白馬非馬就很明顯了。

【本文】曰：「以馬之有色為非馬，天下非有無色之馬也。天下無馬，可乎？」

【翻譯】(客)問：把有顏色的馬當作不是馬，天下沒有無色的馬。天下沒有馬了是麼？

【本文】曰：「馬固有色，故有白馬。使馬無色，有馬如已耳，安取白馬？故白者非馬也。白馬者，馬與白也；馬與白馬也，故曰：白馬非馬也。」

【翻譯】(主)答：馬必然有顏色，所以才能有白馬。讓馬沒有顏色，有馬也等於沒有了，怎麼找白馬呢？所以說白不是馬。白馬是馬和白相附加的。馬與白相附加並不僅僅是馬，所以說，白馬非馬。

【本文】曰：「馬未與白，為馬，白未與馬，為白。合馬與白，復名白馬，是相與以不相與為名，未可。故曰：白馬非馬，未可。」

【翻譯】(客)說：馬不和白相附加也是馬，白不和馬相附加也是白。把馬和白相附加，就是白馬，是相互附加的用了當時沒有附加的名，這不可以。所以說「白馬非馬」也不可以。

【本文】曰：「以有白馬為有馬，謂有白馬為有黃馬，可乎？」曰：「未可。」曰：「以有馬為異有黃馬，是異黃馬於馬也。異黃馬於馬，是以黃馬為非馬。以黃馬為非馬，而以白馬為有馬；此飛者入池，而棺槨異處；此天下之悖言亂辭也。」

【翻譯】(客)說：以有白馬作為有馬，而說白馬是黃馬可以麼？不可以。認為有馬和有黃馬不同，是區別黃馬與馬。黃馬與馬相區，別所以說「黃馬非馬」。認為黃馬非馬而白馬為有馬，這就好像讓鳥生活在池塘裏，棺槨相分離一樣，這是不合情理的言詞啊。

【本文】曰：「有白馬，不可謂無馬者，離[5]白之謂也。是離者有白馬不可謂有馬也。故所以為有馬者，獨以馬為有馬耳，非有白馬為有馬。故其為有馬也，不可以謂馬馬[6]也。」

【翻譯】(主)答：有白馬，不可以說是沒有馬，是脫離了白的稱謂。因此脫離了白的稱謂有白馬不可以認為有馬。所以認為有馬僅僅是因為馬是馬而已，並不是有白馬才認為為有馬。所以即使有馬，也不可以把馬稱為馬。

【本文】曰：「白者不定所白，忘之而可也。白馬者，言定所白也。定所白者，非白也。馬者無去取於色，故黃、黑皆所以應。白馬者，有去取於色，黃、黑馬皆所以色去，故唯白馬獨可以應耳。無去者非有去也。故曰：白馬非馬。」

【翻譯】(主)答：白不是固定在它附著的事物上的，沒有那個事物也可以。白馬，言辭上已經定義了白所針對的物件。定義了這個物件，它就不單單是白了。馬根本沒有和顏色相聯繫，所以黃，黑都可以認為有馬。談到白馬就對顏色有了取捨，黃黑都因為顏色而被捨棄，只有白馬可以應有。與去不相關聯並不是捨棄了去。所以說白馬非馬。

5.離：不考慮。
6.馬馬：指白馬中的馬已是馬，合馬與白又是馬。

作品賞析

在〈白馬論〉一章中，公孫龍以一套白馬論點講述了認識論的邏輯學，巧妙混淆了分類的邏輯，因為馬是通稱，白馬含有白的特性，是馬的一種，故白馬不等於馬，載明名、實的不同。然此一論點卻受到歷代諸多學派的討論與駁辯，陳政陽在〈論「白馬非馬」在先秦哲學中的發展——以儒、道、名、墨四家思想為例〉中提及各家對於白馬論的觀點：「莊子認為，藉由白馬非馬而試圖辨別明實的做法，實際上是名實為虧而喜怒唯用，非但無益於呈現道之真，並且只是無謂的耗損生命而已。公孫龍以「白馬論」而著名於世，認為名與名不當相混淆；既然「白馬」與「馬」之名不同，所以主張「白馬非馬」。墨辯認為，白馬是馬這個大類中的一個小類，小類與大類間的關係只能用「是」相連，而不能以「非」表示；因此，墨辯以「白馬是馬」駁斥「白馬非馬」說。就荀子而言，「名」之目的在於指「實」，類似「白馬非馬」這一類奇辭怪說，只需要徵驗於約定俗成之名，看所指稱之實與所操之辭，是否為被大家共同使用這個名的習慣，即可避免用名以亂實的弊端。」

問題討論

一、根據本篇的論點，能否延伸造出其他的詭論？如：蘋果不是水果。試造三個例子，並嘗試以本篇的架構論述其原因。

二、如何有力的一一反駁公孫龍的這則詭論呢？試將公孫龍的每一句詭辯修正至合理的邏輯。

三、請以圖表的方式呈現出名(概念)實(特殊性)之間的關係。

鬼谷子・捭闔

內容導讀

《鬼谷子》一書，分上、中、下三卷共計 17 篇，是一部集縱橫家、兵家、道家、仙家、陰陽家等思想於一體的政治理論著作。其中，《捭闔》篇為上卷四篇之首，既是全書的總綱，也是縱橫學說的主要理論依據。《鬼谷子》認為一開一合就是事物發展變化的普遍規律，是掌握事物的關鍵。縱橫家以開合之道作為權變的根據，並且運用在其遊說術中，在與人交談時，或者撥動遊說，或者閉藏觀變。遊說時撥動對方，即捭之，是為了讓對方實力和計謀全部暴露出來，以便正確的估量和判斷對方，瞭解實情，據以說而服之；有時要適當閉藏，即闔之，這是為進一步說服對方而施展的手段。

作者介紹

鬼谷子，是中國歷史上戰國時代的顯赫人物，為「諸子百家」之一，是縱橫家的鼻祖，也是位卓有成就的教育家。最早記載鬼谷子的是司馬遷的《史記》。《史記・蘇秦列傳》中說：「蘇秦者，東周洛陽人也。東事師子齊，而習之於鬼谷先生。」鬼谷子姓王名禪字詡，自號鬼谷，民間稱為王禪老祖。「鬼谷」之名，由其出生地或隱居地（今河南登封縣內的歸谷山）而得，因「鬼」、「歸」二字同音相近，一音之傳，兼之「鬼」字更富傳奇色彩，故將「歸谷」習稱為「鬼谷」。

鬼谷子既有政治家的六韜三略，又擅長於外交家的縱橫之術，更兼有陰陽家的祖宗衣缽，預言家的江湖神算，所以世人稱鬼谷子是一位奇才、全才。著有《鬼谷子》一書，又叫做《捭闔策》，《鬼谷子》一書完整地保留在道家的經典《道藏》中。

課文說明

【本文】粵若稽古[1]聖人之在天地間也，為眾生之先[2]，觀陰陽[3]之開闔以名命物[4]；知存亡之門戶，籌策[5]萬類[6]之終始，達人心之理，見變化之朕[7]焉，而守司[8]其門戶。故聖人之在天下也，自古及今，其道一也[9]。變化無窮，各有所歸[10]，或陰或陽，或柔或剛，或開或閉，或馳或張。是故聖人一守司其門戶，審察其所先後，度權量能[11]，校其伎巧短長。

【翻譯】順著歷史軌跡來考察古代，可知道聖人生活在世界上，就是要成為眾民的先導。通過觀察陰陽兩類現象的開展與閉合之變化來對事物作出判斷，並進一步瞭解事物生存和死亡的規律途徑。計算和預測事物的發展過程，通曉人們思想變化的跡象，揭示事物變化的徵兆，從而把握事物發展變化的關鍵。所以，聖人在世界上的作用始終是一樣的。事物的變化是無窮無盡的，然而都各有自己的歸宿：或者屬陰，或者歸陽；或者柔弱，或者剛強；或者開放，或者封閉；或者鬆馳，或者緊張。所以，聖人要始終把握事物發展變化的關鍵，度量對方的智謀，測量對方的能力，再比較技巧方面的長處和短處。

1.粵若稽古：粵語首助詞；若，順；稽，考。粵若稽古，在這裏指順考古道。
2.眾生之先：眾生，眾多有生者；先，先知。眾生先，在這裏指廣大生眾的老師。
3.陰陽：陰，本意為山的背陰面；陽，本意為山的朝陽面。被引申來概括對立統一的兩類事物或現象。
4.命物：辨別事物。
5.籌策：就是計算、謀劃。
6.萬類：就是萬物。
7.朕：指徵兆，跡象。
8.守司：看守和管理。
9.其道一也：道，大自然的規律。全句指聖人的"道"始終是一樣的。
10.歸：歸宿、歸依。
11.度權量能：指測度權衡、比較才能。

【本文】夫賢不肖、智愚、勇怯、仁、義有差[12]。乃可捭，乃可闔；乃可進，乃可退；乃可賤，乃可貴；無為以牧之。審定有無，與其實虛，隨其嗜欲[13]以見其志意。微排其所言而捭反之，以求其實，貴得其指[14]。闔而捭之[15]，以求其利[16]。或開而示之[17]，或闔而閉之。開而示之者，同其情也；闔而閉之者，異其誠也。可與不可，審明其計謀，以原其同異。離合[18]有守[19]，先從其志。即欲捭之，貴周[20]；即欲闔之，貴密。周密之貴，微而與道相追[21]。

【翻譯】至於賢良和不肖，智慧和愚蠢，勇敢和怯懦，都是有區別的。所有這些，可以開放，也可以封閉；可以進升，也可以辭退；可以輕視，也可以敬重，要靠無為來掌握這些。考察他們的有無與虛實，通過對他們嗜好和欲望的分析來揭示他們的志向和意願。適當貶抑對方所說的話，當他們開放以後再反復考察，以便探察實情，切實把握對方言行的宗旨，讓對方先封閉而後開放，以便抓住有利時機。或者開放，使之顯現；或者封閉，使之隱藏。開放使其顯現，是因為情趣相同；封閉使之隱藏，是因為誠意不一樣。要區分什麼可行，什麼不可行，就要把那些計謀研究明白，計謀有與自己不相同的和相同的，必須有主見，並區別對待，也要注意跟蹤對方的思想活動。

12.有差：指各有不同，有差別。
13.嗜欲：喜歡，特殊的愛好。
14.指：意同宗旨。
15.闔而捭之：先封閉，然後再打開。
16.求其利：檢討對方的善惡利害。
17.開而示之，或闔而閉之：或開放使其顯現，或封閉使之隱藏。
18.離合：離，離開，不一致。合，閉合，合攏與"開"相對。
19.守：遵守，信守。
20.欲捭之貴周：周，不遺漏。當要採取行動時，必須作周詳的考慮。
21.與道相追：道，道理、規律。這裏指與規律相近的道理。

【本文】　即欲捭之，貴周；即欲闔之，貴密。周密之貴微，而與道相追。捭之者，料其情[22]也。闔之者，結其誠[23]也，皆見其權衡輕重[24]，乃為之度數[25]，聖人因而為之慮。其不中權衡度數，聖人因而自為之慮。故捭者，或捭而出之，而捭而內之[26]。闔者，或闔而取之，或闔而去之。

【翻譯】如果要開放，最重要的是考慮周詳；如果要封閉，最重要的是嚴守機密。由此可見周全與保密的重要，應當謹慎地遵循這些規律。讓對方開放，是為了偵察他的真情；讓對方封閉，是為了堅定他的誠心。所有這些都是為了使對方的實力和計謀全部暴露出來，以便探測出對方的各方面的程度和數量。聖人會因此而用心思索，假如不能探測出對方的程度和數量，聖人會為此而自責。因此，所謂開放，或者是要自己出去；或者是讓別人進來。所謂封閉，或者是通過封閉來自我約束；或者是通過封閉使別人被迫離開。開放和封閉是世界上各種事物發展變化的規律。開放和封閉都是為了使事物內部對立的各方面發生變化，通過一年四季的開始和結束使萬物發展變化。不論是縱橫，還是離開、歸複、反抗，都必須通過開放或封閉來實現。

【本文】捭闔者，天地之道。捭闔者，以變動陰陽，四時開閉，以化萬物[27]；縱橫[28]反出，反復反忤[29]，必由此[30]矣。捭闔者，道之大化，說

22.料其情：就是檢查實情。
23.結其誠：使其誠心堅定。
24.權衡輕重：指權衡、比較誰輕誰重。
25.為之度數：測量重量與長度的數值。
26.或捭而出之，或捭而內之：出之，指出去。內之：收容、接納。意思是或開放，讓自己出去；或開放，使別人進來。
27.四時開閉以化萬物：就像春、夏、秋、冬的開始與結束一樣，來促使萬物發展變化。
28.縱橫：自由自在的變化。
29.反復、反忤：或離開，或反回、或複歸，或反抗。
30.必由此：必須通過這裏。

之變[31]也。必豫審其變化。吉兇大命繫焉。口者，心之門戶也。心者，神之主也。誌意、喜欲、思慮、智謀，此皆由門戶出入。故關之矣捭闔，制之以出入。捭之者，開也，言也，陽也。闔之者，閉也，默也，陰也。陰陽其和，終始其義[32]。故言「長生」、「安樂」、「富貴」、「尊榮」、「顯名」、「愛好」、「財利」、「得意」、「喜欲」，為「陽」，曰「始」。故言「死亡」、「憂患」、「貧賤」、「苦辱」、「棄損」、「亡利」、「失意」、「有害」、「刑戮」、「誅罰」，為「陰」，曰「終」。諸言[33]法陽之類者，皆曰「始」；言善以始其事。諸言法陰之類者，皆曰「終」；言惡以終其謀。

【翻譯】開放和封閉是萬物運行規律的一種體現，是遊說活動的一種形態。人們必須首先慎重地考察這些變化，事情的吉凶，人們的命運都系於此。口是心靈的門面和窗戶，心靈是精神的主宰。意志、情欲、思想和智謀都要由這個門窗出入。因此，用開放和封閉來把守這個關口，以控制出入。所謂「捭之」，就是開放、發言、公開；所謂「闔之」，就是封閉、緘默、隱匿。陰陽兩方相諧調，開放與封閉才能有節度，才能善始善終。所以說長生、安樂、富貴、尊榮、顯名、嗜好、財貨、得意、情欲等，屬於「陽」的一類事物，叫做「開始」。而死亡、憂患、貧賤、羞辱、毀棄、損傷、失意、災害、刑戮、誅罰等，屬於「陰」的一類事物，叫作「終止」。凡是那些遵循「陽道」的一派，都可以稱為「新生派」，他們以談論「善」來開始遊說：凡是那些遵循「陰道」的一派，都可以稱為「沒落派」，他們以談論「惡」來終止施展計謀。

【本文】捭闔之道，以陰陽試之[34]。故與陽言者，依崇高。與陰言者，依卑小。以下求小，以高求大。由此言之，無所不出，無所不入，

31.道之化，說之變：道的變化規律，說的變化形態。

32.終始其義：指始終保持的義理，即善始善終。

33.諸言：各種言論。

34.捭闔之道，以陰陽試之：或開啟或閉藏，都以陰陽之道試行。

無所不可[35]。可以說人，可以說家，可以說國，可以說天下[36]。為小無內，為大無外[37]；益損、去就、倍反[38]，皆以陰陽御其事。陽動而行，陰止而藏；陽動而出，陰隱而入；陽遠終陰，陰極反陽[39]。以陽動者，德相生也。以陰靜者，形相成也。以陽求陰，苞以德也；以陰結陽，施以力也。陰陽相求，由捭闔也。此天地陰陽之道，而說人之法也。為萬事之先，是謂圓方之門戶。

【翻譯】關於開放和封閉的規律都要從陰陽兩方面來試驗。因此，對從陽的方面來遊說的人施以崇高的待遇，而對從陰的方面來遊說的人施以以卑下的待遇。用卑下來求索微小，以崇高來求索博大。由此看來，沒有什麼不能出去，沒有什麼不能進來，沒有什麼辦不成的。用這個道理，可以說服人，可以說服家，可以說服國，可以說服天下。要做小事的時候沒有「內」的界限；要做大事的時候沒有「外」的疆界。所有的損害和補益，離去和接近，背叛和歸附等等行為，都是運用陰、陽的變化來實行的。陽的方面，運動前進；陰的方面，靜止、隱藏。陽的方面，活動顯出；陰的方面，隨行潛入。陽的方面，環行於終點和開端；陰的方面，到了極點顯就反歸為陽。凡是憑陽氣行動的人，道德就與之相生；凡是憑陰氣而靜止的人，開拓勢就與之相成。用陽氣來追求陰氣，要靠道德來包容；用陽氣結納陽氣，要用外力來約束。陰陽之氣相追求，是依據並啟和關閉的原則，這是天地陰陽之道理，又是說服人的方法，是各種事物的先異，是天地的門戶。

35.無所不入，無所不可：入，進入，與"出"相對。可，可以。這裏指沒有不可以的地方，沒有不成功的事情。

36.可以說天下：可以說服天下。

37.為小無內，為大無外：做小事不盡其小，做大事無限其大。

38.倍反：背叛或複歸。

39.陽還終始，陰極反陽：意為陰陽運行，彼此相生，互相轉化。

作品賞析

〈捭闔〉，捭，音ㄅㄞˇ，意為分開、撕裂；闔，音ㄏㄜˊ，本意為門扇，引申為關閉，《周易系辭》曰：「一闔一閉謂之變。」捭闔，在這裏指縱橫馳騁，大開大合，是鬼谷學說中一種基本的方法。講述的是從宇宙萬物、天地陰陽之屬性變化來揭示捭闔之理，藉此套學說的論證採行主動或被動的形勢，探測對方內心深處真實的想法與所欲作為。趙彥〈鬼谷子的智慧〉：「捭闔本是就門戶而言：捭指開啟，闔指閉藏，兩者是對門戶施加的一組相互對立的動作。在鬼谷子的思想體系中，『捭闔』是一對極為重要的哲學概念，既是萬事萬物發展變化的規律，也是縱橫家進行遊說活動的根本方法。鬼谷子總結出的捭闔之道旨在告訴人們：何時應敞開心扉，直言陳辭；何時應冷靜觀察，沉默不語。通過捭與闔的密切配合，不難洞悉對方的虛實真相，從而達到知人御人的目的。」

問題討論

一、為何《鬼谷子》會提出捭闔理論？是因為觀察到什麼現象？

二、捭闔理論運用在人際溝通、談判，會得到什麼效果？請就正面效果與負面效果探討之。

三、針對捭闔理論中提出，對陽者與陰者有不同的應對之法，是否可找實例來印證？

四、《捭闔篇》的遊說應對之法，是否有倫理道德作為其前提？

呂氏春秋・壅塞與去尤

內容導讀

《呂氏春秋》又稱《呂覽》，共 26 卷，160 篇，完成於秦始皇八年（西元前 239 年），是中國戰國末期的一部政治理論散文的彙編，為秦國丞相呂不韋主編的一部古代類百科全書似的傳世巨著，有八覽、六論、十二紀，共二十多萬言。以道家黃老思想為主，兼收儒、名、法、墨、農和陰陽各先秦諸子百家言論，其內容涉及甚廣，呂不韋自己認為其中包括了天地萬物古往今來的事理，所以稱《呂氏春秋》。本章節選自壅塞篇與去尤篇的節選。

作者介紹

呂不韋（約前 290 年－前 235 年），姜姓，呂氏，名不韋。出生於衛國濮陽，曾在陽翟以往來販賤賣貴爲業，而成為家累千金的富商。戰國後期著名政治家，後為秦國丞相，衛國濮陽人（今河南濮陽）。在秦為相十三年。廣招門客以「兼儒墨，合名法」為思想中心，並組織門客（約 3000 人）編寫了著名的《呂氏春秋》，有系統性的提出自己的政治主張，後為先秦雜家代表人物之一。

課文說明

【本文】【壅塞篇】齊宣王好射，說人之謂己能用彊弓也。其嘗所用不過三石，以示左右。左右皆試引之，中關而止，皆曰：『此不下九石，非王，其孰能用是？』宣王之情，所用不過三石，而終身自以為用九石，豈不悲哉？非直士其孰能不阿主？世之直士，其寡不勝眾，數也。故亂國之主，患存乎用三石為九石也。

齊宣王相當喜歡射箭，因此他高興他人讚美自己能夠使用強弓。平常齊宣王所用的弓拉力只不過具有三石的強度，但當他把弓拿給身旁的人試拉時，他們都只能拉到一半就停止了，並起異口同聲的說：「這把弓的拉力應當超過九石，如果不是大王這樣一位能者，誰能夠拉得這樣的弓呢？」實際上，齊宣王所用的弓拉力不過三石而已，然而一輩子卻自以為用的是九石弓，這豈非可悲嗎？再者，若非正直人士，誰又能夠不逢迎君王呢？這個世間的正直人士，多寡不勝眾。往往擾亂國君的禍患，存在於用三石替代九石。

人有亡鈇者，意其鄰之子，視其行步竊鈇也，顏色竊鈇也，言語竊鈇也，動作態度無為而不竊鈇也。相其谷而得其鈇，他日復見其鄰之子，動作態度無似竊鈇者。其鄰之子非變也，己則變矣。變也者無他，有所尤也。

【本文】【去尤篇】有一位丟失斧頭的人，他懷疑這斧頭是讓鄰居的小孩偷走。於是當他看那孩子走路的樣子，感到像是偷過斧頭；當他觀察孩子臉上的表情時，像是偷過斧頭；當他聽孩子說話的聲音，像是偷過斧頭。一切態度、行為，沒有一樣不像偷過斧頭的模樣。後來，有天他察看山谷後找著了遺失的那把斧頭，當他再看到鄰居的孩子時，一切態度、行為再也沒有一樣像是偷過斧頭的模樣了。其實，鄰居的孩子根本沒有改變過，而是他自己改變了。改變的原因沒有別的，是由於心有所偏差啊！

作品賞析

〈壅塞篇〉唐太宗曾經說過：「以銅為鏡，可以正衣冠；以史為鏡，可以知興替；以人為鏡，可以知得失。」何以如此？所謂旁觀者清，他人往往最能看到己身之缺失，然而齊宣王卻反倒因為旁人的刻意隱瞞，因巧言令色之言而沾沾自喜，殊不知已陷於井底。如同井蛙般坐井窺天，確實是相當可悲的事情。然而，這又怎麼單單怪罪於齊宣王呢？事實上，這個天下敢不畏強權挺身而出點名事實真相者，又有幾人呢？

〈去尤篇〉人的內心是世界上最為奇妙的存在，意隨心轉，當人們對某件事情先入為主的擁有某項執念，往往看不清事情真相為何。如同文章所提：「其鄰之子非變也，己則變矣。變也者無他，有所尤也。」從頭到尾變得都只是那份存疑的心罷了！是故，生活當中須時刻提醒自我跳脫己執，方能宏觀至理，深明大義。

內容討論

一、從齊宣王的沾襟自喜中，得到臣子們的巧言令色之姿。然，強權之下真有敢諫之人嗎？試以古今人物舉例之。

二、試說明自己是否曾經因為偏見而衍生過誤會，而當自己是那丟失斧頭的失主時，是否能夠跳脫那樣的疑人境地呢？

孫子兵法・始計

內容導讀

《孫子兵法》[1]第一篇〈始計篇〉[2]是全書之綱領，也是謀略之根本，本篇點明研究戰術的重要性，並總論制勝之道，闡明決定戰爭勝負的條件，包括決定戰爭勝負的基本因素和戰爭中制勝方法這兩個方面，前者屬戰略範疇，對決定戰爭勝負的五個基本元素：道、天、地、將、法，加以分析研究，敵我對比，認為這五個方面是決定戰爭勝負的社會和自然的種種客觀條件，主張要有了勝利把握，才興兵作戰；後者則屬戰術範疇，在「兵者，詭道也」觀點的主導下，運用機詐，權變來克敵致勝，將帥發揮主觀能動性，轉化矛盾，營造有利戰爭態勢的情況，並在各種情況下的使用不同作戰原則來指揮作戰，以攻其不備，出其不意而獲勝。〈始計篇〉共 341 字，始，初也，也就是戰前的打算，古時稱為「廟算」；計，謀劃也。

作者介紹

孫子，名武，字長卿，後人尊稱為孫子、孫武子、兵聖、百世兵家之師、東方兵學的鼻祖，是中國古代偉大的軍事家，建立了中國軍人的武德，也塑造了中國軍人的典型。孫武出身於軍事世家，生於動盪不安的春秋末年，約與孔子為同時期之人，齊國樂安（今山東省廣饒縣）人，具體的生卒年月日不可考，作為將門後代的孫武，其家中豐富的軍事藏書有助於他在兵法上的創新。以功業來論軍事將領，孫武比不上吳起、

1.《孫子兵法》又稱《孫武兵法》、《吳孫子兵法》、《孫子兵書》、《孫武兵書》等，英文書名為《TheArtofWar》，是中國古典軍事文化遺產中的瑰寶。是世界三大兵書之一（另外兩部是：《戰爭論》(克勞塞維茨 1780-1830，普魯士軍事家)，《五輪書》(宮本武藏)）其內容博大精深，思想深邃豐富，邏輯縝密嚴謹。

2〈始計篇〉：原篇名為〈計〉，始與篇字為後人所加，《孫子兵法》其餘十二篇亦如此。

李廣、衛青、霍去病等歷代名將的輝煌戰功，但以作為軍事理論家而論，孫武卻是首屈一指的。

孫武曾以《兵法》[3]十三篇晉見吳王闔閭，受任為將，領兵打仗，戰無不勝，並與伍子胥結為知交並一同率吳軍破楚，五戰五捷，率兵六萬打敗楚國二十萬大軍，攻入楚國郢都。北威齊晉，南服越人，名顯諸侯。《孫子兵法》十三篇是中國最早的兵法書，被譽為兵學聖典，並廣為翻譯成英文、法文、德文、日文，成為國際間著名的兵學典範之書，除此以外，《孫子兵法》也被廣泛的運用於政治、經濟、管理等各種領域中。

課文說明

【本文】孫子曰：兵[4]者，國之大事[5]，死生之地[6]，存亡之道[7]，不可不察[8]也。

【翻譯】孫子說：戰爭，是國家的頭等大事，它關係到軍民的生死的所在，是決定國家存亡的規律法則，所以不能不慎重周密地觀察、分析、研究。

【本文】故經[9]之以五事[10]，校[11]之以計[12]，而索[13]其情[14]。

3《兵法》：即後世所稱之《孫子兵法》。

4兵：本指所持之武器，其字形原是作雙手持斧揮動之狀。此處則用作戰爭的代名詞。

5國之大事：古代把祭祀和戰爭列為國家的頭等大事。

6生死之地：從戰爭場所決定生死來立論，強調戰爭是一件嚴肅的大事。地，所在、所繫。

7存亡之道：戰爭結果來決定國家存亡，是牽連廣大的大事。道：規律、法則。生死之地、存亡之道兩句為互文用法，此二句強調戰爭攸關國家人民的生死存亡。

8察：反覆審視。這裡指深入的研究、考察。

9經：織布機上的縱線，引申有綱領之義。這裡作動詞用，意為以……為綱領來進行研究。

10.五事：五個方面的情況，即下文所論述的道、天、地、將、法，五個方面的情況。

【翻譯】因此，必須以敵我雙方五個方面的情況作為綱領，通過具體比較雙方的基本條件來探討戰爭勝負的情形。

【本文】一曰道，二曰天，三曰地，四曰將，五曰法。道者，令民於上同意也[15]，可與之死，可與之生，而不畏危[16]。天者，陰陽[17]、寒暑、時制[18]也。地者，高下，遠近、險易[19]、廣狹、死生[20]也。將者，智、信、仁、勇、嚴[21]也。法者，曲制[22]、官道[23]、主用[24]也。凡此五者，將莫不聞[25]，知[26]之者勝，不知之者不勝。

【翻譯】一是道，二是天，三是地，四是將，五是法。所謂道，是指君主和民眾目標相同，意志統一，可以同生共死，誓死效命，而不會懼怕危險。所謂天，就是晝夜、陰晴、寒暑、四季更替等規律。所謂地，指地勢的高低，路程的遠近，地勢的險要、平坦與否，戰場的廣闊、狹窄，是生地還是死地等地理條件。所謂將，指將領足智多謀，賞罰有信，

11.校：音ㄐㄧㄠˋ，比較。
12.計：上古時期的籌碼稱作計。
13.索：探索、探究。
14情：情形。
15令民與上同意也：上，在上位者，指國君；意，思想、意志。同意，即思想一致。
16不畏危：不懷疑。危，疑。
17陰陽：指晝夜、陰晴等自然天象。
18時制：時節、四季節令的變化。
19險易：泛指險阻難行之地。險，阻難；易，平坦易行之地。
20生死：死地、生地。生地，利於進攻退守的境地；死地，指不疾戰取勝則死，毫無退路的境地。
21智、信、仁、勇、嚴：孫武認為這五者是將帥必備的五項素養，也稱為五德。嚴，以威嚴整肅眾人之心。
22曲制：部隊的編制規定。曲，部曲，軍隊編制之稱。
23官道：各級將領的職守責任規定。道，規定、制度。
24主用：軍需物資的供應管理制度。主，掌管；用，給用。
25聞：聽說、約略了解。
26知：透徹掌握，深刻領會。

對部下真心關愛，勇敢果斷，軍紀嚴明。所謂法，指組織結構，責權劃分，人員編制，管理制度，資源保障，物資調配。對這五個方面，將領都不能不做深刻瞭解。瞭解就能勝利，否則就不能勝利。

【本文】故校之以計而索其情。曰：主孰有道？將孰有能？天地孰得？法令孰行？兵眾[27]孰強？士卒[28]孰練[29]？賞罰孰明？吾以此知勝負矣。

【翻譯】所以，要通過對雙方各種情況的考察分析，並據此加以比較，從而來預測戰爭勝負。哪一方的君主是有道明君，能得民心？哪一方的將領更有能力？哪一方佔有天時地利？哪一方的法規、法令更能嚴格執行？哪一方資源更充足，裝備更精良，兵員更廣大？哪一方的士兵訓練更有素，更有戰鬥力？哪一方的賞罰更公正嚴明？通過這些比較，我就知道了勝負。

【本文】將[30]聽吾計[31]，用之必勝，留之；將不聽[32]吾計，用之必敗，去之。計利以聽，乃為之勢[33]，以佐其外[34]。勢者，因利而制權[35]也。

【翻譯】如果您能接受聽從我的計策，任用我來帶兵作戰必定勝利，那我就留下；如果您不能接受我的軍事計策，用我來領兵作戰而必

27兵眾：軍隊整體的兵力。
28士卒：士兵。
29練：幹練，即訓練有素。
30將：語氣副詞，含假設語氣，如的意思。
31計：指軍事謀略思想。
32聽：聽從，採納，接受。
33勢：勢是孫武權謀思想的核心，重勢的思想是由孫武所建立的，他認為戰爭應求之於勢，不責於人。
34以佐其外：造勢以輔佐君主有效地達到戰爭目的。謀略是內部所立定的，而勢是由外部來營造表顯的。
35制權：採取應變行動，指因敵變化、懸權而動的造勢舉動。權，應變之舉。

敗，那我就離開。您接受了有利於克敵制勝的計策後，我將為您創造軍事上的勢態，作為協助我方軍事行動的外部條件。所謂的勢，就是按照我方建立優勢、掌握戰爭主動權的需要，根據具體情況採取不同的相應措施。

【本文】兵者，詭[36]道也。故能而示之不能，用而示之不用，近而示之遠，遠而示之近[37]。利[38]而誘之，亂而取之，實而備之[39]，強而避之，怒而撓[40]之，卑[41]而驕之，佚[42]而勞之，親[43]而離[44]之，攻其無備，出其不意[45]。此兵家之勝[46]，不可先傳[47]也。

【翻譯】用兵作戰，是以詭詐為原則的。因此，有能力而裝做沒有能力，實際上要攻打而裝做不攻打，欲攻打近處卻裝做攻打遠處，攻打遠處卻裝做攻打近處。對方貪利就用利益誘惑他，對方混亂就趁機攻取他，對方強大就要防備他，對方暴躁易怒就可以撩撥他怒而失去理智，對方自卑而謹慎就使他驕傲自大，對方體力充沛就使其勞累，對方內部

36詭：詐。因用兵打仗應以機變為原則，機變，是孫武隊敵鬥爭權謀思想的基礎。

37故能而示之不能……遠而示之近：這四句皆是在揭示如何以假象惑敵，以詭道獲敵致勝。

38利：貪利。因敵人貪利，故可以利誘之。

39實而備之：對實力雄厚的敵人要時刻戒備它。

40撓：音ㄋㄠˊ，有兩種解釋，一種解釋為挑逗，一種解釋為屈、折。

41卑：謙下。這裡指敵人小心謹慎，穩紮穩打。

42佚：同逸，安的意思，指敵人修備良好。

43親：親密和睦。

44離：分裂、分化。

45利而誘之……出其不意：這八句也是孫武針對不同的敵人而採取不同的應對措施的情況，也是運用詭道。這裡每句首字皆指出對敵情的判斷，而第三字則點出可採取的對策行動。

46勝：絕妙之處，其用法如同名勝之勝字的用法。此兵家之勝，意指兵行詭道，臨機應變，是用兵的絕妙之處。

47不可先傳：不可事先具體規定，應在實際戰爭中根據情況靈活運用。

親密團結就挑撥離間，要攻打對方沒有防備的地方，在對方沒有料到的時機發動進攻。這些都是軍事家克敵制勝的訣竅，不可先傳洩於人也。

【本文】夫未戰而廟算[48]勝者，得算多[49]也；未戰而廟算不勝者，得算少也。多算勝，少算不勝[50]，而況於無算乎！吾以此觀之，勝負見[51]矣。

【翻譯】在未戰之前，經過周密的分析、比較、謀劃，如果結論是我方佔據的有利條件多，有八、九成的勝利把握；或者如果結論是我方佔據的有利條件少，只有六、七成的勝利把握，則只有前一種情況在實戰時才可能取勝。如果在戰前乾脆就不做周密的分析、比較，或分析、比較的結論是我方只有五成以下的勝利把握，那在實戰中就不可能獲勝。僅根據廟算的結果，不用實戰，勝負就顯而易見了。

作品賞析

《孫子兵法》主要為講述軍事的用兵應戰之學，總結過網戰爭經驗勝敗之談，為此加以研究，研擬出一系列具有完整而規律的法則，不僅令人驚艷更具有革命性意義。

其中，〈始計篇〉原為單一字計，貫穿全文主軸，已決定戰爭勝負的五要素之〈五事〉來搭配〈七計〉，因循地利、人和、天時、將領、法制五層面攻防敵我，取得勝利。身為一名優秀的領導者，對於此五本基本要件必須運用得宜，瞭若指掌，運籌帷幄間仍可顧及前後，之其因果，如此才有可能獲得並駕馭勝仗，反之便有可能一敗塗地，招致滅國

48廟算：古代興兵作戰，要再廟堂裡舉行會議，謀劃作戰大計，預估勝算，此作法稱為廟算。
49得算多：具備的致勝條件多。
50多算勝，少算不勝：具備的致勝條件多，就勝利；具備的致勝條件少，就不能勝利。
51見：同現，呈現、顯現。

之顯。所謂「君上之權，特異臣下，惟不自用，乃能用人」，說明的便是領導著的用人之道。除此之外，「計」的掌握也是相當重要的，在「兵者，詭道也」觀點的主導下，運用機詐，權變來克敵致勝，將帥發揮主觀能動性，轉化矛盾，營造有利戰爭態勢的情況，並在各種情況下的使用不同作戰原則來指揮作戰，以攻其不備，出其不意而獲勝。

問題討論

一、〈始計篇〉中的五事七計分別是什麼？請詳述之。除了這五事七計，還有什麼可以補充，讓戰略更完美的？

二、歷來讀兵法者多注重如何作戰之法，但事實上孫武在〈始計篇〉卻開宗明義表示將領應具備什麼樣的人格特質，才能獲得軍心，並能順利領導統馭？這些人格特質應用在社團、企業中，有何可取或不足之處？

三、孫武是一個好戰的人嗎？在本篇哪些地方可以看出孫武欲將戰爭帶來的傷害降到最低的思想？

四、請找出本篇中你最熟悉的成語以及你最喜歡的段落，並說明篇中成語在現代運用的實例，以及你最喜歡此段落的原因。

第二章、兩漢時期之經學

本訓

內容導讀

本訓，是解說萬物本源的意思。這是一篇哲學性的論文，認為宇宙的本源為元氣，而天地萬物，都是元氣所生成的。元氣變化成陰陽，天由陽氣生成，地由陰氣生成，人由陰陽交合的中和之氣所生，人也被賦予統理天地間的萬事萬物的重任。

天地的陰陽二氣是支配萬物運行的力量，一旦陰陽背逆失常，萬物也就失去規律。

人雖生於天地之間，但人與天地並稱三才，人的行為也能改變影響天地，所以必須修明政治以順合天地，如此才可以興大化而致太平。

本文作者介紹是二元論者，既相信有鬼神、有天，但又認為鬼神和天也不能解決人間問題。王符的《潛夫論》在中國政治思想史上有一定影響。

作者介紹

王符，東漢人（約公元 83 年～公元 170 年），實際生卒年不詳，字節信，安定臨涇(今甘肅鎮原)人。關於王符的生平，只在范曄的《後漢書》列傳中有簡略的記載，記載中表示王符自小好學，有志氣潔操，與馬融、張衡、崔瑗等人交好。因處在東漢王朝滅亡前的衰末之士，又王符因為為庶出，為重嫡輕庶的世俗眼光所輕視，因而性格耿介，不願隨流俗浮沉，所以不得獲提拔，終生未曾任過官職，始終為一介布衣，隱居著書，譏評時政。

《後漢書》評價他「志意蘊憤，乃隱居著書三十餘篇，以譏當時之得失，不欲張其名號，故號曰《潛夫論》」。

《潛夫論》全書 10 卷，36 篇，大多是討論治國安民之術的政論文章。歷來受到人們的推崇，給以很高的評價，與王充的《論衡》、仲長統的《昌言》同被視為東漢最具影響力的三部學術著作。

課文說明

【本文】上古之世，太素[1]之時，元氣[2]窈冥，未有形兆[3]，萬精[4]合并，混而為一，莫制莫御。若斯久之，翻然[5]自化，清濁分別，變成陰陽。陰陽有體，實生兩儀[6]，天地壹鬱，萬物化淳[7]，和氣[8]生人，以統理之。

【翻譯】上古的時代，天地萬物還沒有形成的原始時期，處在混沌狀態的元氣幽深黑暗，尚未出現可以分別的形體，各種精氣聚合在一起，混然一體，沒有誰來控制，沒有誰來駕馭。像這樣的狀態維持了很久，忽然迅速地自身發生變化，輕清、重濁兩氣分離開來，轉變為陰陽二氣。陰陽二氣已經各自具有實體，於是生成了天．地，天地陰陽交合感應，變化生成萬物而且是那樣的精醇，陰陽交合而生的那種中正平和之氣就化生出人類，由人來統理天地間的萬事萬物。

1.太素：古代指構成宇宙的原始物質。
2.元氣：天地未分之前的混沌之氣。
3.形兆：形體;跡象。
4.精：包涵在元氣中的各種精氣。
5.翻然：迅速的樣子。
6.兩儀：天、地。
7.天地壹鬱兩句：(周易．繫辭下)：「天地絪縕，萬物化醇。」壹鬱，同「絪縕」。陰陽二氣交互作用的狀態。淳，(周易)作「醇」。精醇、純粹。
8.和氣：中和之氣，陰陽交合順暢而生的中正平和之氣，由此生萬物。

【本文】是故天本諸陽，地本諸陰，人本中和。三才[9]異務[10]，相待[11]而成，各循其道[12]，和氣乃臻[13]，機衡[14]乃平。

【翻譯】因此天的根本屬性是陽性，地的性質則屬於陰性，人的屬性是中正和平的。天地人這三才各有不同的任務，彼此相互依賴互為存在的條件，但也各有其依循的道路，這樣中正和平之氣才能達到，天體的運行才能保持平衡。

【本文】天道曰施[15]，地道曰化[16]，人道曰為[17]。為者，蓋所謂感通陰陽而致珍異也。人行之動天地，譬猶車上御馳馬，蓬中擢舟船[18]矣。雖為所覆載，然亦在我何所之可。孔子曰：「時乘六龍以御天。」「言行，君子所以動天地也，可不慎乎？」[19]從此觀之，天呈觀之，天呈其兆，人序[20]其勳，《書》故曰：「天功人其代之。」如蓋理其政以和天氣，以臻其功。

9.三才：指天、地、人。

10.務：職責。

11.相待：相需、相互依賴；互為存在的條件。

12.道：道路、運行的規律。

13.臻：至，達到。

14.機衡：璇機玉衡。即北斗星，這裡借以指天體。語譯因此說，天本是由輕清的陽氣上浮而形成的，地本是由重濁的陰氣下凝而形成的，人本是由陰陽交合的中和之氣作用生成的。天、地、人職責各不同，然而卻相互依賴而存在著，天地人各自依順自己的規律，化育萬物的和氣才會出現，天體的運行才能保持平衡。

15.施：施予，如陽光．雨露等。

16.化：萌生萬物。

17.為：作為。

18.蓮中擢舟船：在船篷中划船。蓬，船篷。擢，櫂，划船。汪繼培以為蓬篷、擢櫂都是古今字。可：汪繼培疑為「耳」字。

19.孔子曰二句：見《周易．乾卦．彖辭》。相傳為孔子所作。乾卦象夫，天為陽氣所成，乾卦六爻均為陽爻，六龍即指乾卦六個陽爻的陽氣。《周易正義》說：「乾之為德，以依時乘駕六爻之陽氣以控御於天體。」

20.序：攻序;續成。

【翻譯】天的職責是「施」，地的職責是「化」，人的職責是「為」。所謂「為」，其意就是人的行動能夠感通陰陽二氣，從而招致各種珍奇怪異的事物。人的行動感動天地，好比是人坐在車上駕御奔馳的馬，坐在船篷裡划船一樣。雖然自身被船篷覆蓋著，被車船運載著，然而還是操之在我，看我想要把車船駛往什麼地方去而已。孔子說：「憑藉乾卦六爻陽氣的依時升降變化，可以把握天體運行的規律。」「言行，是君子用來感通天地的，能夠不慎重嗎？」由此看來，天呈現出它的徵兆，人繼續來完成天的功業。《尚書》因此說：「上天的功業，人要代它來完成。」可見人要修明政治來順和天地陰陽之氣，從而達成天的功業。

【本文】是故道德[21]之用[22]，莫大於氣。道者，氣之根也，氣者，道之使也。必有其根，其氣乃生，必有其使[23]，變化乃成。是故道之為物也，至神以妙，其為功也，至彊以大。天之以動，地之以靜，日之以光，月之以明，四時五行，鬼神人民，億兆醜[24]類，變異吉凶，何非氣然？

【翻譯】因此，世界的本原也就是道的作用，沒有比氣更廣大重要的了。道，是氣據以產生的根基，氣，是由道支配著以體現其作用的東西。一定要有了道這個根基，陰陽二氣才會產生；必須要有陰陽體現道的作用，變化才能夠完成。所以道作為一種物，最為神奇玄妙，而它起的作用，又最強最大。天之所以能運動，地之所以能靜止，太陽之所以有光輝，月光之所以能明亮，春夏秋冬四時、金木水火土五行的變化，鬼神人民，億萬眾多的物類，或吉或凶的各種怪異現象，哪一樣不是源自陰陽二氣的作用呢？

21.道德：這裡主要講道，「德」字連帶而及或為衍文。道，世界的本原。
22.用：功用;作用。
23.使：使用;作用。
24.醜：眾。

【本文】及其乖戾，天之尊[25]也氣裂之，地之大也氣動之，山之動也氣徙之，水之流也氣絕之，日月神也氣蝕[26]之，星辰虛[27]也氣隕[28]之，旦有晝晦，宵有[29]，大風飛車拔樹，僨電[30]為冰，溫迫成湯[31]，麟龍鸞鳳[32]，蝥蠈蝝蝗[33]，莫不氣之所為也。

【翻譯】一旦陰陽背逆失常，天再高，氣可以使它崩裂；地再大，氣可以使它震動；山再重，氣可以將它搬走；河水奔流，氣可以使之斷絕；日月神奇，氣可以使之虧蝕，星辰如此輕清，氣可以使它隕落。白天變得昏暗漆黑，黑夜變得光輝明亮，大風捲起車輛，拔倒樹木，噴射的電光凝成冰雹，地下的寒泉變為滾燙的溫泉，麒麟．蛟龍．鸞鳥．鳳凰的種種靈異，蝥賊蝗蟲的種種災害，沒有哪一樣不是氣所造成的。

【本文】由此觀之，氣運感動，亦誠大矣。變化之為[34]，何物不能？所變也神，氣之所動也。當此之時，正氣[35]所加，非唯於人，百穀草木，禽獸魚鱉，皆口養其氣。聲入於耳，以感於心，男女聽，以施[36]精神。

25.尊：高。
26.蝕：使日月虧缺。
27.虛：輕清。
28.隕：墜。
29.宵有：下脫二字，應為「夜明」二字。
30.僨電：疑是「噴雹」之誤。
31.湯：開水。
32.麟龍鸞鳳：古代傳說中的靈異動物，稱為「四靈」。
33.蝥蠈蝝蝗：皆害蟲。蝥蠈，即蝥賊，兩種害蟲，蝥吃苗根，賊吃苗節。蝝，蝗的幼蟲。
34.變化之為：彭鐸說：疑當作「變化云為」，出《周易．繫辭下》。下篇《德化》也引用了。「變」指物以漸變改，「化」指物或頓從化易，「云」指口所言，「為」指身所為。
35.正氣：即和氣。
36.施：散布；流布。

資和以兆䏊[37]，民之胎，含嘉[38]以成體。及其生也，和以養性，美在其中，而暢於四肢[39]，實於血脈，是以心性志意，耳目精欲[40]，無不貞廉絜懷履行[41]者。此五帝三王所以能畫法像[42]而民不違，正己德而自化也。

【翻譯】 由此看來，氣的運行、感應變化，作用的確是很大。或者漸漸改變，或者驟然變化，口裡所說的，人身所做的，什麼物不能包含在內？所發生的變化是神妙的，但都是陰陽二氣所發動的。當變化發生的時候，中正平和之氣施加的對象，不只是人而已，其他百穀草木、禽獸魚鱉鱉類，也都和養著這種中正之氣。包含和氣的聲音傳入耳中，因而有感於心，男女聽到這種和氣之聲，就能流布於精神。憑藉這種和氣而產生胚胎，人類的胚胎，含蘊著美好的和氣長成形體。等到胎兒生下來，又用中和之氣來培養他的性情，美質存於他的體內，而暢通於四肢，充實到血脈之中，所以他的心性意志，耳目情欲，沒有那一樣不是高尚廉潔並且願意身體力行的。這就是五帝三王之所以能以圖畫象徵刑罰而百姓就不致違犯，只要端正自己的品德而天下就自然被感化的原因啊。

【本文】 是故法令刑賞者，乃所以治民事而致整理爾，未足以興大化[43]而升太平也。夫欲歷三王[44]之絕迹，臻帝皇[45]之極功者，必先原元而本本[46]，興道而致和，以淳[47]粹之氣，生敦厖[48]之民，明德義之表，作信

37.兆䏊：產生胚胎。䏊，同「胚」。
38.嘉：美好。此即指和氣。
39.肢：肢。
40.精欲：情欲也。
41.履行：實行。
42.法像：象刑，象徵刑罰的圖畫。
43.大化：萬物化育。
44.三王：禹、湯、周文王、武王。
45.帝皇：五帝三皇。
46.本本：本於根本。
47.淳：通「純」。

厚之心，然後化可美而功可成也。

【翻譯】所以法令刑罰獎賞措施，是用來治理民間的事務而使其整齊有條理而已，還談不上化育天下而達到太平盛世。要想追循三王的卓絕事業，達到五帝、三皇的豐功偉績的君王，必須追本溯源，立足於根本，振興大道而招致和氣，以純粹的中和之氣，化育出敦厚老實的人民，彰明德義的標準，興起忠誠仁厚的思想，這樣做了以後，民風才會受教化而美好，帝王的功業也就可以成就了。

作品賞析

本訓，是解說萬物本源的意思。王符提出了一個「氣」生萬物概念，認為宇宙的本源為元氣，而天地萬物，都是元氣所生成的，並各有規律。

宇宙之初，「元氣窈冥」，後來化爲清濁，元氣變化成陰陽，天由陽氣生成，地由陰氣生成，又化生萬物，人由陰陽交合的中和之氣所生，人也被賦予統理天地間的萬事萬物的重任。

「天道曰施，地道曰化，人道曰為。為者，蓋所謂感通陰陽而致珍異也。人行之動天地，譬車上禦馳馬，蓬中擢舟船矣。雖為所覆載，然亦在我，何所之耳。」

天地的陰陽二氣是支配萬物運行的力量，一旦陰陽背逆失常，萬物也就失去規律。人雖生於天地之間，但人與天地並稱三才，人的作為感通陰陽二氣，從而招致相異之符應，而能改變影響天地，所以必須修明政治以順合天地，如此才可以興大化而致太平。人雖在天地之間，但人能駕馭自己的方向，因此人能夠通達其所欲往之境，故曰：「人道曰為」，「為」乃「一切有目的性的活動」，人具有其主體性，故王符重視學習

48.敦龐：老實厚道。龐，厚也。

教化，強調用賢為政，方能打下穩固可行之根基。天象陰陽為人事善惡之表徵，然人應置於天之上。

問題討論

一、　同樣是談宇宙自然，〈人副天數〉與王符的〈本訓〉有什麼差異？其中人與自然的關係又有何不同？

二、　本文欲闡述的主題是人的德性，還是陰陽之氣？試討論之。

三、　本文提到了許多至今仍流傳的詞，如兩儀、三才、三皇、五帝……等，請解釋其含意，並試推測或說明其根源由來。並討論這些歷久不衰的詞語在現今被應用的情形。

人副天數

內容導讀

董仲舒建議漢武帝定儒家為一尊，建立以〈人副天數〉思想為主的天人感應神學體系，篇中顯出天人相感的思想，不只顯示在人與宇宙自然的相似相通性，以及個人的養生與禍福，也顯示在整個人世間的種種情事與天之相感相通。這套體系有協助統治者統治人民的政治使命，也成為漢代封建社會的統治思想，摻雜了宗教意識的天人感應神學，使他無法對於「天道」思想，走出獨立思考之路，如他以陰陽五行的作用來解釋宇宙變化的道理。

作者介紹

董仲舒（公元前 179 年－公元前 104 年）是西漢重要的哲學家，也是今文經學大師，專治《春秋公羊傳》。信都國廣川（今河北省棗強縣）人，曾任博士、江都相和膠西王相，武帝元光元年（公元前 143 年），舉賢良文學，武帝親自考試，董仲舒獻上三篇賢良對策，提出了他學術思想的要點和輪廓，建議「諸不在六藝之科、孔子之術者，皆絕其道，勿使並進。」，武帝甚為重視並採納，班固說：「推明孔氏，抑黜百家，立學校之官，州郡舉茂材孝廉，皆自仲舒發之。」其學說在政治力的支持下，使儒學成為中國社會的正統思想，影響長達兩千多年。

董仲舒以儒家宗法思想為中心，雜以陰陽五行說，把神權、君權、父權、夫權貫串在一起，形成帝制神學體系，進而提出天人感應、三綱五常等重要儒家理論。

董仲舒身為經學大師，晚年退休居家，以修學著書為事，他一生的代表著作，主要來自於《漢書・董仲舒傳》所錄的三篇〈賢良對策〉，即後人所稱的《天人三策》。這三篇文章，大都可以在《春秋繁露》中找到相應文字或觀念，《春秋繁露》並未見於漢志著錄，而首見於《隋書．經籍志》經部春秋類，故應為後人據董仲舒思想而編成的著作。

課文說明

【本文】天德施，地德化，人德義；天氣上，地氣下，人氣在其間。

【翻譯】天的德性是施予，地的德性是化育，人的德性是道義；天的氣在上面，地的氣在下面，人的氣則充塞在天地之間。

【本文】春生夏長，百物以興，秋殺冬收，百物以藏。故莫精於氣，莫富於地，莫神於天，天地之精所以生物者，莫貴於人。人受命乎天也，故超然有以倚[1]，物灾疾[2]莫能為仁義，唯人獨能為仁義，物灾疾莫能偶[3]天地，唯人獨能偶天地。

【翻譯】春季滋生蘊育，夏季茁壯成長，百物因此興盛繁榮，秋季蕭瑟肅殺，冬季收縮內斂，百物因此歇息安藏。所以沒有比氣更精美的，沒有比地更富裕的，沒有比天更神妙的，天地的精華用來生長出的百物，其中沒有比人更高貴的了。這是因為人接受了天命，所以超然高出百物；百物有缺陷，不能實行仁義，只有人單獨能實行仁義；百物有缺陷，不能跟天地相配合，只有人獨特而能跟天地相和合。

【本文】人有三百六十節，偶天之數[4]也；形體骨肉，偶地之厚也；上有耳目聰明，日月之象也；體有空竅[5]理脈[6]，川谷之象也，心有哀樂

1.倚：當從盧文弨校作「高物」二字，傑出超越百物。
2.灾：與「災」同。灾疾：疾病，缺陷。
3.偶：這裡作動詞用，相對應相配合的意思。本文以下的偶字亦皆與此同義。
4.偶天之數：一年有三百六十天，人體有三百六十個關節，二者相呼應，所以說偶天之數。三百六十為是約略的說法，為概數。
5.空竅：猶孔竅，人身上的穴道。竅，音ㄑㄧㄠˋ。
6.理脈：人身上的血管。

喜怒，神氣[7]之類也；觀人之體，一何高物之甚，而類於天也。物旁折[8]取天之陰陽以生活耳，而人乃爛然有其文理，是故凡物之形，莫不伏從[9]旁折天地而行，人獨題直立端尚正正當之，是故所取天地少者旁折之，所取天地多者正當之，此見人之絕[10]於物而參天地[11]。

【翻譯】人體有三百六十個關節，跟天的日數相呼應；人的身體骨肉，和地的厚重相呼應；人的頭上有耳朵眼睛能夠聽聞明視，是太陽月亮的象徵；身體有孔穴血脈，是河川山谷的象徵；心裏有哀樂喜怒的情緒變化，跟神妙的氣同類；觀察人的身體，其精妙超過百物之處很多，而跟上天類似。百物只是旁側採取上天的陰陽來生活罷了，但是人卻燦爛有文理，因此凡是百物的形體，沒有不是匍匐側身行走，為獨人是單獨頭顱挺直、站立端正、對著天地，因此採取天地之氣少的，旁側行走，採取天地之氣多的，正對著天地，由此可見人超過百物而跟天地並立。

【本文】是故人之身，首而員[12]，象天容也；髮，象星辰也；耳目戾戾[13]，象日月也；鼻口呼吸，象風氣也；胸中達知，象神明也；腹胞實虛，象百物也；百物者最近地，故要[14]以下，地也，天地之象，以要為帶，頸以上者，精神尊嚴，明天類之狀也；頸而[15]下者，豐厚卑辱，土壤之比[16]也；足布而方，地形之象[17]也。是故禮帶置紳[18]，必直其頸，

7.神氣：神妙之氣。
8.旁折：偏側屈曲。
9.伏從：俯伏。
10.絕：超過。
11.參天地：與天地並立而為三。
12.員，通圓。
13.戾戾：音ㄌㄧˋ，相背。
14.要：同腰。
15.而：以。
16.比：類。
17.足布而方，地形之象也：古人以為天是圓的，地是方的。
18.紳：衣帶下垂的部分。

以別心也，帶以上者，盡為陽，帶而下者，盡為陰，各其分[19]，陽，天氣也，陰，地氣也，故陰陽之動使，人足病喉痺[20]起，則地氣上為雲雨，而象亦應之也。

【翻譯】所以人的身體，頭大而圓，象徵上天的容貌，頭髮象徵星辰，兩個耳朵和眼睛相背，象徵太陽月亮；鼻口呼吸，象徵風氣；胸中有知覺，象徵神明；腹部有實有虛，象徵百物；百物跟地最接近，所以人的腰以下是地，天地的象徵，以腰為界限，腰以上的，精神尊嚴，類似天的形狀，腰以下的，豐厚卑下，跟土壤類似，足張布而成方形，是地形的象徵。所以禮帶安置紳，一定正當腰部，用來跟心臟區別，禮帶以上的，都是陽，禮帶以下的，都是陰，各有它的職分，陽，是天氣，陰，是地氣，所以陰氣陽氣運行，(互相響應)，人足疾病、喉嚨痳痺，地氣就上升成為雲雨，而天象也響應它。

【本文】天地之符[21]，陰陽之副，常設於身，身猶天也，數與之相參，故命與之相連也。天以終歲之數，成人之身，故小節三百六十六，副日數也；大節十二分，副月數也；內有五臟[22]，副五行數也；外有四肢[23]，副四時數也；乍視乍瞑[24]，副晝夜也；乍剛乍柔，副冬夏也；乍哀乍樂，副陰陽也；心有計慮，副度數也；行有倫理[25]，副天地也；此皆暗膚著身，與人俱生，比而偶之弇[26]合，於其可數也，副數，不可數者，

19.分：職分。

20.痺：痳痺，身體的感覺痳木。

21.符：古時用為憑信之具。以金、玉、銅、竹等做成，上刻文字，剖為左右兩半。如朝廷與外官，兩方欲執以為信，則半存朝廷，半付外官;朝廷有事，派遣使者持半符至，外官復出半符勘合之，以驗真偽。主帥與守將亦用之。

22.五臟：指心、肝、脾、肺、腎。藏：同「臟」，人身體的內部器官叫做臟。

23.四肢；指人的雙手雙腳。

24瞑：閉眼。

25倫理：事物的條理。

26弇：音一ㄢˇ，掩的古字。

副類，皆當同而副天一也。

【翻譯】天地的符信，陰陽的副本，常常設置在人身體上，人的身體就好像天，人身體上的數目跟天相合，所以運命跟天相連。天用一整年的數目，來形成人的身體，所以人的小的關節有三百六十個，跟一年的日數副合；大的關節十二分，跟一年的月數副合；體內有五臟，跟五行數目相合；體外有四肢，跟四季的數目副合；有時張開眼睛，有時閉合眼睛，跟白天夜晚的變換副合；有時剛強，有時柔弱，跟冬季夏季副合；有時悲哀，有時歡樂，跟陰陽副合；心裏有思慮，跟度數副合；行動有條理，跟天地副合；這些都暗暗附會著在人身體，跟人同時生存，同類相合，對於可以計算的，數目相副合，對於不可計算的，類型相副合，(無論副數或副類)，都是副合天。

【本文】是故陳其有形，以著無形者，拘其可數，以著其不可數者，以此言道之亦宜以類相應，猶其形也，以數相中[27]也。

【翻譯】所以陳列可以看見形體的，來顯示出看不見形體的，捕捉可以計算的，來顯示出不可計算的，這就是說天人之道是依照類別相應，就好像天與人的形禮，他們的數目是相合相應的。

作品賞析

董仲舒把人提升到與天、地並列，而主張「天人合一」，認為人不僅和天具有相同的精神意志、道德屬性，就連人的生理構造也是天這個宇宙模式的複製品，他為了把這套學說和倫理、政治連成一氣，於是便把陽解作德，陰解作刑，又將人身體的各個部位為與自然現象相連結，認為人就是一個小宇宙，如人的頭部為圓形，且位處人的最上端，故與天相對應，而人體的足部，形體大致方正，且位於人體的最底部，因此

27中：和。

與地相對應，因古代認為天圓地方，又頭髮對應星辰、以及眼睛的眨動對應日夜變化。

篇中顯出天人相感的思想，不只顯示在人與宇宙自然的相似相通性，以及個人的養生與禍福，也顯示在整個人世間的種種情事與天之相感相通，人事的好壞將招致天的福祐或懲罰。故，人須順天，不能逆天，若逆天，將受天之譴告，此時必須有所警惕，迅速懲惡向善，方能轉禍為福。董仲舒更認為天道人道在感通上何者為主何者為從，則彼此並無先後之分，人事影響天道，天道亦影響人事，天道與人道是一套同步運作的有機體。

問題討論

一、兩物能相對應，必有其相似同之處，請練習解釋出本文中任十項相對應組合的相似同之處以及其不同之處。

二、譬喻，會使看似無關的兩者產生關聯，試練習將人體的部位譬喻為大自然中的物件(本文中以用過的例子不得再引用)，並說明作此譬喻的理由即這譬喻會造成的效果。例；眼睛像湖水，理由是兩者都水汪汪的，其造成的效果是賦予眼睛多情、澄澈的印象。或眼睛像獵豹，會迅速抓住目標物，賦予眼睛銳利的印象。

三、試討參考前幾課儒家、道家的文章，討論其關於天與人的關係，其中是否也有人副天數的觀念。

四、人副天數這個大概念，是否有其合理性？試以科學的角度看人與天的關係。如，人呼吸系統出問題，是因空氣污染所導致。

五、神話傳說中多有類似人副天數的概念，如盤古開天、夸父追日等故事，試探討此現象的可能原因。

第三章、魏晉時期之玄學

暢玄

內容導讀

本篇暢談「玄」的要義與作用，「玄」是世界的本源，也是道家修煉的理想境界。本篇善用譬喻映襯，運用自然界的日月、電光、流星等等來對比映襯出玄的高妙，層層堆疊，文氣連緜盈貫，在句式結構上也用心鋪排，以四字句為主，以六字句為輔，使之讀來朗朗上口，在善用文采作為鋪陳凸顯主題的技巧加持下，本文的主旨玄能從多面來加以敘述，增加期豐富性與藝術性。

本文後半段更以對比的方式來比較玄之高妙以及失離玄妙之後果，前者一切合諧順暢，後者脫序失常。

〈暢玄〉結合了論說文的條理層次，與抒情文的華美詞采，頗能代表魏晉時期的哲學特色。

作者介紹

葛洪（西元 284 年－363 年），字稚川，號抱朴子，以示抱樸守質，不為物欲所誘惑之志，人稱葛仙翁，丹陽句容（今屬江蘇）人，是晉朝時代的醫學家、博物學家和制藥化學家，煉丹術家，著名的道教人士。家中原為吳國世族。其祖吳系曾經在三國孫吳擔任大鴻臚，叔祖父是三國時方士葛玄（亦稱葛仙翁），他曾跟隨左慈學習練丹及長生之術，是南方的道教領袖。父親葛悌，入晉後，曾為邵陵太守。葛洪是家中第三子，十三歲時，父親去世，家道中落。他生性寡欲，不慕榮華，窮覽典籍，尤好深引導養之法。他本來想成為一個儒者，博覽了經史子集，但是後來對神仙導引之法產生了興趣，師從葛玄弟子鄭隱學習煉丹術。葛洪在中國哲學史、醫藥學史以及科學史上都有很高的地位。著有《抱朴子》一書。

課文說明

【本文】抱朴子曰：玄[1]者，自然之始祖，而萬殊之大宗也。眇昧乎其深也，故稱微焉。緜邈乎其遠也，故稱其妙焉。

【翻譯】抱朴子說：玄，是自然的始祖，萬殊的根源。它的深邃是多麼微小的樣子，所以叫做微。它的廣遠是多麼綿邈的樣子，所以叫做妙。

【本文】其高則冠蓋乎九霄[2]，其曠則籠罩乎八隅[3]，光乎日月，迅乎電馳。或倏爍而景逝，或飄滭而星流，或滉漾於淵澄，或雰霏而雲浮。

【翻譯】他的高度在九霄之上，它的廣度可以籠罩八方。比日月還光亮，比電馳還要快速。有時閃爍地似影子般消逝無蹤，有時飄飄地像流星似的殞落，有時在澄澈的深淵滉漾，有時飄散地與雲飄浮。

【本文】因兆類而為有，託潛寂而為無。淪大幽而下沈[4]，凌辰極而上遊[5]。金石不能比其剛，湛露不能等其柔。方而不矩，圓而不規。來焉

1.玄：抱朴子以玄為宇宙本體，是自然的始祖，萬殊的根源，原出漢代揚雄的太玄，而不是魏玄學的玄。

2.其高則冠蓋乎九霄：他的高度在九霄之上。九霄，即九天，指天的最高處。

3.他的寬度可以籠罩八方。八隅，即八方。(山海經．海內西經)：「昆侖之虛，方八百里，高萬仞，百神之所在，在八隅之巖。」

4.淪大幽而下沉：落在北方大冥而往下滑。

5.淩辰極而上游：凌駕北辰而往上攀升。

莫見，往焉莫追。

【翻譯】因為能預示物類更是有，能潛寂不動就是無。落在北方大冥而往下沉落，淩駕北辰而往上攀升。金石比不上他那麼剛硬，湛露比不上他那麼柔弱。方卻不成方型．圓卻不成圓型。來了沒人看見．走了沒法追上。

【本文】乾以之高，坤以之卑，雲以之行．雨以之施。胞胎元一[6]。範鑄兩儀[7]，吐納大始[8]。鼓冶億類，佪旋四七[9]，匠成草昧，轡策靈機，吹噓四氣[10]，幽括沖默，舒闡粲[11]，抑濁揚清，斟酌河渭．增之不溢，挹之不匱，與之不榮，奪之不瘁。

【翻譯】乾因他而高，坤因他而卑，雲因他才能流動，雨因他才能遍施。包涵太極的元氣，造就天地，吞吐物類的朕兆，形成萬物，掌管二十八宿的運行，製成原始事物，控制靈機，調節四時之氣，內涵淡泊，抒發出燦爛茂盛來。抑濁搗清，安排黃河、渭水，有所增加卻不滿溢，有所吸取也不會匱乏，給予卻不因而盛大，捐減也不會衰歇。

【本文】故玄之所在，其樂不窮。玄之所去，器弊神逝。夫五聲八音[12]，清商流徵，損聰者也。鮮華豔采，彧麗炳爛[13]，傷明者也。宴安逸

6.胞胎元一：包涵太極的元氣。
7.範鑄兩儀：造成天地。
8.吐納大始：宋浙本「大」作「太」，大，太古通用。吞吐各物類。
9.佪旋四七：掌管二十八宿的運行。
10.吹噓四氣：調節四時之氣。四氣，指春夏秋冬四時之氣。
11.幽括沖默舒闡粲尉：「幽」或疑為「函」之訛。內涵淡泊，抒發出燦爛茂盛來。舒闡：抒發。粲：燦爛。尉：讀作鬱，茂盛的樣子。
12.五聲八音：五個聲階，八種樂器之音。五聲：宮、商、角、徵、羽。八音：金、石、絲、竹、匏、土、革、木八種樂器之音。
13.彧麗炳爛：豔麗燦爛。彧．音ㄩˋ。「彧麗」作「輝煌」。

豫。清繆芳醴，亂性者也。

【翻譯】所以玄在的地方，其樂無窮，玄離開了，器弊神逝。那些五聲八音，清商流徵，是損害聽覺的。鮮華艷采，艷麗燦爛的色調，是傷害視覺的。晏安逸豫，清香的美酒，是惑亂人性的。

【本文】冶容媚姿，鉛華素質[14]，伐命者也。其唯玄道，可與為永。

【翻譯】妖冶狐媚的姿容．塗脂抹粉的美色，是戕害性命的。只有玄道，才可以長久相與而無害。

【本文】不知玄道者，雖顧眄為生殺之神器，脣吻為興亡之關鍵，綺榭俯臨乎雲，藻室華綠以參差。

【翻譯】在雲漢岸邊建築綺旎的高臺，雕刻水藻花紋的房舍華麗的簷椽參錯排列。組帳多如霧般聚合，羅幃似雲樣分離的不可勝數。

【本文】組帳霧合，羅幬雲離[15]。西毛陳於閒房[16]，金觴華以交馳[17]，清絃嘈囋以齊唱[18]，鄭舞紛？以蜲蚍[19]，哀蕭鳴以淩霞，羽蓋浮於連漪，按芳華於蘭林之囿，弄紅葩於積珠之池，登峻則望遠以忘百憂，臨深則俯擥以遺朝飢[20]，入宴千門之焜焜[21]，出駈朱輪之華儀[22]。然樂極則哀集，

14.鉛華素質：在素質上敷上鉛華。鉛華：鉛粉．用來擦在臉比化粧的。
15.羅幬雲離：羅帳似雲般離乃。幬也是帳的意思。
16.西毛陳於閒房：安置西施、毛牆等美女在內室。
17.金觴華以交馳：頻頻舉起金杯勸酒而發出曄曄光華。曄，音ㄧㄝˋ，強烈的光輝。
金觴：金屬製成的酒器。
18.清泫嘈囋以齊唱：齊聲伴奏清澈的絃樂聲多麼熱鬧。嘈囋：形容喧鬧聲。
19.鄭舞紛？:舞步曲行多姿而顯得紛紜雜沓。蜲蚍：形容舞步曲行。
20.臨深則俯擥以道朝飢：接近深池就採摘野蔬來解飢。擥：用手採摘。
21.入宴千門之焜焜：在家宴享所有門戶都光耀奪目。焜焜，形容光耀奪目。
22.出駈朱輪之華儀：出門就駕駛達官貴人乘坐的車子。朱輪：古時達官貴人乘坐的車子．漆以紅色。駈：同驅。

至盈必有虧。故曲終則歎發，燕罷則心悲也。

【翻譯】不知玄道的人，雖然稍作顧盼就足以殺生，一動脣吻就會影響興亡。安置西施、毛嬙等美女在內室，頻舉金杯勸酒而發出曄曄光華．伴奏合唱清澈的弦樂聲一片熱鬧，舞步紛繁多姿而顯得紛紜雜沓，哀怨的蕭聲響徹雲霄，覆蓋著翠羽的畫舫浮泛在水上激起陣漪漣，在積珠池畔賞玩紅蓮。登高山便可望遠而忘百憂，臨深池就採摘野蔬來解飢。在家宴享親朋，所有門戶都光耀奪目，出門就駕駛達官貴人乘坐的車子。但是，樂極生悲，滿就易虧。所以曲終就會典歎，宴會結束內心就會難過的。

【本文】寔理努之攸召，猶影響之相歸也。彼假借而非真心，故物性而有遺也。

【翻譯】其實這些情形是理勢相召，就好像影響相隨一樣的。這都是假象，不是真實的存在．所以事物過去就會感到空虛而若有所失。

作品賞析

葛洪認為「玄」是自然的本源，是世界萬物產生的總根源，本篇開宗明義地提出「玄者，自然之祖，而萬殊之大宗也。」萬殊，即指萬物，「玄」無所不存，它是細微深遠，連綿不絕的，「其遠則冠蓋乎九霄，其曠則籠罩乎八隅。光乎日月，悖乎裏馳。……金石不能比其剛，湛露不能等其柔。方而不矩，圓而不規。來焉莫見，往焉莫追。」

以玄作為自然萬物的始祖，也是最本質的力量，決定並維持著自然界的秩序與運演，「乾以之高，地以之卑，雲以之行，雨以之施。胞胎元一，範鑄兩儀，吐納大始，鼓冶億類，迴旋四七，匠成草昧，轡策靈機，吹噓四氣，幽括沖默，舒闡粲尉，抑濁揚清，斟酌河渭」。這樣來去無蹤，神秘莫測，無所不在的東西，卻讓天因他而高，地因他而卑，雲因他才能流動，雨因他才能遍施，能夠誕生元一之氣，範鑄天地兩儀，吐納眾形，鼓冶萬物。在自然界中，「玄」無所不在，充盈於任何角落，它孕育了最初的元氣，既是天地萬物生成之因，又是推動宇宙萬物運動的動力，也是人之生命的根柢。

本篇善用譬喻映襯，運用自然界的日月、電光、流星等等來對比映襯出玄的高妙，層層堆疊，文氣連緜盈貫，在句式結構上也用心鋪排，以四字句為主，以六字句為輔，使之讀來朗朗上口，在善用文采作為鋪陳凸顯主題的技巧加持下，本文的主旨玄能從多面來加以敘述，增加其豐富性與藝術性。

問題討論

一、葛洪寫作此篇〈暢玄〉為何採用如此多華麗的詞藻？除了用詞華麗，他在句式、修辭上又下了哪些功夫？能造成什麼樣的文章效果？

二、葛洪為何要自立一家之言，將玄提高到最高的位置？為何不承繼老莊中對道的推崇？他的用意何在？

三、請整理出〈暢玄〉中所述，玄的高妙以及背離玄的後果之對照表。並思考本文中是否有對此論點進行論證？

第四章、隋唐時期之佛學

原道

內容導讀

原道的意思是探討「道」的確切涵義。道是許多學派共同使用的範疇，本義是人走的道路，引申為規律、準則、原理、宇宙的本源等意思。春秋時子產主張「天道遠，人道邇」，天道指天體運行規律，人道指做人的最高準則；儒家也講天道、人道；老莊講「虛無」之道，佛家講「心悟」之道。韓愈反對佛學清靜寂滅之道，他認為道乃相生養之道，具倫理關係的內容。

韓愈以「原」命名的篇章共有〈原道〉、〈原性〉、〈原毀〉、〈原人〉、〈原鬼〉五篇，原是古代的一種議論文體，此文體特徵為「溯源於本始，致用於當今」。原道是韓愈政治思想和哲學理論的代表作，旨在捍衛儒家之道，抨擊當時盛行的佛老思想，攘斥佛老出世的人生觀，認為唯孔孟之道是「為天下國家、無所處而不當」的治世良方；老子「去仁與義」、佛教「滅其天常」都與封建體系下的倫理綱常相違背，應當堅決禁絕。韓愈以繼承孟軻的「道統」為其歷史使命，文章氣勢雄渾，咄咄逼人，是著名的古文與哲學名篇。

作者介紹

韓愈（768～824 年），字退之，河南河陽人，郡望昌黎，自稱昌黎韓愈，世稱韓昌黎；晚年任吏部侍郎，又稱韓吏部。卒謚文，世稱「韓文公」。唐代文學家，與柳宗元倡導古文運動。蘇軾推崇他「文起八代之衰，道濟天下之溺。」以及「匹夫而為百世師，一言而為天下法」韓愈對後世古文影響深鉅，為唐宋八大家之首，生平反對佛老，崇尚儒學；

反對駢體，因主張恢復先秦兩漢的文風，故為文雄渾沈鬱，用字奇險，卓然自成一家，其散文與詩作皆富盛名，著有《昌黎先生集》。

韓愈因在文壇的貢獻而被尊崇為文昌之一，又由於韓愈曾因諫迎佛骨事件而被唐憲宗貶官至潮州，因在潮州任官頗有建樹，人民感念而供奉之，臺灣客家移民將此信仰帶到臺灣，在屏東內埔鄉有全臺灣唯一主祠韓愈的廟：昌黎祠。

課文說明

【本文】博愛之謂仁，行而宜之之謂義，由是而之焉[1]之謂道，足乎己無待於外之謂德。仁與義為定名，道與德為虛位[2]。故道有君子小人[3]，而德有凶有吉[4]。老子[5]之小仁義，非毀之也，其見者小也，坐井而觀天[6]，曰天小者，非天小也。彼以煦煦[7]為仁，孑孑[8]為義，其小之也則宜。其所謂道，道其所道，非吾所謂道也，其所謂德，德其所德，非吾所謂德也。凡吾所謂道德云者，合仁與義言之也，天下之公言也，老子之所謂道德云者，去仁與義言之也。一人之私言也。

【翻譯】廣博愛人的叫做仁，做事合宜的叫做義，依循仁義以達於仁義這個目標的叫做道，備足仁義於自身無需向外求取的叫做德。仁與義是含義固定的名稱，道與德是含義未定的稱號。所以道有君子之道與小人之道的區別，德有凶惡之德與吉善之德的不同。老子輕視仁義，並

1.由是而之焉：由仁義以至於仁義。焉，於是(是，指仁義)。
2.虛位：言道德之位，虛而未定，可以趨向仁義，亦可以背離仁義。
3.道有君子小人：易泰彖傳:「君子道長，小人道消。」
4.德有凶有吉:左傳文公二十八年:「孝敬忠信為吉德，盜賊藏姦為凶德。」
5.老子：姓李，名耳。周之柱下史。著有道德經。
6.坐井觀天；喻所見之少。
7.煦煦：小惠貌。一說：指和好之態度。
8.孑孑：小貌。一說：指孤特之行為。

非有意在毀謗仁義，而是由於他見識淺短的緣故，如同坐在井裏，以仰看天空：認為天空窄小，那並不是說天空就真正的窄小啊！他把小小恩惠看做仁，小小善行看做義，那麼他輕視仁義是理所當然的事情。他所講的道，是他自己所認為的道，而不是我所說的道，他所講的德，是他自己所認為的德，而不是我所說的德。凡是我所說的道德，是併合仁與義而言的，這是天下的公論，老子所講的道德，是拋開仁與義來說的，這是一人的私見啊！

【本文】周道衰，孔于沒。火於秦[9]，黃老於漢，佛於晉魏梁隋之間。其言道德仁義者，不入於楊，則入於墨，不入於老，則入於佛，入於彼，必出於此，入者主之，出者奴之，入者附之，出者汙之。噫！後之人其欲聞仁義道德之說，孰從而聽之？老者曰：「孔子，吾師之弟子也。」佛者曰：「孔于，吾師之弟子也。」為孔子者：習聞其說，樂其誕而自小也，亦曰：「吾師亦嘗師之云爾。」不惟舉之於其口，而又筆之於其書。噫！後之人雖欲聞仁義道德之說，其孰從而求之？

【翻譯】自從周道衰微，孔子去世之後，詩書被焚於秦朝，黃老學說流行於漢代，佛家思想興盛於晉、魏、梁、隋之間。在這時侯，那些講論道德仁義的人，不是歸向於楊子一派，就是歸向於墨子一派，不是投入了老子之門，就是投入了佛家之門，加入了另一邊(指楊、墨、佛、老)，必然退出這一邊(指儒家)，這樣，對加入的一邊就尊奉為主，對退出的一邊就鄙視如奴，對加入的一邊就附和它，對退出的一邊就毀謗它。唉！後代的人如果想要聞知仁義道德的學說，要從那裏去聽得呢？老子的信徒說：「孔子是我們祖師的學生。」佛家的信徒說：「孔子是我們佛祖的弟子。」尊奉孔子學說的人，聽慣了他們的言論，居然也喜愛他們的怪誕說法，而妄自菲薄起來，說道：「我們的先師確曾拜過他們

9.火於秦：始皇從李斯議，焚詩書百家之書。火，用作動詞，焚燬之意。

做老師。」不僅從他們的嘴裏說出來，又在他們的書上寫下來。唉！後代的人即使想要聞知仁義道德的學說，又要從那裏去求得呢？

【本文】甚矣，人之好怪也！不求其端，不訊其末，惟怪之欲聞。古之為民者四[10]，今之為民者六[11]，古之教者處其一，今之教者處其三。農之家一，而食粟之家六，工之家一，而用器之家六，賈之家一，而資焉[12]之家六，奈之何民不窮且盜也！

【翻譯】人們對於怪誕的說法真是喜歡得太過份了。既不去探求它的起因，也不去追究它的後果，只一味地想要聽到怪誕的輪調。古代組成人民的份子只分四家(士、農、工、商)，現在組成人民的份子卻分六家(士、農、工、商、僧，道)，古代推行教化的只佔其中的一家(儒家)，現在推行教化的卻佔其中的三家(儒、佛、道)。從事農業的只有一家，而食用米粟的卻有六家，從事工藝的只有一家，而使用器具的卻有六家，從事買賣的只有一家，而依賴他們的卻有六家，這樣，人民怎麼會不陷入窮困的境地，而做起盜賊來呢？

【本文】古之時，人之害多矣！有聖人者立，然後教之以相生養之道，為之君，為之師，驅其蟲蛇禽獸而處之中土[13]，寒，然後為之衣，饑，然後為之食，木處而顛、土處而病也，然後為之宮室。為之工以贍其器用，為之賈以通其有無，為之醫藥以濟其夭死，為之葬埋祭祀以長其恩愛，為之禮以次其先後，為之樂以宣其壹鬱[14]，為之政以率其怠倦，為之刑以鋤其強梗[15]。相欺也，為之符璽[16]斗斛權衡[17]以信之，相奪也，

10.古之為民我四：即士民、商民、農民、工民。
11.今之為民者六：士、商、農、工之外，加僧、道二家。
12.資焉:藉於此;此，指賈民。
13.中土:中原地帶。
14.壹鬱：猶怫鬱，抑塞之意。
15.強梗：剛猛。
16.符璽:符，以竹為之，分為兩片，各持其半以為信。璽，王者之印。

為之城郭甲兵以守之。害至而為之備，患生而為之防。今其言曰：「聖人不死，大盜不止，剖斗折衡，而民不爭。」[18]嗚呼，其亦不思而已矣！如古之無聖人，人之類滅久矣！何也？無羽毛鱗介以居寒熱也，無爪牙以爭食也。

【翻譯】古時侯，人類的災害多極了。等到有了聖人出來，然後纔教導他們相生相養的方法，當他們的領袖，做他們的老師，為他們驅逐那些害人的蟲蛇禽獸，使他們在中原地帶定居下來。接著為了抵禦寒冷，於是教導他們裁製衣裳，為了免除饑餓，於是教導他們種植食物，為了住在樹上有掉下的危險，處在洞穴有生病的禍害，於是教導他們建築房屋。為他們創辦工藝，以充足他們的器用，為他們設立市集，以流通他們的貨物，為他們研究醫病用藥的方法，以挽救他們的夭折死亡，為他們立下埋葬祭祀的制度，以增長他們的恩愛情感，為他們制作禮儀，以分別他們尊卑的次序，為他們造作音樂，以宣洩他們積塞的苦悶，為他們釐定政令，以收斂他們怠惰的行為，為他們制定刑法，以消除他們頑強的舉動。怕他們會互相欺騙，便為他們製出符信印璽及斗斛秤衡，以資取信，怕他們會互相爭奪，便為他們造出城郭鎧甲及各種兵器，以資防守。災害要到來了，就為他們先作準備，禍患要產生了，就教他們預作防禦。而老子一派的學說卻認為：「聖人不死的話，大盜就不會斂跡，斗衡毀壞以後，人民就不會爭奪。」唉！這是他們不去仔細思維罷了！如果從前沒有聖人出現的話，那麼人類早已滅種了，為什麼呢？因為人類沒有羽毛鱗甲來抵禦寒熱，沒有利爪堅牙來爭奪食物啊！

【本文】是故君者，出令者也，臣者，行君之令而致之民者也，民者，出粟米麻絲、作器皿、通貨財，以事其上者也。君不出令，則失其所以為君，臣不行君之令而致之民，則失其所以為臣，民不出粟米麻絲、

17.斗斛權衡：斗斛，量物之具。權衡，稱物之具。
18.聖人四句：見莊子胠篋篇。

作器皿、通貨財，以事其上，則誅[19]。今其法曰：「必棄而[20]君臣，去而父子，禁而相生養之道。」以求其所謂清淨寂滅者[21]。嗚呼！其亦幸而出於三代之後，不見黜於禹、湯、文、武、周公、孔子也，其亦不幸而不出於三代之前，不見正於禹、湯、文、武、周公、孔子也。

【翻譯】所以君主是發佈命令的：子是奉行君主的命令，它轉達給人民的：民是生產米粟絲麻、製造器皿、流通財貨，以事奉長上的。君主不能發佈命令，就有失做人君主的責任；子不能奉行君主的命令，把它轉達給人民，就有失做人臣子的責任；民不能生產米粟絲麻、製造器皿、流通財貨，以事奉長上，就要受到責罰。而佛家一派的教義卻規定：一定要拋棄你們君臣的關係，捨棄你們父子的親情，廢除你們相生相養的方法。」以追求他們所謂的清淨寂滅的境界。唉！種學說也幸而產生在三代以後，纔沒有受到夏禹、商湯、文王、武王、周公及孔子的駁斥，它也不幸不產生在三代以前，饞不能接受夏禹、商湯、文王、武王、周公及孔子的糾正啊！

【本文】帝之與王，其號名殊，其所以為聖一也，夏葛而冬裘，渴飲而飢食，其事殊，其所以為智一也。今其言曰：「曷不為太古之無事？是亦責冬之裘者曰：「易不為葛之之易也？」責飢之食者曰：「易不為飲之之易也？傳[22]曰：「古之欲明明德於天下者，先治其國；治其國者，先齊其家；欲齊其家者，先修其身；修其身者，先正其心，欲正其心者，先誠其意。」然則古之所謂正心而誠意者，將以有為也，今也欲治其心，而外天下國家，滅其天常[23]，于焉而不父其父，臣焉而不君其君，民焉

19.誅：責罰。
20.而:讀上聲，汝也。以下二而字，並同。
21.清淨寂滅：家以遠惡行煩惱垢為清淨，以遠離一切諸相為寂滅。寂滅，梵語涅槃之義譯。
22.傳:指禮記大學篇。
23.天常：猶言天倫。

而不事其事。孔子之作春秋也，諸侯用夷禮，則夷之[24]；進於中國，則中國之[25]。經[26]曰：「夷狄之有君，不如諸夏之亡[27]。」詩曰：「戎狄是膺[28]，荊舒是懲。」今也舉夷狄之法，而加之先王之教之上，幾何[29]其不胥[30]而為夷也！

【翻譯】帝與王，他們的名號雖然不同，但是他們所以成為聖人的道理是一樣的。夏天穿葛衣，而冬天穿皮衣，渴了要喝水，而餓了要進食，這些事情雖然不同，但是它們所以成為知識的填理是一樣的。而老子一派的人卻說：「為什麼不學太古那樣無為而治呢？」這就像要求冬天穿皮衣的人說：「為什麼不穿葛衣來得簡便呢？」要求餓了要進食的人說：「為什麼不喝白水來得省事呢？」古書(禮記大學篇)上說：「古時候想要發揚光明的德性於天下的人，先得治好自己的邦國，想要治好自己邦國的人，先得整頓自己的家庭，想要整頓自己家庭的人，先得修好自身的品德，想要修好自身品德的人，先得端正自己的心理，想要端正自己心理的人，先得誠實自己的意念。」由此看來，古代所說正心與誠意的工夫，是要藉此而有所作為的。而佛家一派的人卻想要存養自己的心性，而不顧天下國家，毀滅天然倫常，使得做兒女的不能孝順自己的父母，做臣子的不能忠事自己的君主，做百姓的不能從事自己的工作。從前孔子著作春秋，對於諸侯採用夷狄禮儀的，就把他當作野蠻人看待，對於夷狄進用中國禮儀的，就把他當作中國人看待。經書(論語)上說：「狄夷雖有君長，也不如中國沒有國君啊！」詩經上說：「夷狄是要討伐的，荊舒是要懲治的。」而佛老二家的信徒卻抬高了夷狄的教條，

24.夷之：視之為夷。
25.中國之:視之同中國。
26.經:指論語。
27.亡：無。
28.膺:擊。
29.幾何:不多之意。
30.胥:相;皆。

把它們放在先王的教化上面，這樣能有多少人不會相率的愛為狄夷呢？

【本文】夫所謂先王之教者，何也？博愛之謂仁，行而宜之之謂義，由是而之焉之謂道，足乎己無待於外之謂德，其文，詩書易春秋，其法，禮樂刑政，其民，士農工賈，其位，君臣父子、師友賓主、昆弟夫婦，其服，麻絲，其居，宮室，其食，粟米果蔬魚肉，其為道易明，而其為教易行也。是故以之為己，則順而祥，以之為人，則愛而公，以之為心，則和而平，以之為天下國家，無所處而不當。是故生則得其情，死則盡其常，郊焉而天神假[31]，廟焉而人鬼饗[32]。

【翻譯】那麼所謂先生的教化，究竟指的是什麼呢？那就是：廣博愛人的叫做仁，做事合宜的叫做義，依循仁義以達於仁義這個目標的叫做道，備足仁義於自身無需向外求取的叫做德；它的書籍是詩書易春秋，它的法規是禮樂刑政，它的人民是士農工商，它的位分是君臣父子、師友賓主、昆弟夫婦，它的衣服是絲麻，它的住處是宮室，它的食物是米粟果蔬魚肉，這種道術是容易明白，這種教化是容易推行的。所以用它來管束自己，就和順而吉祥，用它來對待他人，就仁愛而公正，用它來修養個人身心，就和諧而平靜，用它來治理天下國家，就無往而不宜。因此活著的時候就保有他中和的情性，死去的時侯就盡到他應盡的倫常，以此祭天，天神就會降臨；以此祭祖、祖宗就會接受。

【本文】曰：「斯道也，何道也？」曰：「斯吾所謂道也，非向所謂老與佛之道也。」堯以是傳之舜，舜以是傳之禹，禹以是傳之湯，湯以是傳之文、武、周公，文、武、周公傳之孔子，孔子傳之孟軻，軻之死，不得其傳焉。荀與揚[33]也，擇焉而不精，語焉而不詳。由周公而上，上

31.郊焉而天神假：郊，祭天。假，音格，至也。
32.廟焉而人鬼饗：廟，祭祖。饗，受。
33.荀與揚：荀卿輿揚雄。

而為君，故其事行，由周公而下，下而為臣，故其說長。然則如之何而可也？曰：「不塞不流，不止不行[34]，人其人[35]，火其書[36]，廬其居[37]，明先王之道以道之，鰥寡孤獨廢疾者有養也。」其亦庶乎其可也。

【翻譯】或許有人要問：「這個道，是什麼道呢？」我說：「這就是我所講的道，並不是前面所說的老子和佛家的道啊！」這個道，唐堯把它傳給虞舜，虞舜把它傳給夏禹，夏禹把它傳給文王、武王、周公，文王、武王、周公把它傳給孔子，孔子把它傳給孟子，孟子死後，就沒有人得到它的真傳了。荀子與揚雄，擇取了它，卻不拘精純，談到了它，卻不夠詳備。在周公之前的聖人，都居於上位而為人君主，所以能夠把它付諸實行，在周公以後的聖人，卻居於下位而為人臣子，所以只是把它廣加傳揚罷了。那麼要如何去做纔好呢？我認為：「不堵塞佛老思想，聖人之道就不能流傳，不禁止佛老思想，聖人之道就不能推行，因此要命令那些僧侶道士還俗，燒毀所有的佛經和道書，把寺院道觀都改成民房，盡力闡揚先王的道術來教導人民，使得鰥夫、寡婦、孤兒、沒有子女的老人和殘廢有病的人都有撫育療養的地方。」那就差不多可以了。

作品賞析

韓愈將「仁義」定為「道」的根本，廣博愛人的叫做仁，做事合宜的叫做義，依循仁義以達於仁義這個目標的叫做道，備足仁義於自身無需向外求取的叫做德，認為老子的「道德」是拋開了仁與義，他所講的道，是他自己所認為的道，他所講的德，是他自己所認為的德，皆僅為一人之私言，不是天下的公言所謂的「道德」，韓愈以此批評了道家捨仁義而空談道德的「道德」觀。

34.不塞不流二句：言佛老之道，不塞不止，則聖人之教，不流不行也。
35.人其人：命令僧道還俗。
36.火其書:焚燬佛經道書。
37.廬其居:寺觀改作民房。

韓愈認為堯把「道」傳給舜，舜傳給夏禹，禹傳給商湯，商湯傳給文王、武王、周公，再由文王、武王、周公傳到孔子，孔子傳給孟子。孟子死了之後，就沒人得到真傳了。而荀卿與揚雄，選擇得不夠精純，說明得不夠詳細。周公以前的聖人，上為人君，故可將「道」付諸實行；而周公以後的聖人，下為臣子，只能將「道」廣為宣揚。然仁義道德之說趨於混亂，韓愈對儒道衰壞、佛老橫行的現實情況深感憂心。

全文中心為反對佛老，主在發揮儒家正統思想，認為唯有孔孟之道是「為天下國家、無所處而不當」的治世良策，表彰了聖人及其在歷史發展中的巨大功績。而老子「去仁與義」、佛教「滅其天常」都與倫理綱常相違背，應當堅決禁絕。以仁義為「道」的內容，韓愈提出儒家的道統說，以繼承孟軻的「道統」為自己的歷史使命，論證儒家社會倫理學說的合理性，批評佛老二家置天下國家於不顧的心性修養論，揭示了它們對社會和綱常倫理的破壞作用，提出了「人其人，火其書，廬其居，明先王之道以道之，鰥寡孤獨廢疾者有養也」的具體措施。[38]

問題討論

一、經歷魏晉時期，儒釋道三家的相融和後，韓愈為何仍如此堅守儒家崗位？試以當時的歷史背景來討論之。

二、從韓愈的論述中，可看出佛、道帶給傳統儒家哪些衝擊，破壞了哪些儒家原有的結構？

三、儒釋道三家經過長期融合會通，你認為這三家思想如今能否各發揮所長，互補不足？如，儒家所建立的倫理觀、佛家建立的無常觀、道家建立的個人自適觀。

38參見邱燮友等編註：《古文觀止》(臺北市：三民書局，民 80 年版，原道篇)。

第五章、宋明時期之理學

太極圖說

內容導讀

《太極圖說》是宋代哲學家周敦頤最著名的哲學著作，全文用字精簡，謹 249 字。受《周易．繫辭傳》的啟發周敦頤在《太極圖說》中闡釋了他的宇宙觀，「無極而生太極，太極而生陽，動極而靜。靜極復動，一動一靜，互為其根；分陰分陽，兩儀立焉。」

《太極圖說》基本上是受道教影響，也吸收佛教思想。這種宇宙觀成為朱熹的理學體系重要的組成部分。

作者介紹

周敦頤（1017 年－1073 年 7 月 24 日），原名惇實，字茂叔，號濂溪，傳為三國名將周瑜二十九世孫。道州營道縣（今湖南道縣）人，北宋官員、理學家，宋明理學創始人。是孔子、孟子之後儒學最重要的發展，在中國思想史上的影響深遠。

濂溪的主要著作是《通書》、《太極圖說》。濂溪與佛教關係深遠，精研禪理，其《太極圖說》，用圖形以資推演，可達雅俗共享之效，融會釋、道於儒家，首次將無極一詞引入儒家理論。

儘管《周氏太極圖》的來源說法不一，然顧名思義《太極圖說》是周氏對《太極圖》作的一番解說。宋代名儒度正曾為周敦頤作年譜，文中肯定《太極圖》及《太極圖說》均為周氏所作，並為其歷程著墨一番。

課文說明

【本文】無極而太極，太極動而生陽，動極而靜，靜而生陰，靜極復動，一動一靜，互為其根，分陰分陽，兩儀[1]立焉。陽變陰合，而生水火木金土，五氣順布，四時行焉。五行一陰陽也，陰陽一太極也，太極本無極也。五行之生也，各一其性，無極之真，二五[2]之精，妙合而凝，乾道成男，坤道成女[3]，二氣交感，化生萬物，萬物生生，而變化無窮焉。惟人也，得其秀而最靈，形既生矣，神發知矣！五性[4]感動而善惡分，萬事出矣！聖人定之以中正仁義，而主靜，立人極[5]焉。

【翻譯】無極孕育太極。太極自身運動而產生陽，相對靜止而產生陰。陽動陰靜，互為根由，極而生變。陰陽相對獨立，就形成兩儀。陽肇生變化，陰配合生成，就產生水火木金土的五行之理。五行之氣依自身規律，時空關係也就呈現了。反而言之，五行的本質就是陰陽，陰陽的本原就是太極，而太極肇始於無極。五行之理，各有其性，它的形成來自無極的真實存在和陰陽五行之理的巧妙結合。幹陽肇生之理產生雄性陽剛之性，坤陰納成之理產生雌性陰柔之性。陰陽生命之氣交感契合，化變生成萬物，萬物生衍不息，而產生無窮變化。萬物中唯人獨得鐘秀而成為自然界之靈長，不僅形貌具備，還有睿智神思和七情六欲，因而能夠分辨善惡醜美。於是萬種事端由此而生。聖人立中正仁義之道而能靜心，從而確立了人道的終極準則。

1.兩儀：兩儀即是陰與陽。《繫辭傳》第四章：「一陰一陽之謂道，繼之者善，成之者性。」太極是一切的根源，太極的變動產生了陰和陽兩種氣，也是天地之間兩種相對相反的力量。

2.二五：陰陽二氣和五行。另解為父精母血。

3.乾道成男，坤道成女：這兩句出自《繫辭傳》。指陽氣凝聚成男，陰氣凝聚成女。

4.五性：指仁、義、禮、智、信五種德性。

5.立人極：人雖為萬物之靈，但往往隨物而動有善有惡，所以聖人要樹立人道的準則讓人們有所持循，方得以成就聖賢，與天地同參。

【本文】故聖人與天地合其德，日月合其明，四時合其序，鬼神合其吉凶[6]。君子修之吉，小人悖之凶，故曰：立天之道，曰陰與陽；立地之道，曰柔與剛；立人之道，曰仁與義[7]。又曰：原始反終，故知死生之說[8]，大哉易也，斯其至矣！」

【翻譯】因此，聖人就如同《易》所教誨的，「像天地一樣有德，像日月一樣光明，像四時一樣有序，像鬼神一樣知凶吉」，君子修養它就吉利，小人悖逆它就有兇險。進而明曉「認識天上規律的基本方法叫陰陽，認識地上規律的基本方法叫剛柔，認識世人本性的基本方法叫仁義」；也就能夠「窮究本始，探求結果，因而知曉生死規律」。真偉大啊，竟如此極致！

作品賞析

周敦頤以儒家思想為基礎，吸收了道教和佛教的精華，藉以豐富並發展儒家學說，寫就儒道佛三教合一的《太極圖說》為。全文精簡，僅 249 字，然含蘊深遠。

《易經》之《繫辭傳》：「易有太極，是生兩儀，兩儀生四象，四象生八卦，八卦定吉凶，吉凶生大業。」在《易經》的基礎上，周敦頤了悟宇宙之創造根源是由無到有，乃由理而氣而象以生化天地萬物的「無極而太極」。

無極為形而上之理，太極為混沌未分之元氣，已動為陽，靜態為陰，

6.故聖人……吉凶：此句出自《易經．乾卦．文言》。形容君子德性的圓滿性，已達乎天人合一的境界。

7.立天之道曰陰與陽……曰仁與義：此句出自《說卦傳》第二章，指人道根本的準則是仁義，和天地構成的準則是一樣自然不變的。

8.原始反終，故知死生之說：此句出自《繫辭傳上》第四章，是說追溯察知生命的源始和終結，以了知生死的真實義。

故氣一動稱陽生，動極而靜生，靜極而又生動，動靜互為根源，互為終始，循環不已，陰陽因而成為天地間兩種相對、相反卻又相輔相成的兩股力量。天地陰陽既分，便有機緣相會，故而自然演化成五行在天地間運行，四季便在其中推演成序且輪轉不已。

「太極」為宇宙本源，人和萬物都是由於陰陽二氣和五行相互作用構成的。五行統一於陰陽，陰陽統一於太極。文中突出人的價值和作用，「惟人也，得其秀而最靈。」在人群中，又特別突出聖人的價值和作用，認為「聖人定之以中正仁義，而主靜，立人極焉」，贊嘆聖人之所以為聖人，係能善用主靜，達乎立人極之方。

綜觀全文及對照全圖，令人贊歎周氏之聰明睿智，窮究宇宙，以通神明之德，以類萬物之情，「一本散萬殊，萬殊歸一本」的道理盡在此。而傳統的《太極圖》均只有一圓，而《周氏太極圖》則將之一圓演化成一系列的圖，層次分明，猶如解剖透視圖一般，格外清晰，妙不可言。

問題討論

一、《太極圖說》融合了哪些思想流派？

二、何為「無極而太極」？

西銘

內容導讀

張載在其執教室內，有東西兩面的窗子，東西窗子上都寫上了一篇指導學生的文章，東面窗子上的一篇叫《砭愚》(砭，音邊，原意是尖石，是醫療工具，引申為改善之意；砭愚即改善愚頑者的意思。)西面窗子上的一篇叫《訂頑》(也是改善愚頑者之意)，後來程伊川叫這兩篇文章為《東銘》和《西銘》(取其東西窗上的格言之意)，故後來《宋元學案》也是以《東銘》和《西銘》稱呼此兩篇文章。但到了橫渠的學生編輯《正蒙》時，把此二文合併收入於《正蒙》中作為最後一篇，並取其首二字稱為《乾稱篇》。故現在的《張載集》是找不到叫《西銘》的文章，要找《正蒙》中的《乾稱篇》才找到。

因為《西銘》的形上內容較多，而伊川的興趣也較重形上學部份，因此比較喜歡《西銘》，多講《西銘》，所以《西銘》遠較《東銘》著名。當然，還有就是《西銘》提出了「民胞物與」的理想，成為中國文化的大同理想的典型。

作者介紹

張載，(公元 1020 年－1077 年)，字子厚，宋郿縣橫渠鎮人，北宋陝西鳳翔郿縣（今陝西眉縣）橫渠鎮人，世稱橫渠先生，為宋朝三大理學家之一。張載是宋仁宗嘉祐二年進士，歷授崇文院校書、知太常禮院。後其弟監察御史張戩，因反對王安石變法遭貶，橫渠遂辭官。歸家後，專注於讀書講學，為關中人士宗師，風氣為之大變，後人稱其學為關學，名震一時，宋神宗熙寧十年（1077 年），辭去太常禮院，回眉縣途中，病逝於潼關館舍。元豐元年（1078 年）安葬在眉縣橫渠大振谷父墓南側。南宋嘉定十三年(1220 年)，宋寧宗賜諡「明」，宋理宗淳祐元年(1241 年)，封眉伯，從祀孔廟，明世宗嘉靖九年（1530 年）改稱先儒張子。

張載是程顥、程頤的表叔，北宋五子之一，是知名的理學家、哲學家。理學學派中關學的開創者，也是理學的奠基者之一。有張子全書十五卷傳世。

課文說明

【本文】乾稱父，坤稱母[1]；予茲藐焉，乃混然中處。故天地之塞，吾其體；天地之帥，吾其性[2]。民，吾同胞；物，吾與[3]也。

【翻譯】乾為天，代表父；坤為地，代表母。我是如此的渺小，竟與萬物混然處於天地之中。充滿天地之氣，形成了我的身體，主宰天地之志，決定了我的心性。所有的人類，都是我的兄弟，一切的物類，都是我的朋友。

本文】大君[4]者，吾父母宗子[5]；其大臣，宗子之家相[6]也。尊高年，所以長其長；慈孤弱，所以幼其幼；聖，其合德；賢，其秀也。凡天下疲癃[7]、殘疾、惸獨[8]、鰥寡[9]，皆吾兄弟之顛連[10]而無告者也。

【翻譯】天子，是天地的宗子，大臣，是宗子的管家。尊敬南年的老人，即是恭敬自己的兄長，慈愛孤弱的孩童，即是愛護自己的幼兒。聖人，是德合天地的人，賢人，是才智秀出的人。凡是天下衰老、殘廢、

1此二句語出易說卦傳。

2四句言天地所充滿之氣，形成我之身體;天地所主宰之志，決定我之心性。塞，謂氣之充滿。帥，謂志之主宰。

3與:友好。

4.大君：天子。

5.宗子：嫡長子。

6.家相：家臣之長。

7.疲癃：衰頹老病。癃，音隆。

8.惸獨鰥寡：無兄弟日惸，無子孫曰獨，老而無妻日鰥，老而無夫曰寡。惸，音窮。

9.鰥"是"鰥夫"；寡是"寡婦"，都是失去另一半的人。

10.顛連：顛沛流離。

疾病、無兄弟、無子孫、無妻室、無丈夫的人，都是我顛沛流離而無處訴苦的兄弟啊！

【本文】于時保之，子之翼也；樂且不憂，純乎孝者也。違曰悖德，害仁曰賊，濟惡者不才，其踐形，惟肖者也。

【翻譯】所以，能畏催天命而保人保己，才是恭敬的極至，能樂天知命而不憂不懼，才是純孝的子女。違逆天理叫做背德，馥害仁德時做逆賊，助長罪惡的，便是天地父母的不才子，能盡人性的，才是天地父母的賢肖子。

【本文】知化則善述其事，窮神則善繼其志。不愧屋漏為無忝，存心養性為匪懈。惡旨酒，崇伯子之顧養；育英才，穎封人之錫類。不弛勞而厎豫，舜其功也；無所逃而待烹，申生其恭也。體其受而歸全者，參乎！勇於從而順令者，伯奇也。

【翻譯】富知道造物的理化，就能善述天地的事情，深通神明的奧妙，就能善繼天地的意志。不欺暗室，無愧於心，即為不污辱父母，保全善心，培養天性，便是不懈怠天命。要能厭惡美酒，而像夏禹一般，致力於顧養天命(性)，要能作育英才，而像穎考叔一樣，把愛心賜給同類。不鬆懈工作，而得到父母的歡心，才有像舜一樣的功勞，不逃生避死，而等待天命的安排，才有像申生一般的恭順。能體認自己的身軀是受自父母，而完好地歸還天地，那也就像曾參了，能知道自己的一切該順從父母，而勇敢地服膺天命，那也就像伯奇了。

【本文】貴福澤，將厚吾之生也；貧賤憂戚，庸玉女於成也。存，吾順事；沒，吾寧也。

【翻譯】富黃福祉，那是天地厚愛我，希望我多行善事，貧賤壺戚，那是天地磨練你，希望你有所成就。活著，我就順著天理做事，死了，我也可以心安無愧。

作品賞析

「乾」為天、為父，「坤」為地、為母，乾坤即天地，即天道，天道是萬物的根源，故天地為人類的父母，是萬物之中有價值的根源，此天道不是外在的存在，而是人心中的存在。天地之統帥就是人之性，人性就是天道的內容，天道、萬物、人心是相貫通而非各自不相干。

君須盡君的責任，臣須盡臣的本分，父須盡父的責任，子須盡子的本分，各盡其責，這才是正名，即為孔子「君君、臣臣、父父、子子」的觀念。尊敬年長者，慈愛孤弱者，都是因為出於我們對長輩的尊敬和對幼小的愛護，即為孟子「老吾老，以及人之老；幼吾幼，以及人之幼」的概念，然而這是非常困難的道德實踐。

由天道講到人道，由治天下講到孝道。這是由上而下，由外在表現反省到內在根據，歸結到人的本心，文中一連舉了大禹、潁考叔、帝舜、申生、曾參和尹伯奇等六人作為孝的例子，說明愛人民如若同胞，須由最切近的親情做起，推擴出去，才真正的治理天下。

富貴福澤可潤厚人的生命，貧賤憂戚能成就為人。無論是富貴或貧賤，皆非自己能控制的，這些都是命。然而人應重視的是人本身的價值，人的價值是可以由自己掌握的，人能夠掌握自己的本心。人雖然不能掌控客觀環境，但人能決定自己如何對待客觀環境。乾坤天道表現在人的心上，由天到人，也由人才能表天。由孝親而至治天下，《西銘》所要表明的即為「民胞物與」的儒家理想。

問題討論

一、為何說本文所要表明的為儒家「民胞物與」思想？

二、富貴福澤可潤厚人的生命，貧賤憂戚能成就為人，無論是富貴或貧賤，皆非自己能控制的，這些都是命；你相信命運嗎？試述其理由。

訓蒙大意

內容導讀

這篇文章是王守仁論述兒童教育性質、目的、原則及方法的代表作，說明教育兒童正確的方向即在教以人倫，歷來受到教育家們的重視。

作者介紹

王守仁（公元 1472－1528），字伯安，學者稱陽明先生，明浙江餘姚人。弘治進士，仕至南京兵部尚書。封新建伯。卒謚文成。其學專主致良知之說，世稱姚江學派。著有王文成公全書。明代最著名的思想家、哲學家、書法家和軍事家、教育家、文學家，官至南京兵部尚書、都察院左都禦史。陸王心學之集大成者，非但精通儒家、佛家、道家，而且能夠統軍征戰，是中國歷史上罕見的全能大儒。因他曾在餘姚陽明洞天結廬，自號陽明子，故被學者稱為陽明先生，現在一般都稱他為王陽明，其學說世稱「陽明學」。在中國、日本、朝鮮半島以及東南亞國家都有重要而深遠的影響。

課文說明

【本文】古之教者，教以人倫[1]，後世記誦詞章之習起，而先王之教亡。今教童子，惟當以孝弟忠信禮義廉恥為專務。其栽培涵養之方：則宜誘之歌詩，以發其志意；導之習禮，以肅其威儀[2]；諷[3]之讀書，以開其知覺。今人往往以歌詩習禮為不切時務[4]，此皆末俗[5]庸鄙之見，烏足以知古人立教之意哉！

1.人倫：人類之倫常，即君臣、父子、兄弟、夫婦、朋友五倫。
2.威儀：容止。
3.諷：婉言規勸。
4.時務：當世之要務。
5.末俗：末世之習俗。

【翻譯】古時侯的老師，是用人倫來教導學生的，等到後代記誦詞章的風氣興起以後，先王的教化就衰亡了。因此現在教育兒童，應該把孝悌忠信、禮義廉恥作為專心致力的要務。而栽培涵養它們的方法則是這樣子的：應該誘導他們去歌詠詩篇，以舒發他們的志意；引導他們去學習禮節，以端正他們的容止；勸導他們去誦讀古書，以開拓他們的知覺。現代的人常常認為歌詠詩篇、學習禮節是不合時代需要的事情，這都是末世流俗愚昧淺陋的見解，怎麼能夠懂得古人設立教化的用意呢！

【本文】大抵童子之情，樂嬉遊而憚拘檢[6]，如草木之始萌芽，舒暢之則條達7，摧撓之則衰痿8。今教童子，必使其趨向鼓舞9，中心喜悅，則其進自不能已。譬之時雨春風，霑被[10]卉木，莫不萌動發越[11]，自然日長月化，若冰霜剝落12，則生意蕭索[13]，白就枯槁矣。故凡誘之歌詩者，非但發其志意而已，亦所以洩其跳號呼嘯於詠歌，宣其幽抑結滯於音節也，導之習禮者，非但肅其威儀而已，亦所以周旋揖讓而動蕩其血脈，拜起屈伸而固束其筋骸也，諷之讀書者，非但開其知覺而已，亦所以沈潛[14]反復而存其心，抑揚諷誦[15]以宣其志也。凡此皆所以順導其志意，調理其性情，潛消其鄙吝[16]，默化其麤頑[17]，日使之漸於禮義而不苦其難，入於中和[18]而不知其故，是蓋先王立教之微意[19]也。

6.拘檢：約束管制
7.條達：暢茂。
8.衰痿：衰敗萎縮。
9.鼓舞：鼓舞：感動奮發。
10.霑被：潤澤吹拂。
11.萌動發越：萌芽發動，蓬勃生長。
12.剝落：剝蝕而脫落。
13.生意蕭索：生意，生機。蕭索，蕭條衰颯之意。
14.沈潛：深沉。
15.諷誦:背誦。
16.鄙吝:固陋貪婪。
17.麤頑：粗魯愚鈍。
18.中和:中正和平。

【翻譯】大體說來，兒童的性情，是喜歡嬉戲遊樂而害怕拘束管制的，如同草木剛長出芽來，若是使它舒展順遂(充分發育)，就將發榮暢茂，如果加以摧殘阻撓，就要衰敗枯萎了。如今教育兒童，必須使他們的意志激動奮發，內心感到喜悅，那麼他們的進步自然就沒有止境了。就像及時的雨水、春天的和風，潤澤披拂草木，使得草木都萌芽發動，生意蓬勃起來，這樣，自然就會日日滋長、月月變動，如果是受到了冰霜的侵蝕，那麼生機就要蕭索，日趨於枯槁了。所以舉凡誘導他們歌詠詩篇的目的，不僅是在於舒發他們的志意而已，也是為了要藉此來發散他們蹦跳呼叫的精力在歌詠上面，宣洩他們憂愁鬱悶的心情在音節上面啊！引導他們學習禮節的目的，不僅是在於端正他們的容止而已，也是為了要藉著應對接待、揖客謙讓的禮節，以活動他們的血脈，跪拜起立、彎身直身的動作來強健他們的筋骨啊！勸導他們誦讀古書的目的，不僅是在於開拓他們的知覺而已，也是為了要藉此叫他們儘量深入的去反覆思考，以存養他們的心性，抑揚頓挫的去背誦文章，以宣洩他們的情志啊！所有這些方法無非是用來順導他們的志意，調理他們的性情，暗地裏消除他們的鄙陋貪吝，無形中化去他們的粗魯愚頑，使得他們天天涵泳於禮義之中，而不覺得有何困難，進入於中和之境，而不曉得它的緣故，這是先王設立教化的深意啊！

【本文】若近世之訓蒙穉者，日惟督以句讀[20]課倣[21]，責其檢束，而不知導之以禮，求其聰明[22]，而不知養之以善；鞭撻繩縛，若待拘囚。彼視學舍如囹獄[23]而不肯入，視師長如寇仇而不欲見，窺避掩覆以遂其嬉遊，設詐飾詭以肆[24]其頑鄙，偷薄[25]庸劣，日趨下流。是蓋驅之於惡，

19.微意:深意。
20.句讀：讀音豆。凡文詞中休止及停頓處，其語氣完者曰句，未完者曰讀。
21.課倣：課指作文;倣指寫字。
22.聰明：謂聞見。
23.囹獄：囹音靈，監獄也。
24.肆;放縱。
25.偷薄:輕薄。

而求其為善也，何可得乎？

【翻譯】至於近代教育幼童的人，每天只不過是督導他們去辨別句讀、作文寫字而已，要求他們恪守規矩，卻不知道用禮儀來指導他們，要求他們擴大見聞，卻不知道用美德來涵養他們，反而以鞭子抽打他們，用繩子綑縛他們，像是對待囚犯一樣。使得他們把學校看成牢獄一般，而不肯進入，把老師看成仇敵一般，而不欲見到，伺隙迴避、設法遮掩，以達成他們嬉戲遊樂的目的，設下騙局、掩飾詭謀，以放縱他們頑劣粗鄙的行為，就這樣變得輕浮鄙劣，一天天地趨於下流。這是迫使他趨趨向於惡，卻冀求牠們去為善啊！怎麼可能做到呢？

【本文】凡吾所以教，其意實在於此。恐時俗不察，視以為迂[26]，且吾亦將去[27]，故特叮嚀以告爾諸教讀，其務體吾意，永以為訓。毋輒[28]用時俗之言，改廢其繩墨[29]，庶成「蒙以養正[30]」之功矣。念之！念之！

【翻譯】所有我用來教育兒童的措施和方法，它的大意都在這個上頭。恐怕時下的一般人不能仔細辨別，把它看成是不切實擦的事情，而且我也快要離開了，所以特地鄭重的囑咐你們所有的老師，希望諸位務必體會我的心意，永遠把它當作教誡(永遠遵守的意思)，不要因為時下一般人的言論，擅自改愛或廢去這些規矩法度，那麼或許可以完成教育蒙童走上正道的大功了。記住啊！記住啊！

作品賞析

這篇文章是王守仁論述兒童教育性質、目的、原則及方法的代表

26.迂：遠也，謂言行高遠，不切事理。

27.吾亦將去：王守仁於綏靖贛南後，曾因病請求歸田，惟未蒙准。

28.輒：擅。

29.繩墨：本木工取直之具，此以喻法度、規矩。

30.蒙以養正：易蒙卦:「蒙以養正，聖功也。」疏：「能以蒙昧隱默，自養正道，乃成至聖之功。」後通用為教育蒙童之意。

作，歷來受到教育家們的重視。

王陽明認為先王教育之道，即品格道德的培育，在人倫之中，角色有別，應依其身分遵行相應的準則與本分，兒童首先即應學習先賢所建立的立身處世的原則，說明教育兒童正確的方向即在教以人倫。接著說明教育兒童必使其趨向鼓舞，亦即先王立教「誘之歌詩、導之習禮、諷之讀書」，吟誦唱詩，藉以開拓其心志與氣度；學習正確有度的禮儀舉止，以養成人的端莊儀態；鼓舞孩童多讀書以開啟智慧。

兒童也會好逸惡勞，故要求兒童教育與教學，要引起學生學習的興趣。王守仁在文中批評當時的兒童教育違背兒童天性，「日惟督以句讀課仿，責其檢束，而不知導之以禮；求其聰明，而不知養之以善，鞭撻繩縛，若待拘囚」。所以學生厭學畏師，喪失求學興趣，由此道德不修，學習荒廢，「肆其頑鄙，偷薄庸劣，日趨下流」。有鑒如此，提出兒童教育要活潑生動，動靜相宜，相互調節，同時還要經常組織兒童結成班組，在一起歌詩習禮，培養學習興趣，養成良好的行為規範，並要求教師注意把學校教育與家庭及社會教育及影響有機統一起來，做到日有檢查，課有考檢，隨時糾正出現的錯誤，在道德與學業上都能有長進。

問題討論

一、王守仁所著之「訓蒙大意」一文裏提到「大抵童子之情，樂嬉遊而憚拘檢，如草木之始萌芽，舒暢之則條達，摧撓之則衰痿。」此段話在強調何意？

二、王守仁所著之「訓蒙大意」一文裏提到學生之所以日趨下流的原因為何？

三、王守仁所著之「訓蒙大意」一文裏提到「今教童子，惟當以孝弟忠信禮義廉恥爲專務。」下列何者非為王守仁所提之栽培涵養之方？（a）記誦詞章（b）誘之歌詩（c）導之習禮（d）諷之讀書。

格物致知

內容導讀

這一卷是論致知。自第一段至二十二段，總論致知之方。二十三段至三十三段，總論讀書之法。三十四段以後，乃分論讀書之法，而以書之先後為序，先是《大學》，而後是《論語》、《孟子》、《詩經》、《尚書》，再來是《中庸》、《易經》，最後是《春秋》。

作者介紹

程頤（公元1033~1107），字正叔，漢族，北宋洛陽伊川人，人稱伊川先生，北宋理學家和教育家。為程顥之胞弟。曆官汝洲團練推官、西京國子監教授。元祐元年（1086）除秘書省校書郎，授崇政殿說書。與其胞兄程顥共創「洛學」，為理學奠定了基礎。幼承家學薰陶，其政治思想頗受父親的影響，推舉其父反對王安石新法乃「獨公一人」，又說其兄程顥對荊公（王安石）之說「意多不合，事出必論列」，極加稱許。與其兄程顥不但學術思想相同，而且教育思想基本一致，合稱「二程」。

課文說明

【本文】伊川先生答朱長文書曰：「心通乎道，然後能辨是非，如持權衡以較輕重，孟子所謂知言[1]是也。心不通乎道，而較古人之是非，猶不持權衡而酌輕重。竭其目力，勞其心志，雖使時中[2]，亦古人所謂『億則屢中[3]』，君子不貴也。」

1知言：《孟子・公孫丑上》云：「我知言，我善養吾浩然之氣。」朱熹解「知言」為：「於天下之言，皆能夠究極其理，識其是非得失之所以然。」

2時中：經常說得中。

3.億則屢中：億，臆測。料事常常很準確之意。見《論語・先進》：「賜不受命，而貨

其目力，勞其心志，雖使時中[4]，亦古人所謂『億則屢中[5]』，君子不貴也。」

【翻譯】伊川先生回答朱長文的信中說：「心要通曉於大道，然後才能夠真正地明辨是非，就像用手拿著稱物的秤來量輕重；也就是孟子所謂的『知言』，知道言語議論的長短得失。如果心未能通曉於大道，而談論較量古人的是非，就像不拿秤來量，就斷定輕重。這樣來看事物，雖然竭盡眼力，耗費心智，即使經常猜中，亦不過是古人所謂的臆測事情常準確而已，並不是真正的明白大道，君子不以為這樣是很了不起的。」

【本文】伊川先生答門人曰：「孔孟之門，豈皆賢哲？固多眾人。以眾人觀聖賢，弗識者多矣。惟其不敢信己而信其師，是故求而後得。今諸君於頤[6]言，纔不合，則置不復思，所以終異也。不可便放下，更且思之，致知之方也。」

【翻譯】伊川回答門人說：「以前孔子、孟子門下，那裡都是賢智之才？還是普通才智的人比較多。以普通人來看聖賢，是很多地方都不能了解的。只是因為他們不敢相信自己而相信老師的教誨，所以虛心努力去探求而有收穫。現在你們對於我所說的話，才有一點與你們自己想法不相合的地方，就擺在一邊想都不去想，所以和孔孟門下的學生造詣就不相同了。如果不同意，不可立刻就放下，要多加思考，這就是求得知識的方法。」

殖焉，億則屢中。」

4.時中：經常說得中。

5.億則屢中：億，臆測。料事常常很準確之意。見《論語・先進》：「賜不受命，而貨殖焉，億則屢中。」

6.頤：伊川自稱其名。

【本文】伊川先生答橫渠先生曰：「所論大概，有苦心極力之象，而無寬裕溫厚之氣。非明睿所照，而考索至此；故意屢偏而言多窒，小出入時有之。[7]更願完養思慮，涵泳義理，他日自當條暢。」

【翻譯】伊川回答橫渠說：「先生的理論大要，顯現極力苦心思考出來的現象，而沒有一種經過優游從容、安詳平和地體會而得的氣氛。這樣就不是由睿智的心靈親自見到，而是借用思考探索而得到的。所以其中的意見常會有些偏失，用語多有窒礙之處，一些細微不同的地方也時而會出現。更希望先生進一步將思慮之所得、義理之所明加以完備周全的涵養，優游從容地浸潤其中，在日後學問思想自然會更加明白暢達。」

【本文】欲知得與不得，於心氣上驗之。思慮有得，中心悅豫[8]，沛然有裕者，實得也。思慮有得，心氣勞耗者，實未得也，強揣度耳。嘗有人言，比[9]因學道，思慮心虛。曰：人之血氣，固有虛實，疾病之來，聖賢所不免，然未聞自古聖賢，因學而致心疾者。

【翻譯】要知道學問是否真有所得，可以在一個人的心思和氣質上看得出來。如果是思慮有所得，心中愉悅，實行起來從容有餘裕，這是實有心得的人。若是思慮雖然有所得，但是勞心思、耗氣力，這是沒有實在的心得，只是勉強忖度而得來的結論。曾經有人說：「最近因為學道的關係，過度思慮而使得心氣虛弱。」我認為，人的血氣關乎體質，確是有強弱虛實的不同，所以連聖賢都不免會患病，但是從來沒有聽說

7.伊川的本文這裡有一條自己所加的附註：「明睿所照者，如目所睹，纖微盡識之矣。考索至者，如揣料於物，約見髣髴爾，能無差乎？」這裡更明白地說明「明睿所照」和「考索而至」的差別，意思是：前者是像親眼目睹，最細微的地方都看得清清楚楚；後者是心裡揣忖，大約見到差不多。這兩者是有所差別的。

8.悅豫：愉悅。

9.比：最近。

自古以來有聖賢是因為求學而得心病的。

【本文】今日雜信鬼怪異說者，只是不先燭理[10]，若於事上一一理會，則有甚盡期！須只於學上理會。

【翻譯】現今隨便相信各種鬼怪神異之說的人，就是因為不先把道理看明白；若要把那些鬼怪之事一一解釋清楚，那是沒完沒了的。學者只須好好去學習義理就行。

【本文】學原於思[11]。

【翻譯】真正實在的學問是源自於思考的。

【本文】所謂「日月至焉」[12]，與久而不息者，所見規模唯略相似，其意味氣象迥別[13]。須潛心默識，玩索久之，庶幾自得。學者不學聖人則已，欲學之，須熟玩味聖人之氣象[14]，不可只於名上理會，如此只是講論文字。

10.燭理：燭，照。燭理，觀察道理明白。

11.思：思考。《尚書・洪範》云：「思曰睿，睿作聖。」（可參考本卷第十條）指出思考能夠達到睿智和聖賢之境。《論語・為政》云：「學而不思則罔。」這就是說明，人即使肯求學，若不用思考之功，還是迷惘無所得的。

12.日月至焉：出自《論語・雍也》：「回也，三月不違仁，其餘則日月至焉而已矣。」是說只有顏回能夠三個月那麼長的時間，不違背仁。而其他的學生，只有短時間能夠行仁。

13.迥別：迥：音ㄐㄩㄥˇ，遠。迥別：完全不同。「久而不息者」是指學聖人之道能純然不間斷，故意味融洽，氣象自然渾成；而「日月至焉」只是在短時間內能做到，工夫生疏不純熟，不免流於勉強有痕跡，不能自然打成一片。

14.聖人之氣象：「聖賢氣象」是理學裡的一個重要問題，如本書最後一卷就是專門談到這個問題的。大體上講，可以說是聖賢學問和德行的工夫純全，境界高遠，可以在日常生活之中待人處事之時，自然地流露出來。這種流露不是勉強裝作或刻意表現，更不是說教，而是毫無痕跡的自然感應。從此最可看出一個人學問的成就深淺，和個別氣質不同的地方，也可以給人極深刻感受和啟發。

【翻譯】那些短時間能夠實踐仁心的學者，和能長久不息地踐行的，他們的表現雖然乍看起來大略相似，但是二者意味和氣象卻完全不同。學者必須靜下來仔細在心裡體會，慢慢玩味探索，就大概能明白了。學者如果不學聖人就不必說了，如果想學的話，須熟習深入地玩味如何是聖人氣象，不可只是在名詞上了解，這樣只是在註解文字而已。

【本文】問：「忠信進德之事，固可勉強，然致知甚難。」伊川先生曰：「學者固當勉強，然須是知了方行得。若不知，只是覷[15]即堯，學他行事；無堯許多聰明睿智，怎生得如他動容周旋中禮。如子所言，是篤信而固守之，非固有之也。未致知便欲誠意，是躐等[16]也。勉強行者，安能持久？除非燭理明，自然樂循理。性本善，循理而行，是順理事，本亦不難：但為人不知，旋安排著，便道難也。知有多少般數[17]，煞[18]有深淺，學者須是真知。纔知得是，便泰然行將去也。某年二十時，解釋經義，與今無異。然思今日，覺得意味與少時自別。」

【翻譯】有人問：「德性上的忠信實踐之事，還是可以勉力去做，但要講求學問上的致知工夫就很難了。」伊川先生說：「學者進德的工夫固然應當勉力去做，但是也必須知道了道理才能實行呀！如果不明白道理，好像只是看著堯，學著他的一舉一動，可是並沒有他那內在的聰明睿智，那裡真能像他舉動容止、處世待人完全雍容中正，自然地合乎禮節呢？如你所說的勉力而行，只是深信德行之善而堅固守持，並不明

15.覷：音ㄑㄩˋ，伺視，就是用眼睛看的意思。

16.躐等：跨越一定的等級順序，沒有循序而進身《大學》一書中所揭明的八條目，依次是：格物、致知、誠意、正心、修身、齊家、治國、平天下。而且說明：「……欲正其心者，先誠其意；欲誠其意者，先致其知；致知在格物。」所以伊川認為沒有從事「格物」、「致知」的工夫，就以為能「誠意」，是不對的。

17.般數：種類之意。

18.煞：很、極之意。

白仁義道德是我們自己內在心性所固有的。這裡沒有真正的知，就以為能夠做到進一步的誠意工夫，是跨越了為學的順序。即使勉強努力去做，又怎能持久呢？除非把道理觀察得很明白，才能樂於循理而行。人性本來是善的，循著這個性善的道理去行，是順理之事，本來一點都不難，但是往往由於一般人不明白其中道理，才一有刻意的安排之心，便覺得困難而非自然了。知識這個領域不是這麼簡單的，其中有許多重要而深奧的內容，學者一定得去獲得真知。一旦了解得明白，就會篤定而自然地實踐出來。我二十歲，解釋經書中的義理，表面看起來和今天沒什麼差別，然而仔細想來，經過許多知識擴充、實踐體驗的過程，現在對經義的深一層了解和以前自然有所不同了。」

【本文】凡一物上有一理，須是窮至其理。窮理亦多端，或讀書講明義理，或論古今人物，別其是非；或應接事物處其當，皆窮理也。或問：「格物[19]，須物物格之，還只格一物而萬理皆知？」曰：「怎得便會貫通？若只格一物便通眾理，雖顏子亦不敢如此道。須是今日格一件，明日又格一件，積習既多，然後脫然自有貫通處。[20]」

19.格物：伊川解「格物」的「格」是「至」，在這裡就是「窮究」的意思。格物，就是窮至事物之理，也就是窮理。朱子非常贊同這種說法，因此他在《大學》一書裡，就用程伊川對「格物致知」的主張，補了一段解釋「格物致知」的文字。雖然後世對朱子這條補傳有很多不同的意見，但這是代表程朱對於學問與德性的關係的重要主張，並且深為後世程朱學者所服膺。這段補傳是這樣的：「所謂致知在格物者，言欲致吾之知，在即物而窮其理也。蓋人心之靈莫不有知，而天下之物莫不有理；惟於理有未窮，故其知有不盡也。是以《大學》始教，必使學者即凡天下之物，莫不因其已知之理而益窮之，以求至乎其極。至於用力之久，而一旦豁然貫通焉，則眾物之表裡精粗無不到，而吾心之全體大用無不明矣。此謂物格，此謂知之至也。」

20.此條下面，原書附了一段註：「又曰：所務於窮理者，非道盡窮了天下萬物之理，又不道是窮得一理便到。只要積累多後自然見去。」強調說明窮理既不要拘泥於必須窮盡天下所有的理，也不要自以為窮究一理就足夠，只要時時耐心不間斷從事窮理工夫，知識累積到成熟之時，自然會貫通了解。

【翻譯】凡是一件事物，其中必有它的一個道理，學者必須窮究這個道理。窮理的工夫有很多種：或者是多讀書了解義理，或者是評論古今人物，辨別其行事得失成敗的道理；或是在自己處理種種人事時，注意怎樣才能中正恰當，這些都是窮理。有人問：「格物工夫是要每一件事物都去了解其中道理，還是只須了解一事就通達所有道理？」伊川說：「怎麼這麼容易就通達眾理？只研究一物就可以通達眾理，連最聰明好學的顏淵都不敢這麼說。學者必須耐著心，今天研究一件事理，明天再一件。這樣累積學習，懂得的道理愈來愈多以後，就自然有一天會完全貫通領悟了。」

【本文】思曰睿[21]。思慮久後，睿自然生。若於一事上思未得，且別換一事思之，不可專守著這一事。蓋人之知識，於這裡蔽著，雖強思亦不通也。

【翻譯】善於思考就能睿智。凡事用心思慮久後，睿智自然會產生。如果在一件事上一直想不通，暫且換一件事理來思考，不要專守著這一件事。因為每個人所了解的各種知識，有精粗長短的不同處，在這裡剛好有蔽障難解，就是勉強去想也想不通。

作品賞析

程頤論述為學的方法為格物致知。

物即一切事物，格物即是窮理，即窮究事物之理，最終達到融會貫通，便可以直接體悟天理。

格物的途徑主要是讀書、談論古今人物、應事接物等，「須是今日格一件，明日又格一件，積習既多，然後脫然自有貫通處」。「窮理」則

21.思曰睿：此語出自《尚書．洪範》。睿，聰明睿智。曰是助詞。

是一種下學而上達的功夫，在日常生活的灑掃應對進退之中培養義理之心，在最基本的待人接物中培養品格，強調自我的修養。

「格者，至也」，是內感於物而識其理，「耳目能視聽而不能遠者，氣有限耳，心則無遠近也」，因此關鍵乃在於心，心能「與天地合其德，與日月合其明，非在外也」，故致知重在「內感」而不重外存事物。

「進學則在致知」，「致知則智識當自漸明」，程頤主張以知為本，先知後行，能知即能行，行是知的結果，「知者吾之所固有，然不致則不能得之，而致知必有道，故曰『致知在格物』」，格物致知的過程，就是體認「理」的過程。[22]

問題討論

一、何為「格物致知」？

二、你贊成程頤的理論嗎？

三、程頤的「格物致知」思想為後世帶來甚麼樣的影響？

22.參見邱燮友等編註：《古文觀止》(臺北市：三民書局，民 80 年版，格物致知篇)。

第六章、清代時期之樸學

原臣

內容導讀

在官制方面，黃宗羲先在「原臣」篇中，指明君臣的職責都是在為民服務，因此其地位應該是相等的。

作者介紹

黃宗羲，字太沖，號梨洲，浙江餘姚人。

黃宗羲（公 1610 年－1695 年），字太沖，號梨洲，世稱南雷先生或梨洲先生，浙江寧波餘姚明偉鄉黃竹浦（今黃埠鎮）人。明末清初經學家、史學家、思想家、地理學家、天文曆算學家、教育家。黃宗羲與顧炎武、王夫之並稱明末清初三大思想家（或明末清初三大儒）；與弟黃宗炎、黃宗會號稱浙東三黃；與顧炎武、方以智、王夫之、朱舜水並稱為「明末清初五大師」。黃宗羲亦有「中國思想啟蒙之父」之譽。清康熙間，薦舉鴻博不就，徵修明史，固辭不赴。著有明儒學案、明夷待訪錄等。

課文說明

【本文】有人焉[1]，視於無形，聽於無聲，以事其君，可謂之臣乎？曰：否。殺其身以事其君，可謂之臣乎？曰：否。

1.有人焉：謂有人於此也。焉，於是。2 視於無形，聽於無聲：原指子女當視聽於父母未有顏色動作或言語音聲之前，察知其意圖好尚，此處轉以言臣子之於人君。

【翻譯】有這麼一個人，即便對方沒有明確的顏色動作或言語聲音表示，也能體察對方的心意，這樣去事奉國君，可算是好臣子嗎？答案是：「不可以。」犧牲自己的生命去事奉國君，可算是好臣子嗎？答案也是：「不可以。」

【本文】於無形，聽於無聲，資[2]於事父也，殺其身者，無私之極則[3]也，而猶不足以當之，則臣道如何而後可？曰：緣夫天下之大，非一人之所能治，而分治之以群工[4]。故我之出而仕也，為天下，非為君也，為萬民，非為一姓也。

【翻譯】即使對方沒有明確表示，也能體察他的心意好尚，這是用來事奉父母的，至於為對方犧牲生命，這是沒有私心的最高表現，但國君還不夠接受它。那麼做巨子的道理應該怎樣呢？答案是：推究起來，那是因為天下的廣大，本來就不是國君一個人所能治理的，因此才分給百官治理。所以我們出來做官，是為天下而服務，並不是為國君而服務；是為千萬百姓而工作，並不是為皇室一姓而工作。

【本文】吾以天下萬民起見，非其道，郎君以形聲強我，未之敢從也，況於無形無聲乎！非其道，即立身於其朝，未之敢許也，況於殺其身乎！不然，而以君之一身一姓起見，君有無形無聲之嗜慾，吾從而視之聽之，此宦官宮妾之心也，君為己死而為己亡，吾從而死之亡之，此其私暱者之事也：是乃臣不臣之辨也。

【翻譯】我為天下萬民的福利著眼，如果不是正當的，即使國君以明確的舉止、聲音強迫我，我也不敢聽從，何況沒有明確的舉止動作或

2.資：憑藉。
3.極則：最高準則。
4.群工：猶言眾臣、百官。

言語聲音的表示呢！不合正道，就是立身朝廷中，也不敢同意，何況為他犧牲生命呢？假如不是這樣的話，竟以國君一人之身或皇室一姓之福利為著眼，國君一有未經明確表示的嗜好慾望，我就善加體察曲意奉承，這就成了宦官僕妾的用心了。國君為一己之私心而身死家亡，我也跟著他身死家亡，這是感情親密者才有的行為呀！這就是臣子與不是臣子的分別了。

【本文】世之為臣者昧[5]於此義，以謂臣為君而設者也，君分吾以天下而後治之，君授吾以人民而後牧[6]之，視天下人民為人君橐[7]中之私物。今以四方之勞擾，民生之憔悴，足以危吾君也，不得不講治之牧之之術，苟無係於社稷[8]之存亡，則四方之勞擾[9]，民生之憔悴，雖有誠臣，亦以為纖芥[10]之疾也。

【翻譯】世間一般做臣子的不明瞭這道理，以為臣子是為國君而設立的，國君將天下分給我來治理它，國君將人民交給我來教養他，將天下人民看成人君囊中的私有物品。現在因天下徭役的頻繁，捐稅的繁苛，人民生活的困頓，足以危害國君的穩固地位，不得不講求治理天下、教養百姓的方法，如果對國家的存亡無所關連，那麼，徭役的頻繁，捐稅的繁苛，人民生活的困頓，即使有誠敬的臣子，也會將它當做微細不足道的小毛病了。

【本文】夫古之為臣者，於此[11]乎？於彼[12]乎？蓋天下之治亂，不在

5.昧：闇而不明也。
6.牧：養也。
7.橐：囊也。
8.社稷：社，土神;稷，穀神。古之立國，必有社稷，故以代表國。
9.勞擾：過用謂勞;亂、煩謂擾。此指徭役頻繁、捐稅繁苛。
10.纖芥：微小也。
11.此：指臣以天下萬民為念。

一姓之興亡，而在萬民之憂樂。是故桀紂之亡，乃所以[13]為治也，秦政[14]、蒙古之興，乃所以為亂也，晉、宋、齊、梁之興亡，無與於治亂者也。為臣者輕視斯民之水火[15]，即能輔君而興，從君而亡，其於臣道固未嘗不背也。

【翻譯】古時候做臣子的，究竟是以天下萬民為念的這種人呢？還是將天下人民看做人君私物那種人呢？其實天下的治亂，關鍵不在皇室一姓的興亡，而在千萬百姓的憂患安樂。所以夏桀、商紂的滅亡，正是用來使天下安治的，秦始皇、蒙古(元人)的興起，正是用來象徵天下敗亂的，至於晉、宋、齊、梁、陳的與亡，因為都是一姓一家的篡奪，與天下的治亂並無關連。做臣子的如果不重視百姓的憂患困苦，即便能輔佐人君興業，或跟隨人君犧牲，對於做臣子應有的道理，仍然是背道而馳的。

【本文】夫治天下猶曳大木[16]然，前者唱「邪」，後者唱「許」[17]。君與臣，共曳木之人也，若手不執紼[18]，足不履地，曳木者唯娛笑於曳木者之前，從曳木者以為良，而曳木之職荒矣。

【翻譯】治理天下就像許多人共同拖拉巨木一樣，前面拖的人唱「邪ㄧㄝ」，後面幫著推的人就跟著喊「許ㄏㄨˇ」。國君與臣子，就是這種共同拖拉巨木的人呀！如果手不用力拉大繩，腳不踏實地，拉大繩的人，只知在推巨木的人前面歡笑，推巨木的人還以為對，一味跟隨，那

12.彼：指視天下人民為人君之私物。
13.所以：用來。
14.秦政：秦始皇名政。
15.水火：喻患難。
16.曳大木：拖拉巨木。蓋以喻治國必君臣合力也。
17.邪許：音ㄧㄝㄏㄨˇ灼。狀聲詞。
18.執紼：紼，亂麻也，引申為大索。執紼，謂用力拉繩也。

拖拉巨木的工作就廢弛了。

【本文】嗟乎！後世[19]驕君自恣，不以天下萬民為事，其所求乎草野[20]者，不過欲得奔走服役之人，乃使草野之應於上者，亦不出夫奔走服役，一時免於寒餓，遂感在上之知遇，不復計其禮之備與不備，躋[21]之僕妾之間，而以為當然。

【翻譯】唉！末世驕橫亡國的君主，肆無忌憚，放縱自己，不以治天下百姓為職事。他想從人民那裏得到的，只是為他跑腿工作的人，致使民間響應人君的，也不外乎肯跑腿工作的人，免於一時的饑餓寒冷，就感激人君知遇之恩，不再計較禮數的完備與否，列身在人君僕役婢妾的行列中，認為是應該的。

【本文】萬曆初，神宗之待張居正[22]，其禮稍優，此於古之師傅，未能百一，當時論者駭然，居正之受無人臣禮，夫居正之罪，正坐[23]不能以師傅自待，聽指使於僕妾，而責之反是，何也？是則耳目浸淫[24]於流俗之所謂臣者，以為鵠[25]矣，又豈知臣之與君，名異而實同耶！

【翻譯】萬曆初年，神宗對待張居正的禮數較優厚些～其實這種情形跟古代人君對師、傅的禮，還不及百分之一，當時議論國是的人就大為驚異，認為居正受到不是一般人臣所應有的禮遇。居正的罪，就在他不能自持師、傅的身分，去聽從僕妾般的指使，現在反而要求不以世俗

19.後世：猶言末世。
20.草野：指不在朝為官者。
21.躋：登也;升也。
22.張居正：字叔大，江陵人，萬曆時宰相。
23.坐：因也。
24.浸淫：逐漸習染。
25.鵠：箭靶，引申作標準解。

臣子的禮對待他，又是為什麼呢？這就是看多也聽慣了世俗所謂臣子的道理，認做正確的標準，又那知道臣子與國君，名稱雖有別，彼此間應有的禮節與責任卻相同呢？

【本文】或曰：臣不與子並稱乎？曰：非也：父于一氣，子分父之身而為身，故孝子雖異身，而能日近其氣，久之無不通矣，不孝之子，分身而後，日遠日疏，久之而氣不相似矣！

【翻譯】有人要問：「我們不是把『臣』跟『子』字並舉為『臣子』嗎(可見臣子跟兒子應是相同的了)」？答道：「不對！父子是血氣相連，聲氣同源的，兒子的身體來自父親的身體，所以孝子的身體雖與父親分立，聲氣卻能日漸親近，時間一久，自然無所不相通了，至於不孝子，身體分立後，便日漸疏遠，時間一久，聲氣便不相同了。

【本文】君臣之名，從天下而有之者也，吾無天下之責，則吾在君為路人，出而仕於君也，不以天下為事，則君之僕妾也，以天下為事，則君之師友也。夫然，謂之臣！其名累變，夫父子固不可變者也。

【翻譯】君臣的名義，是隨著天下群眾而產生的，我沒有治理天下的責任，那麼我跟國君的關係是個不相關的路人，出仕於國君了，要不以治理天下為職務的話，就成為國君使喚的僕妾，要是以治理天下為職務的話，就是國君的師友谷。一定要這樣，才叫做「臣」！它的名稱可以變來變去，而父子的名稱卻是絕對不能改理的。(邱鎮京譯註)

作品賞析

文中明確指出，人臣之責任，乃「為天下，非為君也；為萬民，非為一姓也。」天下太大，不是君主一人所能治理得了的，因此便需要有大臣來扶助，君臣之目的均是為天下、為人民謀求幸福，那麼君臣之間應該是合作關係，名稱雖然不同，但都一樣是在維護人民福祉，君臣關係便是這樣建立的。既然如此，則無所謂君尊臣卑，「君為臣綱」的說法了。黃宗羲又把君臣合作比喻為拉木。需要「前者唱邪，後者唱許」互相合作，才能成就，如果後者不抓緊繩索，不腳踏實地，只求討好前面的人，那麼拉木便不能完成了。

黃宗羲批評後世的人不明白君臣關係的意義，以為臣為君之附屬，錯誤地把二者合作治理天下解釋為「君分吾以天下而後治之，君授吾以人民而後牧之」，把天下的人民視為君主的私產。

天下之治亂是在於人民的憂樂，而不在於一家一姓之興亡。那些「輔君而興，從君而亡」的臣子們，若輕忽人民生活於水火之中，也是違反道理的。君主若「不以天下萬民為事」，而以天下為私產，其所求所用之人也只能是一些「奔走服役之人」，一旦這些人生活免於勞頓，便對君主抱懷知遇之恩，心甘情願作為君主的奴僕，便忘記了為人臣者應得之禮。更有甚者，極盡阿諛奉承之能事，「視於無形，聽於無聲，以事其君」，測度君主的心意，以滿足君主的私欲獲得更大的恩寵，如此便背離了人臣之道，而是「宦官宮妾之心。」

黃宗羲確切地指出君臣的正確關係，還原孔孟先儒的正道，這正是黃宗羲的獨到之處。

問題討論

一、黃宗羲在《原臣》提出身為人臣的職責為何？

二、你認為《原臣》中所提出的概念是否能夠應用於現代生活之中？

童心說

內容導讀

童心說是一篇展現李贄思想精髓的代表作，也是足以涵蓋整個晚明性靈文學精神的重要文獻。其主要的思想可以概括爲：求眞心、做眞人、寫眞文。

童心說的理論基礎是人人天生有一副去假存眞的童心。只要維護得法，不失其眞則內含章美，篤實生輝，自然而爲眞人眞文的言行。可是原爲維持童心所作的功夫～讀書識義理～卻容易障蔽其眞，讓道理聞見入主出奴。使人成爲假人，文成假文，滿場是假。此所以李贄要大歎「眞正大聖人童心未曾失者」之難求也。李卓吾所追求的童心也就是孟子所追求的「放心」，李卓吾所肯定的童心，即是王陽明所謂本體的良知。

作者介紹

李贄（音ㄓˋ），字宏甫，號卓吾，佑號溫陵居士，福建泉州晉江人，公元 1527～1602。明代傑出的思想家、文學家、史學家。李贄曾參加鄉試中舉，但因反對以八股文取士的科舉制度，因此未再進一步參加會試求取功名，終生清貧度日。

李贄不滿封建倫理教條的「君子之治」和歧視、欺壓少數民族的「至人之治」，李贄的思想與行為，在當時可謂狂放不羈，尤其他在妻子辭世後，更索性削髮為僧，一來以求擺脫世俗人事、封建綱常的約束，二來也是特意以異端示人，以向世俗社會與道學家們挑戰。李贄更是少數對自古立下的種種男女不平等的思想與現象提出異議的有識之士，然因其挑戰、抨擊當權者之價值，李贄在萬曆三十年被捕入獄，其著作也遭到禁毀。

李贄是中國哲學史上第一位，也是唯一一位公然以異端自居的哲學家，他的著作與言行都在在顯現他提倡自由、不溺古的思想，可說是中國古代唯一一位可稱為自由主義者的知識份子。

課文說明

【本文】龍洞山農[1]敘《西廂》[2]，末語雲：「知者勿謂我尚有童心可也。」夫童心者，真心也。若以童心為不可，是以真心為不可也。夫童心者，絕假純真，最初一念之本心也。若失卻童心，便失卻真心；失卻真心，便失卻真人。人而非真，全不復有初矣。

【翻譯】龍洞山農在為《西廂記》寫的序文末尾說：「有識之士不以為我還有童心的話，就知足了。」童心，實質上是真心，如果認為不該有童心，就是以為不該有真心。所謂童心，其實是人在最初未受外界任何干擾時一顆毫無造作，絕對真誠的本心。如果失去了童心，便是失掉真心；失去真心，也就失去了做一個真人的資格。而人一旦不以真誠為本，就永遠喪失了本來應該具備的完整的人格。

【本文】童子者，人之初也；童心者，心之初也。夫心之初，曷可失也？然童心胡然而遽失也。蓋方其始也，有聞見從耳目而入，而以為主於其內而童心失。其長也，有道理從聞見而入，而以為主於其內而童心失。其久也，道理聞見日以益多，則所知所覺日以益廣，於是焉又知美名之可好也，而務欲以揚之而童心失。知不美之名之可醜也，而務欲以掩之而童心失。夫道理聞見，皆自多讀書識義理而來也。古之聖人，曷嘗不讀書哉。然縱不讀書，童心固自在也；縱多讀書，亦以護此童心而使之勿失焉耳，非若學者反以多讀書識義理而反障之也。夫學者既以

1.龍洞山農：或認為是李贄別號，或認為顏鈞，字山農。
2.《西廂》：指元代劇作家王實甫的《西廂記》。

多讀書識義理障其童心矣，聖人又何用多著書立言以障學人為耶？童心既障，於是發而為言語，則言語不由衷；見而為政事[3]，則政事無根柢；著而為文辭，則文辭不能達。非內含于章美也，非篤實生輝光也，欲求一句有德之言，卒不可得，所以者何？以童心既障，而以從外入者聞見道理為之心也。

【翻譯】幼兒孩童，是人生的起始；童心，是人最初的心靈狀態。心靈的本源怎麼可以遺失呢！那麼，童心為什麼會貿然失落呢？在人的啟蒙時期，通過耳聞目睹會獲得大量的感性知識，長大之後，又學到更多的理性知識，而這些後天得來的感性的聞見和理性的道理一經入主人的心靈之後，童心也就失落了。久而久之，做得的道理、聞見日益增多，所能感知、覺察的範圍也日益擴大，從而又明白美名是好的，就千方百計地去發揚光大；知道惡名是醜的，便挖空心思地來遮蓋掩飾，這樣一來，童心也就不復存在了。人的聞見、道理，都是通過多讀書，多明理才獲得的。可是，古代的聖賢又何嘗不是讀書識理的人呢！關鍵在於，聖人們不讀書時，童心自然存而不失，縱使多讀書，他們也能守護童心，不使失落。絕不像那班書生，反會因為比旁人多讀書識理而雍塞了自己的童心。既然書生會因為多讀書識理而雍蔽童心，那麼聖人又何必要熱衷於著書立說以至於迷人心竅呢？童心一旦雍塞，說出話來，也是言不由衷；參與政事，也沒有真誠的出發點；寫成文章，也就無法明白暢達。其實，一個人如果不是胸懷美質而溢於言表，具有真才實學而自然流露的話，那麼從他嘴裏連一句有道德修養的真話也聽不到。為什麼呢？就是因為童心已失，而後天得到的聞見道理卻入主心靈的緣故。

【本文】夫既以聞見道理為心矣，則所言者皆聞見道理之言，非童心自出之言也，言雖工，于我何與？豈非以假人言假言，而事假事、文

3.見：通現。

假文乎！蓋其人既假，則無所不假矣。由是而以假言與假人言，則假人喜；以假事與假人道，則假人喜；以假文與假人談，則假人喜。無所不假，則無所不喜。滿場是假，矮人何辯也[4]。然則雖有天下之至文，其湮滅於假人而不盡見於後世者，又豈少哉！何也？天下之至文，未有不出於童心焉者也。苟童心常存，則道理不行，聞見不立，無時不文，無人不文，無一樣創制體格文字而非文者。詩何必古《選》[5]，文何必先秦，降而為六朝，變而為近體[6]，又變而為傳奇[7]，變而為院本[8]，為雜劇，為《西廂曲》，為《水滸傳》，為今之舉子業[9]，皆古今至文，不可得而時勢先後論也.故吾因是而有感于童心者之自文也，更說什麼六經[10]，更說什麼《語》、《孟》乎[11]！

【翻譯】既然以聞見道理為本心，那麼說的話就成了聞見道理的翻版，而不是出自童心的由衷之言。哪怕他說得天花亂墜，跟我又有什麼相干。這難道不是以假人說假話，辦假事，寫假文章嗎？因為人一旦以虛假為本，一舉一動也就無不虛假了，由此去對假人說假話，正是投其所好；跟假人講假事，肯定信以為真；給假人談假文章，必然讚賞備至。這可真是無處不假，便無所不喜呀！滿天下全是虛假，俗人哪里還分辨得出真偽。即使是天下的絕妙文章，因被假人忽視埋沒而後人無從得知的，不知有多少。原因何在？因為天下的好文章，沒有不是發自童心的。如果童心常在，那些所謂的聞見、道理就會失去立腳之地，那麼，任何

4.矮人何辯：這裏以演戲為喻，矮人根本看不到，就無法分辨了。
5.《選》：指南朝梁昭明太子蕭統召集文人所合編的《文選》，又稱《昭明文選》，為中國第一本文學選集。
6.近體：指近體詩，包括律詩和絕句。
7.傳奇：指唐人的傳奇小說。
8.院本：金代行院演出的戲劇腳本。
9.舉子業：指科舉考試的文章，也就是八股文。
10.六經：指儒家的經典《詩》、《書》、《禮》、《樂》、《易》、《春秋》。
11.《語》、《孟》：指《論語》、《孟子》，《四書》中的二種。

時代，任何人，任何體裁都可以寫出極好的作品來。詩歌，何必一定推崇《文選》；散文，何必非得看重先秦。古詩演變成六朝詩外，近體格體，古文也發展為唐朝傳奇，金代院本，元人雜劇，《西廂記》，《水滸傳》，還有當今應科舉的八股文，凡是講求聖人之道者都是古今傑出的文章，絕不能以時代先後為標準，厚古薄今。所以，我對那些發自定心的文章體會最深，實在用不著言必稱六經，言必稱《論語》、《孟子》。

【本文】夫六經、《語》、《孟》，非其史官過為褒崇之詞，則其臣子極為讚美之語，又不然，則其迂闊門徒、懵懂弟子，記憶師說，有頭無尾，得後遺前，隨其所見，筆之於書。後學不察，便謂出自聖人之口也，決定目之為經矣，孰知其大半非聖人之言乎？縱出自聖人，要亦有為而發，不過因病發藥，隨時處方，以救此一等懵懂弟子，迂闊門徒雲耳。醫藥假病，方難定執，是豈可遽以為萬世之至論乎？然則六經、《語》、《孟》，乃道學之口實[12]，假人之淵藪[13]也，斷斷乎其不可以語于童心之言明矣。嗚呼！吾又安得真正大聖人童心未曾失者而與之一言文哉！

【翻譯】六經、《論語》、《孟子》，不是史官的溢美之辭，就是臣下的阿諛之言，不然的話，也是那班糊塗弟子們，追憶老師的言語，或有頭無尾，或有尾無頭，或是據自已聽到的隻言片語，寫下來彙集成書。後代書生，不明此理，就以為全是聖人的精闢理論，而奉若經典。又哪里曉得，這其間多半根本不是聖人的精論呢！即使真有聖人講的，也是有的放矢，不過就一時一事，隨機應答，以點撥那些不開竅的弟子罷了。對症下藥，不拘一格，怎麼可以當成萬古不變的真理呢！顯而易見，六經、《論語》、《孟子》早已被拿來用做道學家唬人的工具，偽君子藏身的擋箭牌了，絕對沒法和發自童心的由衷之言同日而語的。嗚呼！我又

12.道學：指道學家。

13.淵藪：淵，深潭，為魚類聚居的所在；藪，音ㄙㄡˇ，指大草澤，獸類的聚居所在。故而淵藪可用以比喻人或物聚集的處所。

到哪里去尋找童心未泯的真聖人，與他一起探討作文之本呢？

作品賞析

本文主要揭露道學及其教育的虛偽表面，反對封建教育的桎梏，把聖、經、賢、傳當作一切虛假的根源，大膽地否定了傳統的經典教材，洋溢著追求自由和解放的精神。「童心」即真心，「一念之本心」，實際上只是表達個體的真實感受與真實願望，「絕假純真」，是真心與真人得以成立的依據，這樣的心是純潔的、未受汙染的，因此也是完美的。「童子者，人之初也；童心者，心之初也。」如果喪失了這樣的本心，人就失去了主體價值，「若失卻童心，便失卻真心；失卻真心，便失卻真人。人而非真，全不復有初矣。」李贄認為文學必須真實坦白地表露作者介紹內心的情感和人生的欲望，如此就必須割斷與道學的聯繫，使文學存真去假。

《童心說》強烈地反對傳統道學教育的束縛，反對權威和僵化，提倡了個人的自由解放，具有了近代啟蒙思想的色彩，無論是對文藝批評，還是對教育理論的實施，都具有深刻的積極影響意義。

問題討論

一、李贄認為應具備哪些條件，才能稱為有童心？

二、同樣是反對時文的風氣，韓愈和李贄有何不同的文學主張？為何會不同？韓愈的著作，有童心嗎？

三、李贄認為聖人和一般人有何不同？既然聖人能不失童心，李贄何故又批評聖人的著作，如六經、論語、孟子？

四、童心說認為文學發展有何特色？並請就古文與古詩的發展之今的流變作一概述。

第七章、民國時期之新儒學

〈明心篇〉

內容導讀

《明心篇》是新儒家代表人熊十力的哲學著作，從儒家心性論角度溝通本體論、道德論與修養論，是作者對《體用論》末篇〈明心〉的擴展補充。原著作《體用論》有：《明變》、《成物》和《明心》三章，末章《明心》，計劃有：《通義》、《要略》兩部分，後因病僅完成《通義》章節而已。故《體用論》出版後，該章即以單篇問世。

熊十力在原《新唯識論》的基礎上進行重新創作，分別表達他晚年的本體論、宇宙論和人生論，成為《原儒》體系的重要哲學基礎。尤其是單獨發行的《明心篇》，不僅篇幅大增，內容得到很大充實，因而成為他晚年加強其新儒學人生論的重要標誌，且是新易學人生論的核心所在，是人生論臻於完善的重要標誌。《明心篇》的核心思想，係延續「體用不二」哲學體系，通過「翕辟成變」[1]理論融合《周易》、唯識學與陽明心學，提出「本心即本體」的宇宙論與「性量分殊」[2]的認識論，旨在調和唯物與唯心的對立。以下課文說明，節錄於該篇內容。

---

[1]「翕辟」表示開合動作的意思，「翕」即閉合，與「辟」即開啟兩者所組成。該詞最早見於《周易．繫辭上》「夫坤，其靜也翕，其動也辟」的記載，在《聊齋志異．促織》「唇吻翕辟的描述中被賦予生動意象。」「翕辟成變」是熊十力新唯識哲學的用語，認為變化的內容是翕與辟兩種勢用之間的相互作用。翕、辟是本體變化中兩種性質殊異的「動勢」；其中，翕即是攝，收攝、凝聚的勢力；當「翕」的勢用起時，別有一種「辟」的勢用即俱起，產生兩者互動關係(InteractiveRelationship)，進而生養萬物。

[2]「性量分殊」理論，即區分本體認知（性智）與科學認知（量智），主張二者在認識活動中應實現辯證的統一。

作者介紹

熊十力，同前。

課文說明

【本文】物質、生命、心靈等性，皆實體所固有。其變動而成為功用，其字，為實體之代詞。功用，謂宇宙萬象，實則總舉物質、生命、心靈等等現象，而通稱之曰功用。實體變成功用，乃即體即用。（實體省稱體，功用省稱用。兩即字，明示體用不二。）譬如大海水變動而成眾漚，豈可以眾漚與大海水離而為二乎？可詳玩《體用論》。則物質等現象之發展若有後先。若有者，猶俗雲好像是這樣。如無機物先出現，學者或以為此際唯有物質而已，元無生命與心靈。及生物出現，始見有生命。最後動物出現，漸見有心靈。故談宇宙論者，遂有持唯物一元之見，堅執而不舍。其實，無機物出現時，生命、心靈之性祇是隱而未顯，非本無也。譬如水遇冷緣，可成堅冰，是水有凝冰之性也。當堅冰未現時，不可謂水無凝冰之性在。水中無炎上性，終無變火之時，可見無中不能生有。

宇宙實體若祇是單純的物質性，單者，單獨。純者，純一。本無他種性，他種性，謂生命、心靈的性質。則後來忽爾發現生命、心靈，便是無中生有。忽爾，猶雲忽然。若果如此，宇宙間一切事物都是無因而生。易言之，一切事物皆無有因果或規律可說，科學雲何成立？餘不敢信唯物一元之論可以說明心靈、生命者，餘不敢信四字，一直貫至此。誠以單純的物質性而許其能產生非物質的生命、心靈諸特殊現象，此以因果律衡之，其論實不可通故。特殊者，特謂特異，不同於物質故；殊謂最勝。心靈、生命不可當作兩物去想，以其生生不測，則稱生命；以其為道德、智慧或知能等作用之原，則號心靈。故心靈、生命，通稱最勝[3]。夫因有旁、正區分，果亦從而不一。正因者，因性果性決定有相似。果之得生，純由因力引起故。果之生，雖不能無變於因，但綜大概而言，因果決定有相似。如物種嬗變之跡，可以逐代考明；乳變成酪，酪猶不失乳性。此略舉一二例耳。純者，純全，言果所以得生，全由因之力故。果生由因力引起者，謂果之生本以因之力為根據而得生。然果究是新生的力，不是因力轉付果中，一切如其舊也，故說因力衹引起果。如吾昨日之故我，在昨日生時已有力用，將能引起後時的新生力。是以故我方滅之頃，即有今我緊接而續生。應說故我是今我所從生之正因，今我是故我之相續果。吾人之身心一聚，（一聚，猶俗云一團。）常遷流不住，雖名為自我，而昔之故我確未嘗延留至今日，現有之今我乃是新生。旁因者，本是助緣，而亦名因者，從寬泛說故。如今我之生於今日，有其故我為正因，已說如前。而今我既生，凡所資取于物質、文化諸方面之資糧以充養其生者，是為多數助緣，應說今我為諸助緣之複雜果。

綜前所說，審核因果，唯有正因取相續果，取者，取得。是乃因果本義。若夫多數助緣，取複雜果，實不當名之為因。如農村造磚，由有田土為因，遇人工及作具與水力、風力、火力等為緣，便有磚出生。當知磚是田土之相續果，田土是磚之正因。至於人工乃至水火等，皆是磚之助緣而已。助緣不當名為因者，如人工及水火等，衹是從田土生磚時不可不備具之諸條件耳。若無有田土為因，雖人工水火諸條件畢具，其可憑空生得磚來乎？談至此，仍返回前舉我生一例。《易》之《觀卦》曰「觀我生」，此我生一詞所本也。故我是今我所從生之因。物質、文化諸方面之資糧，則為我生發展所必需之條件，此與我生之因不可混作一談，無須深辯。是知助緣亦號旁因，乃是隨俗假說。核實定名，助緣不得稱因。

3《佛學大辭典》：超絕而世所希有者曰殊勝。

因果義既審定，今觀物質、生命、心靈等相，相字讀相狀之相，猶云現象。本來各有特性，互不相似。物質有趨於凝固的特性。（趨於二字須注意。物質亦是流動性，而可以趨於凝固，則其特性也。）生命、心靈同有生生、亨暢、照明、剛健、升進等等德用，而潛驅默運[4]乎物質中，破除錮閉，是其特性。（照明，猶大明也。）有問：「心靈剛健，此義未曉。」答曰：《大易》以幹為心，坤為物。《幹卦》古注云：幹剛健自勝，蓋以坤化成物，而幹則不化為物，是其德剛健，足以自勝而不渝也。又《易大傳》稱「知周乎萬物」云云，此謂人心之知，周遍緣慮乎萬物，而無閉閡不通之患。此非剛健之至，何能若是？此中緣慮一詞，緣者，攀援，言心常與萬物交感也；慮者，思維。心靈與物質互不相似故，余凡言心靈，皆攝生命在內，後准知。不可說心靈能為物質作因，為字讀如衛，下為字准知。又不可說物質能為心靈作因。總之，物不從心生，物質省稱物，心靈省稱心。心亦不從物生，宇宙萬象蓋至賾[5]而不可亂也。心、物兩方不可混，若執一方以並其餘，是混亂也。心物相望，都無因果關係，是義決定。就心對物而言，本無因果關係；就物對心而言，亦本無因果關係。

學者有言「宇宙發展約分三層。最先，無機物出現，即是物質層成就；其次，生物出現，即是生命層成就；又次，動物乃至人類出現，即是心靈層成就」云云。餘以為三層雖不妨分說，而其間尚有極大問題在。生命是從物質產生歟？抑生命非產自物質，而當生物未出現以前元有生命力潛在於物質層歟？此等問題未可忽而不究，今當解答之於後。

生命不同於物質，此理顯然易見。如物體若瓶子等等。遇打擊而致裂痕，便不可復原。生機體若某處受傷害而潰爛，及時治療，則新生肌

[4]「潛驅默運」，意為不露痕跡，自然而然的改移轉變。

[5]「賾」讀ㄗㄜˊ，「至賾」意為極其深奧微妙，亦指極深奧微妙的道理。

肉不殊原狀，此乃生活機能之譎怪[6]，其生長迅速而圓滿，不可測度也。又如園中茂林，冬杪剪除繁枝，開春而新生愈盛，可見生活機能利於舍舊而強于創新。世有能言其故乎？若夫岩石等物，破其一二片，則殘缺日甚，無可生新矣。又複當知，生命力斡運於一切生機體中，隨在充實，都無虧欠。斡，猶主導也。運者，運行。王船山詩有二句，善形容此理，其詩曰：「拔地雷聲驚筍夢，彌天雨色養花神。」按上句「拔地雷聲」，拔地者，雷聲拔出地面而上升也。形容生命力之升進，其勢猛烈。筍稟之以有生、既生，而不知其所以生。驚，猶震也。筍之初出土，生長極速，直由生命力之震發而不自覺，故曰夢。此句就筍而發，實通萬物而言也，下言花者准此。下句「彌天雨色」，以喻生命是全體性，圓滿無虧，若彌天雨色之充盈也。喻者，比喻。萬物同稟生命以有生、既生，而物各自養，益擴充其所始受，則以生生之盛，贊之曰神，猶花之發其精英，亦曰神也。花得彌天雨色以生，而養其神以弗衰。萬物之全其性命，亦猶是耳。全者，發展完善之謂。有問：「公釋船山詩意，殆主張有宇宙大生命為萬物所稟之以有生乎？」答曰：萬物各有的生命，即是宇宙大生命；宇宙大生命，即是萬物各有的生命。不是萬物以外，別有大生命也，勿誤會。總之，生命不同於物質性，此則余所深切體會而無或疑者。吾言吾之所自見自信而已。

作品賞析

作者認為：心、物是一體之大用，不可分割。在生物還沒有出現，世界尚處於無機物階段時，生命心靈之性便存在了，只是隱而未顯。「譬如水遇冷緣，可成堅冰，是水有凝冰之性也。當堅冰未現時，不可謂水無凝冰之性在。」世界的本體包含了生命與物質兩方面，不能把它簡單化為或心或物。人產生以後，宇宙之心通過人心充分顯露出來。它剛健、

[6]「譎」，讀ㄐㄩㄝˊ，「譎怪」即奇異怪誕。

中正、純粹，充沛無竭，生生不已，周遍於人與天地萬物，具有最高的主體性。「心是物之主，能浸入於物，隨順於物，明瞭物則，而掌握之，以化裁乎物。」心是本有的，至善的，又叫本心、仁心，是道德的根據，包含成善的無限可能性。

孔子敦仁之學即從人性之善端出發，主張日日創新，擴充善行，永無止息。然而，人稟性而生，具有能動性，它可以率性而為善，也可以違背本性，順從「軀體的盲動」，行惡。「軀體的盲動」源於人的感性欲望，是禽獸錮于人身之余習，是「小己之私欲」。從認識上看，人自出生以後，習於實用，浸於塵俗，本心的天然之明，不能避免後起的習染摻雜。習染又叫習心，使人違仁趨惡。所以人人都需要道德修養，亦即返己體會，自識仁心，使「仁心常為吾人內部生活之監督者，吾人每動一念，行一事，仁心之判斷，恒予小己之私欲以適當的對治。」善於保養本心的志士仁人，自識我與天地萬物為一體，驟逢生死難關，不敢亦不忍失去仁心，故能順從仁心之啟示，從容就義。這是儒家最高的理想人格。仁心與知識也不矛盾，只要能保證仁心做主，知識便是成善的工具，無有不善。[7]

問題討論

一、請試說明熊十力的心、物一體。

二、請試說明你對宇宙論的認知。

三、請試說明你對本體論的認知。

---

[7]見熊十力：〈明心篇〉，《個人圖書館》，http://www.360doc.com/content/24/0313/18/72621758_1117073139.shtml#google_vignette，2025.06.30 上網。

〈究元決疑論〉

內容導讀

《究元決疑論》是梁漱溟於 1916 年發表在一流期刊的《東方雜誌》上，並由商務印書館作為《東方文庫》出版單行本，可見其學術價值。該文是梁漱溟的處女作，也是成名之作，當時他僅二十四歲，只有初中的學歷。時任北京大學校長蔡元培見之，大為讚賞並聘為北大教授，講授《印度哲學》。文章的產生，緣於他追懷好友黃遠生，悔恨自己未能在其被刺殺身亡之前，將自己所理解的佛法介紹給他，使他拔離苦海。此文有深刻的理論論述，也有絕大的勇氣，把德國哲學家康得（德語：Immanuel Kant，1724 年～1804 年）與叔本華（德語：Arthur Schopenhauer，1788 年～1860 年），以及國學大師章太炎與梁啟超等，統統批評了一翻。

梁漱溟曾親自將自己的思想經歷劃分為三個階段，即實用主義階段、佛教出世思想階段，以及儒家思想階段。《究元決疑論》即是他的佛教出世思想階段的代表作，分為「究元」與「決疑」兩個方面，闡述佛家對宇宙和人生的看法，同時也反映了梁漱溟當時的思想，已析入佛家一路，而專心研究佛學的結果。其中之究元，即「佛學如實論」，論證佛教真如，探討宇宙本體問題，揭示佛法的根本為無性，「無性」即「無自性」，認為世間萬事萬物皆是因緣和合而生，並無可以決定其自身獨立的自體自性，是從究竟意義上體察宇宙人生真相；決疑即「佛學方便論」，討論「幻象假有」，是現象界的問題，以究元所得佛法的宇宙人生真諦，來認識和指導現實的社會人生。前者是佛教立場的本體論，後者則是人生觀，同時也包含有真俗二諦判然相別之意。欲得「決疑」必先「究元」，不解決本體問題，人生便無從談起。以下課文說明，將列舉〈究元第一：佛學如實論〉說明之。

作者介紹

梁漱溟，同前。

課文說明

【本文】欲究元者，略有二途：一者性宗，一者相宗。性宗之義，求於西土，唯法蘭西人魯滂博士之為說，仿佛似之。吾舊見其說，曾以佛語為之詮釋。今舉舊稿，聊省撰構。乙卯年《楞嚴精舍日記》云：「魯滂博士（Le Bon，Gr.G-）造《物質新論》（The Evolution of Matter），餘尚未備其書。閱《東方雜誌》十二卷第四五號黃士恒譯篇，最舉大意。其詞簡約，不過萬言，而其精深宏博，已可想見。為說本之甄驗物質，而不期乃契佛旨。餘深憾皈依三寶者多膚受盲從，不則恣為矯亂論，概昧道真。不圖魯君貌離，乃能神合，得之驚喜。因摘原譯，加以圈識，並附所見。魯君舉八則為根本：（一）物質昔雖假定不滅，而實則其形成之原子由連續不絕之解體而漸歸消滅。（二）物質之變為非物質，其間遂產出一種之物。據從來科學主張，物體有重，而乙太無重，二者如鴻溝；今茲所明，乃位於二者之間者。（三）物質常認為無自動力，故以為必加外力而始動。然此說適得其反，蓋物質為力之貯蓄所，初無待於供給，而自能消費之。（四）宇宙力之大部分，如電氣冒熱，均由物質解體時所發散原子內之力而生者也。（五）力與物質同一物而異其形式。物質者即原子內力之安定的形式，若光熱電氣為原子內力之不安定形式。（六）總之原子之解體與物質之變非物質，不外力之定的形式變為不定的形式。凡物質皆如是不絕而變其力也。（七）適用于生物進化之原則，亦可適用於原子。化學的種族與生物的種族，均非不變者也。（八）力亦與其所從出之質同，非不滅者。

魯云：『原子者乃乙太之渦動[1]而形成者也。非物質之乙太能變成岩石鋼鐵。』『凡物質之堅脆，由回轉速度之緩急。』『運動止，則物質歸於乙太而消滅。』

又云：『光者不過有顫動特性之乙太之失平衡者，複其平則滅。』『宇宙之力以質力二者失其平衡生，以複平滅。』又云：『物質有生命且亦感應。』『物質化非物質者今所獲有六種質，漸分解歸於萬物第一本體不可思議之乙太者也。』『物體因燃燒或其他方法而破壞，斯為變化，而非滅；可由天平不減其分量驗之，而所謂滅乃一切消失。』

又云：『此乙太之渦動與由此而生之力如何而失其自性而消歸於乙太乎？如液中旋渦以失平遂顫動，放射周圍，轉瞬而消滅於液中。』又云：『宇宙無休息，縱有休息之所，非吾人所住之世界；而其間亦必無生物。死非休息也。』又總括之云：『一、翕聚[2]其力於物質之形之下，二、其力複漸消滅，此為一迴圈；幾千萬年更為新輪回。』（按此則猜度之談）」漱溟曰：魯滂所謂第一本體不可思議之乙太者，略當佛之如來藏或阿賴耶[3]。《起信論》云：「不生不滅，與生滅和合，非一非異，能攝一切法生一切法」者是也，魯君所獲雖精，不能如佛窮了，此際亦未容細辨。乙太渦動形成原子，而成此世界。此渦動即所謂忽然念起。何由而動，菩薩不能盡究，故魯君亦莫能知莫能言也。世有問無明[4]何自來

---

1 渦動（whirl）是 1993 年正式公布的力學名詞，出自《力學名詞》第一版；指兩個與湍流運動有關的變數之間的協方差，如垂直速度 ω 和位溫 θ 之間的渦動相關即為，這裡撇號代表與平均值的偏差，N 是資料點總數。

2 「翕聚」，即會聚之意。

3 阿賴耶識（梵語：**आलयविज्ञान**，ā laya-vijñ ā na），又譯為阿梨耶識，也稱為一切種子識（sarva-b ī jaka-vijñ ā na），即是八識（aṣṭa-vijñ ā na）；「阿賴耶識」是瑜伽行唯識學派主要依據《解深密經》而提出的學說，是這個學派的基本理論基礎之一。

4 無明（梵語：Avidy ā ），又叫無明支，佛教術語，名煩惱的別稱，是十二因緣之首位，一切苦之根本，因對法界不如實知見，所以造作顛倒的行為；即闇昧事物，不通達真理與不能明白理解事相或道理的精神狀態。

者，此渦動便是無明，其何自則非所得言。渦動不離乙太，無明不離真心。渦動形成世界，心生種種法生。然雖成世界，猶是以大，故《起信論》云：「是心從本已來自性清淨而有無明，為無明所染有其染心，雖有染心而常恒不變。」又云：「眾生本來常住涅盤[5]，菩提之法非可修相，非可作相，畢竟無得。」又云：「因無明風動，心與無明俱無形相，不相舍離，而心非動性，無明滅，相續則滅。」此相續即質力不滅之律。然渦動失則質力隨滅，故無明滅相續則滅也。「然所言滅者唯心相滅，非心體滅。如風依水而有動相，若水滅者則風相斷絕，無所依止。以水不滅，風相相續唯風滅，故動相隨滅，非是水滅。」（《起信論》）蓋滅者謂質力之相續滅，而消歸於乙太，非乙太滅。《楞嚴》云：「如水成冰，冰還成水。」《般若》云：「色即是空，空即是色。」色謂質礙，即此之物質。唯魯君亦曰：「非物質之乙太能變成岩石鋼鐵。」又曰：「力與物質同一物而異其形式。」《楞嚴正脈疏》云：「權外多計性為空理，而不知內有空色相融。」又云：「深談如來藏中渾涵未發色空融一如此。」魯君亦可為能深談者矣。

佛云：「厭生死苦，樂求涅盤」；又云：「生死長夜」。唯魯君亦曰：「宇宙無休息，縱有休息之所，亦非吾人所住之世界，而其間亦必無生物。死非休息也。」此無休息即質力之變化，亦曰因果律，亦曰輪回。死本變化中事，不為逃免。出離此大苦海，唯修無生；相續相滅，乃曰出世間。世有游棲山林，自以為遁世者，非可為遁矣。然無明無始，無明非真，生滅真如了不相異，畢竟不增不滅。《楞嚴》云：「性真常中求於去來迷悟生死了無所得。」故魯君亦曰：「如液中旋渦以失平，遂顫

---

5 涅槃（梵語：निर्वाण Nirvāṇa），佛教術語，意為熄滅、滅、滅度、寂滅、無為、解脫、自在、安樂、不生不滅等，佛教教義認為涅槃，是將世間所有一切法的自體性都滅盡的狀態，所以涅槃中永遠沒有生命中的種種煩惱、痛苦，也不再有下一世的六道輪迴。

動放射周圍，轉瞬而消滅於液中。」

《楞嚴》克就根性，直指真心，乃至五陰、六入、十二處、十八界、七大，一切世間諸所有物，皆即菩提妙明元心[6]。《正脈疏》云：「前言寂常妙明之心最親切處現具根中，故克就根性（補注：根即 Organ 如眼耳鼻舌等），直指真心。然雖近具根中而量周法界，遍為萬法實體。」試問此除卻乙太尚有何物？印以魯君之說，權位菩薩不須疑怖矣。更即其至顯極明者明之。如受陰云：「又掌出故，合則掌知，離則觸入，臂腕骨髓應亦覺知入時蹤跡；必有覺心知出知入，自有一物身中往來，何待合知，要名為觸？」又如火光云：「日鏡相遠，非和非合，不應火光無從自有？」（皆《楞嚴經》）夫此受陰何以不覺蹤跡往來而有？火光何以不待日鏡和合而有？此非習知所謂乙太者邪？即此乙太便是的的真如法性，經文所謂「本非因緣，非自然性，清淨本然，周遍法界」者，取而審諦之，躍然可見。佛說　固以魯君之言而益明，而魯君之所標舉，更藉佛語證其不誣焉。

《正脈疏》又云：「凡小觀物非心，權教謂物為妄，今悟全物皆心，純真無妄也。」按此語可謂明顯之至，「凡小觀物非心」，即世俗見物實有，與此心對；「權教謂物為妄」，意指唯識之宗，亦即西土唯心家言；「全物皆心，純真無妄」，乃釋迦實教，法性宗是。西土則唯魯君仿佛得之。

此中所表是何種義？謂所究元者不離當處，「本非因緣，非自然性，清淨本然，周遍法界；」魯君之所謂乙太是也。複次相宗者，吾舉三無性義。摘取《三無性論》及《佛性論》：「一切有為法，不出此分別（遍計所執性）依他（依他起　性）兩性。此兩性既真實無相無生，由此理

[6] 「妙明元心」，即如来藏心，一切包括之詞，世间即情、器二世间，身心世界是也。

故，一切諸法同一無性。是故真實性（圓成實性）以無性為性。」

「分別性者無有體相，但有名無義，世間于義中立名，凡夫執名分別義性，謂名即義性，此分別是虛妄執，此名及義兩互為客故，由三義故，此理可知。一者先于名智不生如世所立名。若此名即是義體性者，未聞名時即不應得義，既見未得名時先己得義；又若名即是義，得義之時即應得名；無此義故，故知是客。二者一義有多名，故若名即是義性，或為一物有多種名，隨多名故應有多體，若隨多名即有多體，則相遠法一處得立，此義證量所違；無此義故，故知是客。三者名不定故，若名即是義性，名既不定，義體亦應不定；何以故？或此物名目於彼物，故知名則不定，物不如此；故知但是客。複次，汝言此名在於義中。云何在義？為在有義？為在無義？若在有義，前此難還成；若在無義，名義俱客。」（《三無性論》）

「分別性由緣相名相應故得顯現。」（《佛性論》） 「由僻執熏習本識種子能生起依他性為未來果，此僻執即是分別性，能為未來依他因也。分別性是惑緣，依他正是惑體。此性不但以言說為體，言說必有所依故。若不依亂識品類名言得立，無有是處。若不爾所依品類既無有，所說名言則不得立。（柬於分別性）」（《三無性論》）

「依他性緣執分別故得顯現。依他性者有而不實，由亂識根境故是有，以非真如故不實。」（《佛性論》）茲更摘此土白衣章炳麟《建立宗教論》之說依他性云：「第二自性，由第八阿賴邪識，第七末那識與眼耳鼻舌。身等五識，虛妄分別而成。（中略）賴邪唯以自識見分緣自識中一切種子以為相分，故其心不必現行，而其境可以常在。末那唯以自識見分緣阿賴邪以為相分，即此相分便執為我，或執為法，心不現行，境得常在，亦阿賴邪識無異。（因爾不得省知其妄）五識唯以自識見分緣色及空以為相分，心緣境起，非現行則不相續，境依心起，非感覺則無所存。而此五識對色及空不作色空等想。末那雖執賴邪以此為我以此為法，而無現行我法等想，賴邪雖緣色空自他內外能所體用一異有無生滅斷常來去因果以為其境，而此數者各有自相，未嘗更互相屬，其緣此自相者亦唯緣此自相種子，而無現行色空自他內外能所體用一異有無生滅斷常來去因果等想。此數識者非如意識之周遍計度執著名言也（因無想故），即依此識而起見分相分二者，其境雖無，其相幻有，是為依他起自性。」

此中所表是何種義？謂所究元者唯是無性。唯此無性是其真實自性。分別性者但有名言，多能遮遣，唯依他性少智人所不能省。若離依他，便證圓成，自佛而後，乃得究宣。合前義言，所云周遍法界者，一切諸法同一無性之謂也。

二說既陳，緣得建立三種義：一者不可思議義，一者自然（Nature）軌則不可得義，一者德行（Moral）軌則不可得義。不可思議義云何？謂所究元者以無性故，則百不是：非色，非空，非自，非他，非內，非外，非能，非所，非體，非用，非一，非異，非有，非無，非生，非滅，非斷，非常，非來，非去，非因，非果。以周遍法界故，則莫不是：即色，即空，乃至即因，即果。夫莫不是而百不是斯真絕對者。世間凡百事物，皆為有時。蓋「人心之思，曆異始覺，故一言水必有其非水者，一言風草木必有其非風非草非木者，與之為對，而後可言可思。」（嚴譯《穆勒名學》）若果為無對者，「則其別既泯，其覺遂亡，覺且不能，何從思議？」（同上《名學》）以是故，如來常說不可思議，不可說，不可念，非邪見之所能思量，非凡情之所能計度。以是故，我常說凡夫究元，非藉正法（佛法）不得窮了。所以者何？亡其覺故，云何而得窮了？要待窮了，須得證得。世有勇猛大心之士，不應甘於劣小也。

此不可思議義，西土明哲頗複知之：如康得所謂現象可知，物如不可知。叔本華亦曰，形而上學家好問「何以」，「何從」，不知「何以」之義等於「以何因緣」，而空間時間之外安得有因果？人類智靈不離因果律，則此等超乎空間時間以外之事安得而知邪？斯賓塞亦有時間不可知，空間不可知，力不可知，物質不可知，流轉不可知等。赫胥黎亦云，物之無對待而不可以根塵接者，本為思議所不可及。略舉其例，似尚不止此。而有凡夫妄人於此最元以世間法共相詰難。或云「無明無始，詎有終邪？阿賴邪含藏萬有，無明亦在其中，豈突起可滅之物邪？一心具真如生滅二用，果能助甲而絕乙邪？」或云「生滅由無明，然無明果何自起？」（陳獨秀藍公武之說如此，尚不止此二人。）縱有謹嚴邏輯，終為無當，所以者何？其物皆不二而最初，無由推證其所以然。」（《穆勒名學》）「雖信之而無所以信者之可言。」（同上《名學》）非複名學所有事，是以十四邪問，佛制不答。

自然軌則不可得義云何？謂無性者云何有法。世間不曾有軌則可得。所以者何？一切無性故。又者所究元不可思議，即宇宙不可思議。宇宙不可思議即一事一物皆是不可思議。不可思議，云何而可說有軌則？以是義故，我常說世間種種學術我不曾見其有可安立。如斯賓塞言既種種不可知，而其學術又不離此而得建立，則所謂學術者又云何而為可知？然則若是者學術不異構畫虛空邪？曰是誠不遠。《三無性論》云：「言說必有所依，故若不依亂識品類名言得立無有是處。」又釋云：「此中言名言決有所依止，以依他性為所依；由有依他性故，得立名言。」學術云者以有依他性而後得立。依他幻有，學術云何得實？如魯滂言乙太渦動而生種種變化，學術云者以有變化而後得立。變化非真，學術云何得實？方變化，方不變化（滅則不變化），云何而得於中畫取一界以為學術之基？此土石埭長老有言，所謂窮理者正執取計名二相也（論宋儒理學）。今所云愛智者，正不異此，康得雖言三大原理為庶物現象所循由，而不可避；而物如亦循此否，則謂未可知，以物如不可得知故。使吾人若有確見物如之時，則三定理者不為真理，亦未可知。且三理者謂凡吾考察能及之物莫不循之云爾。雖然，我之所實驗者未足以盡物之全，或所未及者猶多多焉，亦未可知。則是猶能不執著者，挽近發明，而往世所立軌則，多以破壞，正以往之以為莫不循之者，而今乃得其竟不循之者。以吾所測，後此破壞益多，將成窮露。此即無可安立之義也。

德行軌則不可得義云何？（此軌則非規矩之謂，即俗云倫理學原理。）德行唯是世間所有事，世間不真，如何而有其軌則可得？其所馮依而有，唯是依他，不異自然。所云良知直覺，主宰制裁，唯是識心所現，虛妄不真。比聞挽世心理學家之說明，謂心實無「道德感」之能力，雖足遣往世之執，要亦妄談，不曾得真。茲為扶其根本，其餘浮談不遣自空。根本云何？所謂自由（Free Will）與有定（Determinism）是（此為心理學倫理學根本問題）。若心自由者則能遑揀擇善惡等而取捨之，以是故，德行得立。若心範圍於有定者，則不能揀擇取捨，以是故，德行則不得立。夫有定云者，此即有自然軌則不可避之義也。前義既陳，此說決定不成，自由云者合前不可思議義，亦不得說云自由不自由。而況於此輪回世中，妄法之心，云何而可說為自由？康得所立真我自由之義，但是虛誣。所以者何？彼以德行責任反證必有自由，德行責任未定有無，於此唯是假設。假設所證，亦唯是假，豈成定論？又其既言自由之義，而又云「苟有人焉為精密之調查，舉吾人之持論，吾人之情念，一切比較實驗之，尋出所循公例，則於吾人欲發何言，欲為何事，必可預知之不爽毫髮，如天文家之預測彗星預測日食者然。」夫既自由，則發言作事，要待其自由揀擇，如何又循公例而可預測？相違法一處得立，不應道理。（按此錄康德語，本于梁卓如之述康得學說。梁於其間多以佛義相比附，紕繆百出，不可勝言。其於此處，舉佛一切眾生有起一念者我悉知之之言為注，以為佛之治物理學較深於吾輩耳。無知妄談，不可不辯。蓋佛言唯是六通照察之意。與世間人求軌則者，一真一妄，截然不同。故佛知未來與眾生自由不自由無涉。康得之言則非眾生不自由必不得成，所以純是妄想也。）是故當知，自由有定，兩具不成。若能雙遣，亦能具成。輪回世間不得解脫，是不自由義，發心趨道即證菩提，是不有定義。綜核其言，唯是不可思議，云何而德行軌則可得安立？至於良知直覺，識心所現，本來不真，而不可謂無。彼土心理家未曾證真，而說為無，亦妄言耳。至於樹功利之義，以為德行之原，虛妄分別，更劣於此。

究元既竟，有為世人所當省者，則所有東西哲學心理學德行學家言，以未曾證覺本原故，種種言說無非戲論。聚訟百世而不絕者，取此相較，不值一笑。唯彼土苴，何足珍？撥云霧而見青天，舍釋迦之教其誰能？嗚乎！稀有！稀有！（種種聚訟，非常之多，誠了三義，不遣自空。然為破世惑故，當另為論，一一刊落之。）

作品賞析

《究元決疑論》分為「究元」與「決疑」兩個方面，闡述佛家對宇宙和人生的看法。其中，究元之途又分性、相二宗。梁漱溟以法國哲學家魯滂《物質新論》之乙太說與《楞嚴經》、《大乘起信論》等經教相比較。魯滂認為：過去物質被假定不滅，而實際上物質是由原子連續不斷運動、變化解體形成，而原子則由乙太渦動轉變而成，乙太的渦動一旦停止，物質便最終消失。由物質而非物質，這一過程中另產生一種介於有重的物與無重的乙太之間的物。物質運動無需外力推動，它自身便是力的來源，自動而非他動。因此，宇宙力的大部分如電氣光熱，都是物質解體過程中散發原子內的力生成。力和物質只是同一物的不同形式。在這裡乙太即是不可思議的萬物第一本體。梁漱溟對此深表贊同，認為：魯滂「為說本之甄驗物質，而不期乃契佛旨」，所講物質與佛教的宇宙觀貌離而神合。特別是佛家的如來藏和阿賴耶很像魯滂所言之乙太，他說：「魯滂所謂第一不可思議之乙太者，略當佛之如來藏或阿賴耶。《起信論》雲：『不生不滅，與生滅和合，非一非異，能攝一切法生一切法』者是也。魯君所獲雖精，不能如佛窮了，止際亦未容細辯。乙太渦動形成原子，而成此世界。此渦動即所謂忽然念起。……此渦動便是無明，其何自則非所得言。」

佛教如來藏指一切眾生於煩惱身中，隱藏有本來清淨（即自性清淨）的如來法身，亦即佛性。如來藏雖覆藏於煩惱中，卻不為煩惱所汙，具足本來絕對清淨而永遠不變之本性，世間一切眾生皆具足。阿賴耶是佛教瑜伽行派和法相宗所立心法「八識」中的第八識，指能永恆執持產生世界事物的種子，它既是物質世界和自身的本源，也是輪回果報的精神主體和由世間證得涅　的依據。梁漱溟認為：佛教以如來藏和阿賴耶作為世界本源，與魯滂所說乙太相同。此渦動即佛教所謂「忽然念起」。這種動、起的動力，魯滂認其為乙太內部動力，不存在外力，他謂是佛教所言「無明」，「渦動不離乙太，無明不離真心。渦動形成世界，心生種種法生，然雖成世界猶是乙太」。渦動消失則質力隨滅，所以無明滅，相續則滅。但此種滅是指質力之相續滅而歸於乙太，並非是乙太的消滅，此乃梁漱溟的宇宙觀。[7]

至於人生論，他從分析佛家本體論法相唯識，聯繫法相宗三無三性說，來破除人們執客觀世界為實有的觀念，揭示出究元哲學的三重意

[7] 見〈梁漱溟人生哲學的佛教底蘊初探〉，《搜狐》，https://www.sohu.com/a/516434719_458151，2025.07.01 上網。

義：不可思議義，自然軌則不可得義，德行軌則不可得義。所謂「不可思議」，謂宇宙本體超乎時空，不二而最初，無由推證其所以然，超言絕相，不能執著於任何具體事物。一如三論宗之「八不」，華嚴宗之「六相圓融」，明無性無實。此外如康得的現象與物如（物自體）之分，叔本華的盲目衝動和意欲之說，休謨等英國哲學家的不可知論，均已有見於不可思議義，「西土明哲頗複知之」；「自然軌則不可得」由不可思議義推出，緣於無性，無性即于世間不得安立，一切均依緣起，明無常無定。梁漱溟認為：晚近學術不循往世所立規則，多所破壞，以批判為幟，恰是無可安立義的具體表現。學術名言唯在幻有的依他起性上成立，除虛妄外別無他物。「德行軌則不可得義」，是指世界上一切道德原則都無實性，道理一樣，不真之世間，何立規則？如果人的行為是被自然或社會規則所決定的，即不存在意志自由，那麼這樣的道德行為便稱不上是真正的德行，因此倫理道德規則同真正的道德矛盾。「所雲良知直覺，主宰制裁，唯是識心所現，虛妄不真。」

因之「所究元者唯是無性。唯此無性是其真實自性……所雲周遍法界者，一切諸法同一無性之謂也。」所謂「無性」，即指宇宙本體清淨本然；或者說，萬有當體即空，實質反映的是真如法性。這反映的正是大乘佛教的根本思想。既然天下萬有本來，「無自性」而空，又緣何有所謂世間萬有呢？依梁漱溟說，是因「心生種種法生」。宇宙本體原來「清淨本然」，世間萬有乃「心體」、「忽然念起」而生的種種「心相」。這種心相會因果相續、遷流不住，以至於今，最後演成世間萬有。因此宇宙本體真空，世間萬有亦歸虛幻不實。

由此，從本體上論證了佛教為出世間法，佛理不可思議，即不可致詰，不能以俗理解釋。因為這是原於「覺性」的元知者，而非有待邏輯推知；是覺解而非知識。所以，出世間法是信仰，梁漱溟的「得解」也是信仰。除了信仰，一切知識，包括自然規則和德性規則，皆為虛妄，而建立在這些規則之上的種種世間安立都成空假；「究元既竟，有為世人所當省者，則所有東西哲學、心理學、德行學家言以未曾證覺本元故，種種言說無非戲論，聚訟百世而不絕者，取此相較，不值一笑。」

因其強調出世即救世，梁漱溟的究元最終止於看透而不求做透，在究明瞭出世間法道理後，他仍回返融通到世間法來，以究元所得之智慧透視世間疑惑。所以他儘管批評譚嗣同「專闡大悲，不主出世」，但對其全本仁學發揮「通」者和救拔眾生的無畏精神還是大懷欽敬。確立了宇宙本體「無自性」本然清淨的根本立場，梁漱溟便過渡到如何「決行止之疑」的問題上。也即是，既然宇宙本體「清淨本然」，那麼人類應如何而住之呢？

梁漱溟以為，世間人常相標榜的人生目的如德行、快樂、利他、功名等，不論其標榜的內容正確與否，唯「目的」二字便成問題。目的之雲本謂行趨之所取，今人生就其全部歷史而言已數千萬年，就個體言已數十年。譬猶趨行既遠，忽而審議此行為何所取？即此揚榷一念已暴露其本無目的，藉使揚榷而有所定歸，則已非此行之目的。故人生唯是無目的，……人生如是，世間如是。

出世間和隨順世間是兩種不同的生存方式。梁漱溟在終極意義上傾向於出世間，他的究元即表現了這種關切。但他之出世是本於一定理性分析，度量苦樂，衡准人生。所以在〈佛學方便論〉中，他所面對的是現實的人生，而非棄世的人生。他是想在「狂易」、「疑怖」的現實世界之外，尋找一個精神支柱，以能安穩自我、清淨自守。佛教之「了義」使他獲得了這種對人生的通透感悟，亦使他痛苦的心緒得到了一定的慰藉；所以在大前提中，他絕對肯定佛教的出世間法，奉之為是罪惡人生清涼解毒的圭臬。但在這個焦慮而苦惱的人生見解背後，突顯出的依然還是不懈的精神追求和救世的使命感，所以他不但不反對隨順世間，而且於出世間義，也作了不離世間、直面現實人生的探討。雖說決疑必先究元、有賴於究元，但究元卻是為了決疑、終歸於決疑，所以梁漱溟的思想最後還是落實到了現實人生層面上。[8]

問題討論

一、何謂「究元」與「決疑」？請試說明。

二、請試說明梁漱溟的宇宙論大意如何！

三、請試說明梁漱溟的人生論大意如何！

---

[8] 見〈梁漱溟人生哲學的佛教底蘊初探〉，《搜狐》，https://www.sohu.com/a/516434719_458151，2025.07.01 上網。

肆

練習篇

本單元之用意，則在於讓讀者檢視習修本課程的成果，並藉由授課教師之批閱而產生雙方互動討論的效果，以提高人生的境界。

題　目：以自由發揮方式，試撰寫一篇哲學文章。

國家圖書館出版品預行編目資料

中國哲學卷 / 蔡輝振　編著～二版～
臺中市：天空數位圖書　2025.08
面：17ｘ23 公分
ISBN：978-626-7576-20-5（平裝）
1. CST：國文科 2.CST：讀本
836　　114011030

書　　名：中國哲學卷
發 行 人：蔡輝振
出 版 者：天空數位圖書有限公司
作　　者：蔡輝振
版面編輯：採編組
美工設計：設計組
出版日期：2025年8月（二版）
銀行名稱：合作金庫銀行南臺中分行
銀行帳戶：天空數位圖書有限公司
銀行帳號：006～1070717811498
郵政帳戶：天空數位圖書有限公司
劃撥帳號：22670142
定　　價：新臺幣480元整
電子書發明專利第　I　306564 號
※如有缺頁、破損等請寄回更換

TEL　：(04)22623893
FAX　：(04)22623863　　MOB：0900602919
E-mail：familysky@familysky.com.tw
Https　://www.familysky.com.tw/
地　址：台中市南區忠明南路 787 號 30 樓國王大樓
No.787-30, Zhongming S. Rd., South District, Taichung City 402, Taiwan (R.O.C.)